Título original: *Lost Light*

Traducción: Javier Guerrero

1.ª edición: enero 2006
1.ª reimpresión: enero 2006
2.ª reimpresión: mayo 2006

© 2003 by Hieronymus, Inc.
© Ediciones B, S.A., 2006
    para el sello Zeta Bolsillo
    Bailén, 84 - 08009 Barcelona (España)
    www.edicionesb.com

Publicado por acuerdo con Little, Brown and Company Inc.,
New York, New York, USA.

Printed in Spain
ISBN: 84-96546-80-2
Depósito legal: B. 23.772-2006

Impreso por LIBERDÚPLEX, S.L.
Ctra. BV 2249 Km 7,4 Polígono Torrentfondo
08791 - Sant Llorenç d'Hortons (Barcelona)

LUZ PERDIDA

MICHAEL CONNELLY

BOLSILLO
ZETA

Dedicado a:
Noel
Megan
Sam
Devin
Maddie
Michael
Brendan
Connor
Callie
Rachel
Maggie
y
Katie

Las cosas del corazón no tienen fin.

Una mujer me lo dijo una vez. Me contó que era de un poema que le gustaba. Para ella significaba que si guardas algo en el corazón, si de verdad lo llevas dentro de esos pliegues rojos y aterciopelados, estará siempre presente. Estará siempre esperando, no importa lo que suceda. Uno podía guardar allí una persona, un lugar, un sueño. Una misión. Algo sagrado. Ella me contó que todo estaba relacionado con esos pliegues secretos. Siempre. Todo forma parte de lo mismo y siempre estará allí, latiendo al mismo ritmo que tu corazón.

Tengo cincuenta y dos años, y yo también lo creo. Por las noches, cuando no logro conciliar el sueño, es cuando no me cabe duda. Es cuando todos los caminos parecen unirse y veo a la gente que he amado y a la que he odiado, a las personas a las que he ayudado y a aquellas a las que he herido. Veo las manos que se estiran hacia mí. Oigo el latido y comprendo lo que debo hacer, lo veo. Conozco mi misión y sé que no hay vuelta atrás y que no puedo apartarme de ella. Y es en esos momentos cuando sé que las cosas del corazón no tienen fin.

1

Lo último que esperaba era que Alexander Taylor abriera él mismo la puerta de su casa. Eso desdijo todo lo que sabía de Hollywood. Un hombre capaz de conseguir mil millones de dólares en las taquillas no le abría la puerta a nadie, sino que tenía a un vigilante de seguridad apostado en la entrada las veinticuatro horas. Y ese portero sólo me permitiría pasar después de verificar cuidadosamente mi identificación y que tenía una cita. Después me entregaría a un mayordomo, o a la sirvienta de la planta baja, para que me acompañara a lo largo del resto del camino con paso silencioso como los copos de nieve.

Pero no me encontré con nada de eso en la mansión de Bel-Air Crest Road. La verja del sendero de entrada estaba abierta y, después de que aparqué delante de la rotonda y llamé al timbre, fue el rey de la taquilla en persona quien abrió la puerta y me hizo señas para que entrara en una casa cuyas dimensiones parecían copiadas directamente de la terminal internacional del LAX.

Taylor era un hombre grande. Medía más de metro ochenta y pesaba ciento diez kilos, que no obstante llevaba bien. Tenía el pelo castaño y rizado, sin ninguna entrada, y unos ojos azules que contrastaban con el cabello. La perilla contribuía a darle una imagen de artista intelectual, aunque el arte poco tenía que ver con su trabajo.

Llevaba un chándal de color azul pálido, que probablemente costaba más que todo lo que yo llevaba encima, y en torno al cuello se había colocado una toalla blanca que se perdía de vista en la pechera. Tenía las mejillas sonrosadas y respiraba de manera laboriosa. Lo había pillado ocupado y parecía molesto.

Yo me había presentado con mi mejor traje, uno de color gris, de una fila de botones, por el que me había gastado mil doscientos dólares tres años antes. Hacía más de nueve meses que no me lo ponía y esa mañana había tenido que cepillarle los hombros después de sacarlo del armario. Acababa de afeitarme y por primera vez desde que había colgado el traje en la percha muchos meses antes sabía lo que quería.

—Entre —dijo Taylor—. Hoy todos tienen el día libre y yo estaba entrenando un poco. Suerte que el gimnasio está al otro lado del vestíbulo, porque si no probablemente ni siquiera le habría oído. Esto es muy grande.

—Sí, he tenido suerte.

Taylor se adentró en la casa. No me tendió la mano y recordé que había actuado de la misma forma cuando lo había conocido cuatro años antes. Él se adelantó y dejó que yo cerrara la puerta.

—¿Le importa que acabe con la bici mientras hablamos?

—No, no hay problema.

Atravesamos un pasillo de mármol, con Taylor siempre tres pasos por delante de mí, como si yo formara parte de su séquito. Probablemente así se sentía más cómodo. A mí no me importaba porque me daba la oportunidad de observar.

Los ventanales de la izquierda ofrecían una panorámica de los opulentos contornos: un rectángulo verde del tamaño de un campo de fútbol que conducía a lo que supuse que sería una casa de huéspedes o una piscina cubierta o ambas cosas. Había un cochecito de golf aparcado en el exterior de la distante estructura y alcancé a ver huellas de ida y vuelta por el bien cuidado césped que conducía a la casa principal. Había visto mucho en Los Ángeles, desde los guetos más pobres hasta mansiones en lo alto de las colinas, pero era la primera vez que veía dentro de los límites de la ciudad una casa tan grande que requería un cochecito de golf para moverse de una parte a otra de la propiedad.

A lo largo de la pared de la derecha había carteles enmarcados de varias de las películas que Alexander Taylor había producido. Había visto algunas de ellas en televisión y anuncios de las demás. En su mayor parte, eran el tipo de películas de acción que cabían en los confines de un anuncio de treinta segundos, de esas que no te dejan con la necesidad imperiosa de ir a verlas. Ninguna de ellas podía calificarse en modo alguno de arte. No obstante, en Hollywood eran mucho más importantes que el arte. Eran rentables. Y eso era lo único esencial.

Taylor se desvió hacia la derecha y yo lo seguí hasta el gimnasio. La sala daba un nuevo sentido a la idea del *fitness* personal. Toda clase de máquinas de musculación se alineaban ante las paredes de espejo, y el centro estaba ocupado por lo que parecía un cuadrilátero de boxeo. Taylor se subió a una bicicleta estática, pulsó algunos botones en la pantalla táctil y empezó a pedalear.

En la pared opuesta había tres grandes televisores de pantalla plana instalados uno al lado del otro, dos estaban sintonizados en canales de noticias de veinticuatro horas y en el tercero comentaban el informe bursátil de Bloomberg. La del informe Bloomberg tenía volumen. Taylor cogió un mando a distancia y quitó el sonido. Fue otra gentileza inesperada. Cuando había hablado con su secretaria para concertar la cita, la mujer me había dado a entender que tendría suerte si podía hacerle unas cuantas preguntas al gran hombre mientras éste hablaba por el móvil.

—¿Y su compañero? —preguntó Taylor—. Creía que ustedes trabajaban por parejas.

—Me gusta trabajar solo.

Lo dejé así por el momento. Me quedé en silencio mientras Taylor cogía el ritmo en la bicicleta. Le faltaba poco para cumplir cincuenta, aunque parecía mucho más joven. Tal vez la clave estaba en rodearse de máquinas para conservar la salud y la juventud. O a lo mejor ayudaban los *liftings* y las inyecciones de Botox.

—Puedo dedicarle cinco kilómetros —dijo mientras se sacaba la toalla que tenía en torno al cuello y la colocaba en el manillar—. Unos veinte minutos.

—Eso bastará.

Busqué la libreta que llevaba en el bolsillo interior de la americana. Era un cuaderno de espiral y el alambre de éste se enganchó en el forro cuando la saqué. Me sentí como un imbécil tratando de soltarla, y finalmente la arranqué. Oí que se rasgaba el forro, pero sonreí para evitar la vergüenza. Taylor me echó un cable mirando a una de las pantallas silenciosas.

Creo que son las pequeñas cosas lo que más echo de menos de mi vida anterior. Durante más de veinte años llevé una libretita pequeña en el bolsillo de la americana. Los cuadernos de espiral no estaban permitidos en el departamento, porque un abogado defensor listo podía argumentar que las páginas con notas exculpatorias habían sido arrancadas. Las libretas evitaban ese problema y además eran más benévolas con el forro de la americana.

—Me alegro de tener noticias suyas —dijo Taylor—. Siempre me preocupé por Angie. Hasta hoy. Era una buena chica, ¿sabe? Y todo este tiempo he pensado que se habían olvidado de ella, que ella no importaba.

Asentí. Había elegido cuidadosamente mis palabras al hablar con la secretaria por teléfono. Aunque no le había mentido, había sido culpable de guiarla y dejar que supusiera cosas. Era necesario. Si le hubiera dicho que era un ex policía que estaba trabajando por libre en un viejo caso, estoy convencido de que no me habría acercado al rey de la taquilla para la entrevista.

—Verá, antes de empezar, creo que ha habido un malentendido. No sé qué le ha dicho su secretaria, pero no soy policía. Ya no.

Taylor se dejó llevar sobre los pedales, pero recuperó el ritmo rápidamente. Tenía la cara colorada y sudaba profusamente. Se estiró hasta el tablero de control digital y cogió un par de gafas y una tarjeta con el logo de su compañía —un cuadrado con un motivo de rizos laberínticos— y varias anotaciones manuscritas debajo. Se puso las gafas, pero de todos modos entrecerró los ojos al leer la tarjeta.

—Eso no es lo que pone aquí —dijo—. Pone detective Harry Bosch del Departamento de Policía de Los Ángeles a las diez. Es letra de Audrey. Lleva dieciocho años conmigo, desde que yo hacía basura para vídeo en el valle de San Fernando. Es muy buena en su trabajo y normalmente muy precisa.

—Bueno, lo fui durante mucho tiempo. Pero me retiré hace un año. Puede que no lo haya dejado muy claro por teléfono. En su lugar no culparía a Audrey.

—No lo haré. —Me miró, bajando la cabeza para ver por encima de las gafas—. Entonces, ¿qué puedo hacer por usted, detective? (o supongo que debería llamarle señor Bosch). Me quedan cuatro kilómetros y hemos terminado.

Había un banco de pesas a la derecha de Taylor. Me acerqué y me senté. Saqué el boli del bolsillo de la camisa (esta vez sin inconvenientes) y me dispuse a escribir.

—No sé si se acuerda de mí, pero ya habíamos hablado antes, señor Taylor. Hace cuatro años, cuando se halló el cadáver de Angella Benton en el vestíbulo de su apartamento, me asignaron el caso a mí. Usted y yo hablamos en su despacho de Eidolon, en el Archway. Una de mis compañeras, Kiz Rider, estaba conmigo.

—Lo recuerdo. La mujer negra; dijo que conocía a Angie. Del gimnasio, creo. Recuerdo que en aquel momento ustedes dos me infundieron mucha confianza. Pero después desaparecieron. No volví a oír de...

—Nos quitaron el caso. Éramos de la División de Hollywood y después del robo y del tiroteo que se produjo al cabo de unos días, pasaron el caso a la División de Robos y Homicidios.

Sonó un pequeño zumbido de la bicicleta estática y pensé que tal vez significaba que Taylor había cubierto su segundo kilómetro.

—Recuerdo a esos tipos —dijo Taylor con desdén—. Uno más estúpido que el otro. No me inspiraban nada. Recuerdo que uno estaba más interesado en asegurarse una posición como asistente técnico de mis películas que en el caso de Angie. ¿Qué les pasó?

—Uno está muerto y el otro retirado.

Dorsey y Cross. Los había conocido a los dos. A pesar de la descripción de Taylor, ambos habían sido investigadores capaces. No se llegaba a robos y homicidios sin esfuerzo. Lo que no le conté a Taylor era que Jack Dorsey y Lawton Cross llegaron a ser conocidos en el servicio de detectives como la pareja de compañeros con el colmo de la mala suerte. Cuando trabajaban en una investigación que se les asignó varios meses después del caso de Angella Benton, entraron en un bar de Hollywood para comer algo y echar un trago. Estaban sentados en un reservado con sus sándwiches de jamón y sus Bushmill cuando entró un ladrón armado. Al parecer, Dorsey, que estaba sentado de cara a la puerta, hizo un movimiento, pero fue demasiado lento. El atracador lo alcanzó antes de que llegara a quitarle el seguro a su pistola y murió antes de tocar el suelo. Un disparo rozó el cráneo de Cross y una segunda bala le alcanzó en el cuello y se alojó en su columna. Al camarero lo asesinaron a quemarropa.

—¿Y qué sucedió entonces con el caso? —preguntó Taylor retóricamente, y sin un ápice de compasión en la voz por los policías caídos—. No ocurrió una puta mierda. Seguro que está acumulando polvo como ese traje barato que ha sacado usted del armario para venir a verme.

Me tragué el insulto porque no me quedaba más remedio. Me limité a asentir con la cabeza, como si estuviera de acuerdo con él. No sabía si su rabia era por el asesinato nunca vengado de Angella Benton o por lo que sucedió después: el robo, el posterior asesinato y la cancelación de su película.

—Esos tipos trabajaron a tiempo completo durante seis meses —dije—. Después llegaron otros casos. Siempre llegan casos, señor Taylor. No es como en sus películas. Ojalá fuera así.

—Sí, siempre hay otros casos —dijo Taylor—. Ésa siempre es la excusa fácil, ¿no? Echarle la culpa al exceso de trabajo. Mientras tanto, nadie le devuelve la vida a la chica, el dinero no aparece. ¡Lástima! Siguiente caso, hay que seguir adelante.

Esperé para asegurarme de que había terminado. No era así.

—Pero ahora han pasado cuatro años y se presenta usted. ¿Cuál es su enredo, Bosch? ¿Ha convencido a la familia para que le contrate? ¿Es eso?

—No, toda la familia de Angella Benton era de Ohio. No he contactado con ellos.

—¿Y entonces?

—Está sin resolver, señor Taylor. Y a mí todavía me preocupa. No creo que se haya trabajado con ningún tipo de... dedicación.

—¿Y eso es todo?

Asentí y Taylor repitió el gesto para sí mismo.

—Cincuenta mil —dijo.

—¿Perdón?

—Le pagaré cincuenta mil si lo resuelve. No habrá película si no lo resuelve.

—Señor Taylor, se equivoca conmigo. No quiero su dinero, y esto no es ninguna película. Lo único que me interesa ahora mismo es su ayuda.

—Escúcheme. Sé reconocer una buena historia cuando la oigo. El detective atormentado por el asesino que salió impune. Es un tema universal y funciona. Cincuenta de entrada y podemos discutir el resto.

Recogí la libreta y el boli del banco, y me levanté. La entrevista no iba a ninguna parte, o al menos no iba en la dirección que yo deseaba.

—Gracias por su tiempo, señor Taylor. Si no encuentro la salida dispararé una bengala.

Al dar mi segundo paso hacia la puerta sonó el tercer pitido en la bicicleta estática. Taylor habló a mi espalda.

—Usted gana, Bosch. Vuelva y haga las preguntas. Y me quedaré los cincuenta mil si no los quiere.

Me volví hacia él, pero no me senté. Abrí de nuevo la libreta.

—Empecemos con el atraco —dije—. ¿Quién tenía conocimiento de los dos millones de dólares en su compañía? Me refiero a quién estaba al tanto de los datos específicos, de cuándo iba a llegar para el rodaje y cómo se iba a entregar. Cualquier cosa y a cualquier persona que pueda recordar. Estoy empezando de cero.

2

Angella Benton murió el día de su vigésimo cuarto cumpleaños. Su cuerpo sin vida se encontró sobre el suelo de baldosas del vestíbulo del edificio de apartamentos en el que residía, en Fountain, cerca de La Brea. Su llave estaba en el buzón. En éste se hallaron dos tarjetas de felicitación enviadas por separado desde Columbus por su madre y su padre. Resultó que no estaban divorciados, simplemente cada uno de ellos quería escribir por sí mismo sus mejores deseos de felicidad a su única hija.

Benton había sido estrangulada. Antes o después de su muerte, probablemente después, le habían rasgado la blusa y el sujetador para dejar sus pechos al descubierto. Su asesino aparentemente se había masturbado sobre el cadáver, eyaculando una pequeña cantidad de esperma que había sido recogida por los técnicos forenses para realizar comparaciones de ADN. Se habían llevado el bolso de la víctima y éste jamás se recuperó.

La hora de defunción se estableció entre las once y las doce de la noche. El cadáver fue descubierto por otro residente del edificio de apartamentos cuando salió a las doce y media para sacar a pasear al perro.

Fue entonces cuando entré en escena yo. En ese momento era detective de grado tres asignado a la División de Hollywood del Departamento de Policía de Los Ángeles. Tenía dos compañeros. En esa época trabajábamos en tríos, y no por parejas, como parte de una configuración experimental diseñada para cerrar los casos con rapidez. Kizmin Rider, Jerry Edgar y yo fuimos avisados al busca y se nos asignó el caso a la una de la mañana. Nos reunimos en la comisaría de Hollywood y nos desplazamos en dos Crown Vic hasta la escena del crimen. Vimos el cadáver de Angella Benton aproximadamente dos o tres horas después de que hubiera sido asesinada.

La víctima yacía de costado sobre las baldosas marrones que estaban teñidas del color de la sangre seca. Los ojos abiertos y casi fuera de sus órbitas distorsionaban lo que había sido un rostro bonito. Presentaba hemorragias en las córneas. Su busto, expuesto, era prácticamente plano. Parecía casi infantil y pensé que tal vez eso la había cohibido en una ciudad donde con frecuencia se concedía más importancia a los atributos físicos que al interior y convertía el hecho de abrirle la blusa y arrancarle el sujetador en una agresión añadida; como si no le bastara con arrebatarle la vida, el asesino también quiso exponer su vulnerabilidad más íntima.

Pero lo que más recordaba de ella eran las manos. De algún modo, cuando su cuerpo sin vida cayó al suelo, sus manos quedaron unidas en el lado izquierdo. Se dirigían hacia arriba desde la cabeza, como si trataran de alcanzar a alguien, suplicantes. Me recordaron las manos de un lienzo renacentista, las manos de los condenados que se estiraban hacia el cielo en demanda de perdón. En mi vida he trabajado en casi mil homicidios y nunca la posición de un cadáver me impresionó tanto.

Quizá interpretaba demasiado en el modo caprichoso en que había caído Angella Benton. Pero cada caso es una batalla de una guerra interminable. Y, créanme, siempre es preciso llevar algo cuando entras en combate, algo a lo que aferrarte, algo que te guía o te empuja. Y para mí ese algo eran sus manos. No podía olvidarlas. Creía que las había estirado hacia mí, y todavía lo creo.

La investigación experimentó un salto inmediato porque Kizmin Rider reconoció a la víctima. Rider la conocía por su nombre de pila del gimnasio de El Centro, donde ambas entrenaban. A causa del horario irregular que implicaba su trabajo en la brigada de homicidios, Rider no podía mantener un programa de entrenamiento uniforme. Hacía ejercicio en días y horas diferentes, según el tiempo de que disponía y el caso que estaba investigando. Se había encontrado con frecuencia a Benton en el gimnasio y habían trabado conversación mientras sudaban una al lado de la otra en la máquina de *steps*.

Rider sabía que Benton estaba tratando de labrarse una carrera en la industria del cine. Era ayudante de producción en Eidolon Productions, la empresa de Alexander Taylor. Allí se trabajaba las veinticuatro horas, en función de la disponibilidad de localizaciones y personal. Eso suponía que Benton, igual que Rider, acudía al gimnasio a distintas horas, y también suponía que tenía poco tiempo para establecer relaciones. La víctima le contó en una ocasión a Rider que sólo había tenido dos citas el año anterior y que no había ningún hombre en su vida.

La de las dos mujeres era sólo una amistad superficial y Rider nunca había visto a Benton fuera del gimnasio. Ambas eran dos jóvenes negras que trataban de mantenerse en forma para que su cuerpo no las traicionase mientras sacaban adelante sus ajetreadas vidas profesionales y trataban de subir peldaños en sus diferentes mundos.

Sin embargo, el hecho de que Kiz la conociera nos dio una ventaja. Supimos de inmediato que estábamos tratando con una mujer joven, responsable y segura de sí misma, una mujer que se preocupaba tanto por su salud como por su carrera. Esta información eliminaba diversos estilos de vida que podríamos haber investigado erróneamente. El aspecto negativo era que, por primera vez, Rider se encontraba con una persona a la que conocía como la víctima de un homicidio cuya investigación le habían asignado. Desde el primer momento me di cuenta de que eso frenó su paso. Normalmente ella era muy expresiva para analizar la escena de un crimen y desarrollar una teoría de investigación. En aquella ocasión se quedó en silencio hasta que le pregunté.

No había testigos del asesinato. El vestíbulo no se veía desde la calle y ofrecía un escudo perfecto al asesino. Éste habría podido entrar en el reducido espacio y atacar sin miedo a ser visto desde el exterior. Aun así, el crimen implicaba cierto riesgo. En cualquier momento un residente podía haber entrado o salido del edificio y encontrado a Benton y su asesino. Si el vecino que sacó a pasear a su perro lo hubiera hecho una hora antes probablemente se habría topado con el asalto. Podría haberla salvado o, posiblemente, se habría convertido a su vez en una víctima.

Anomalías. Gran parte del trabajo se basaba en el estudio de las anomalías. El crimen tenía la apariencia de una agresión oportunista. El asesino había seguido a Benton y aguardado el momento en que nadie los viera. Aun así había aspectos de la escena —su intimidad, por ejemplo— que sugerían que el asesino ya conocía el vestíbulo y podía haber estado esperándola, como un cazador que observa la trampa que ha tendido.

Anomalías. Angella Benton no medía más de metro sesenta y cinco, pero era una mujer fuerte. Rider había sido testigo de sus rutinas en el gimnasio y conocía su fuerza y vitalidad. Sin embargo, no había signos de lucha. No se halló piel ni sangre perteneciente a otra persona en el examen de las uñas de la víctima. ¿Conocía a su asesino? ¿Por qué no había peleado? La masturbación y el hecho de que le rasgaran la blusa apuntaban a un móvil psicosexual, a un crimen perpetrado en solitario. No obstante, la ausencia de todo signo de lucha indicaba que Benton había sido dominada rápidamente y de manera total. ¿Había más de un asesino?

En las primeras veinticuatro horas nos dedicamos a recopilar todas las pruebas, a realizar las notificaciones y a conducir los primeros interrogatorios de todos aquellos directamente relacionados con la escena del crimen. Fue en las siguientes veinticuatro horas cuando empezaron los cambios y nosotros comenzamos a examinar las anomalías, tratando de abrirlas como nueces. Y hacia el final de ese segundo día habíamos llegado a la conclusión de que se trataba de una escena del crimen falsa, es decir, un escenario preparado por el asesino para que llegáramos a conclusiones erradas acerca del asesinato. Nos enfrentábamos a un asesino que nos estaba guiando por la senda del depredador psicosexual cuando la naturaleza del crimen era completamente distinta.

Lo que nos orientó en esa dirección fue el semen hallado en el cadáver. Al examinar las fotografías de la escena del crimen, advertí gotas de semen que se extendían por el cuerpo de la víctima en una línea que insinuaba una trayectoria. En cambio, las gotas examinadas una a una eran circulares. Los investigadores saben, sobre todo a partir del examen de la sangre, que las gotas son redondas cuando caen en vertical a una superficie. Las gotas de forma elíptica se producen cuando la sangre salpica en una trayectoria o cae en ángulo sobre la superficie. Consultamos con el experto del departamento para saber si las normas aplicables a la sangre podían extenderse a otros fluidos corporales. Nos dijeron que, efectivamente, así era, y la explicación dejó al descubierto una anomalía. Cobró forma la hipótesis de que el asesino o asesinos habían puesto intencionadamente el semen en la escena del crimen. Probablemente lo habían llevado hasta allí y después lo habían hecho gotear sobre el cadáver como parte de una maniobra destinada a desviar la atención.

Cambiamos el foco de la investigación. Nos olvidamos de examinar a la víctima como alguien que vagaba por el área de acción del depredador. El área de acción era Angella Benton. Había algo en su vida o en sus circunstancias que habían atraído al asesino.

Nos concentramos en su vida y su trabajo, buscando algo oculto que hubiera puesto en marcha un plan para asesinarla. Alguien había deseado su muerte y pensado que era lo bastante listo para camuflar el asesinato como la obra de un psicópata. Mientras que ante los medios desarrollamos la hipótesis del asesino violador, de puertas adentro empezamos a mirar en otras direcciones.

Al tercer día de la investigación, Edgar se ocupó de la autopsia y del papeleo cada vez mayor, mientras que Rider y yo asumimos el trabajo de campo. Pasamos doce horas en las instalaciones que Eidolon Productions tenía en Archway Pictures, en Melrose. La máquina de producción de películas de Alexander Taylor ocupaba casi un tercio del local de Archway. Había allí más de cincuenta empleados. En virtud de su oficio como ayudante de producción, Angella Benton se relacionaba con todos ellos. Un ayudante de producción se sitúa en la base del tótem de Hollywood. Benton había sido una recadera y carecía de despacho: sólo disponía de un escritorio en una sala dedicada al correo y que carecía de ventanas. Claro que eso no importaba, porque siempre estaba fuera, corriendo por los despachos de Archway y de un *set* de filmación a otro. En ese momento Eidolon estaba rodando dos películas y una serie de televisión en distintos lugares de Los Ángeles y sus alrededores. Cada uno de esos equipos de producción constituía una pequeña ciudad, un campamento itinerante que se desplazaba casi cada noche. Había al menos otro centenar de personas que podrían haberse relacionado con Angella Benton, personas a las que era preciso entrevistar.

La tarea que se nos planteaba era de enormes proporciones. Solicitamos ayuda, más personal que colaborara en las entrevistas. La teniente no podía cedernos a nadie. Rider y yo pasamos el día entero haciendo entrevistas en las oficinas de Archway. Y ésa fue la única vez que hablé con Alexander Taylor. Departimos con él durante media hora y la conversación fue superficial. Conocía a Benton, por supuesto, pero no mucho. Mientras que ella estaba en la base del tótem, Taylor se hallaba en lo más alto. Sus contactos habían sido infrecuentes y breves. La joven llevaba menos de seis meses en la empresa y él no la había contratado personalmente.

No recabamos datos valiosos en ese primer día de entrevistas. Es decir, ninguna entrevista proporcionó una nueva dirección o foco de investigación. Estábamos en un callejón sin salida. Ninguna de las personas con las que hablamos tenía idea de cuál podía ser el motivo por el que alguien habría querido matar a Angella Benton.

Al día siguiente nos separamos para que cada detective pudiera visitar un escenario de producción y llevar a cabo las entrevistas. Edgar se ocupó de la serie de televisión que se rodaba en Valencia. Se trataba de una comedia dirigida a las familias acerca de una pareja con un hijo que conspira para que sus padres no tengan más descendencia. Rider se ocupó de la producción de la película que se rodaba cerca de su casa, en Santa Mónica. Era una historia acerca de un hombre al que creen autor de una felicitación de San Valentín anónima enviada a una bella compañera de trabajo y cómo el subsiguiente idilio se construye sobre una mentira que crece en su interior como un cáncer. Yo me ocupé de la segunda producción cinematográfica, que estaba rodándose en Hollywood. Se trataba de una cinta de acción acerca de una ladrona que roba un maletín con dos millones de dólares en su interior sin saber que el dinero pertenece a la mafia.

Yo lideraba el equipo en mi calidad de detective de grado tres. Como tal, tomé la decisión de no informar a Taylor ni a ninguno de los directivos de su empresa de que íbamos a visitar los escenarios de rodaje. No quería que la noticia de nuestra visita nos precediera. Simplemente nos dividimos las localizaciones y a la mañana siguiente cada uno de nosotros llegó sin anunciarse y utilizó el poder que da una placa para abrir puertas.

Lo que ocurrió la mañana siguiente poco después de mi llegada al *set* está bien documentado. En ocasiones repaso los movimientos de la investigación y lamento no haberme presentado allí un día antes. Creo que habría oído a alguien mencionar el dinero y que habría atado cabos. Pero lo cierto es que llevamos a cabo la investigación de manera apropiada. Realizamos los movimientos adecuados en el momento oportuno. No me arrepiento de nada.

La cuestión es que, después de esa cuarta mañana, me retiraron la investigación. La División de Robos y Homicidios desembarcó y se quedó con el caso. Jack Dorsey y Lawton

Cross se ocuparon de él. Era el guión preferido de robos y homicidios: películas, dinero y un asesinato. Pero no llegaron a ninguna parte, pasaron a otras investigaciones y un día entraron a Nat's a comerse un sándwich. Puede decirse que el caso murió con Dorsey. Cross sobrevivió, pero nunca llegó a recuperarse. Salió de un coma de seis semanas sin recordar nada del tiroteo y sin sensibilidad alguna del cuello para abajo. Una máquina respiraba por él y en el departamento fueron muchos los que consideraron que su suerte había sido peor que la de Dorsey, porque sobrevivió pero ya no estaba viviendo de verdad.

Entretanto, el caso de Angella Benton iba acumulando polvo. Todo lo que Dorsey y Cross habían tocado estaba contaminado por su desgracia. Maldito. Nadie volvió a investigar la muerte de Benton. Cada seis meses un detective de robos y homicidios sacaba el expediente, le quitaba el polvo y escribía «Sin novedad» y la fecha en el registro de la investigación. Después volvía a colocarlo en su sitio hasta la siguiente vez. Es lo que en el Departamento de Policía de Los Ángeles se llama diligencia debida.

Habían pasado cuatro años y yo me había retirado. Supuestamente estaba acomodado. Tenía una casa sin hipoteca y un coche que había pagado al contado. Cobraba una pensión que cubría más de lo que necesitaba cubrir. Era como estar de vacaciones. Sin trabajo, sin preocupaciones, sin problemas. Pero me faltaba algo y no podía negármelo a mí mismo. Vivía como un músico de jazz que espera su concierto. Me quedaba despierto hasta muy tarde, mirando las paredes y bebiendo demasiado vino tinto. Una de dos, o empeñaba mi instrumento o buscaba un lugar donde tocar.

Y entonces recibí la llamada de Lawton Cross. Al final, la noticia de que me había retirado había llegado hasta él. Le pidió a su mujer que me llamara y ella le sostuvo el auricular para que pudiera hablar conmigo.

—Harry, ¿piensas alguna vez en Angella Benton?

—Siempre —le dije.

—Yo también, Harry. Estoy recuperando la memoria, y pienso mucho en ese caso.

Y con eso bastó. Cuando me había ido por última vez de la comisaría de Hollywood, pensé que había tenido suficiente, que ya había caminado alrededor de mi último cadáver, que había conducido mi última entrevista con alguien que sabía que era un mentiroso. Pero de todos modos salí con una caja llena de archivos: copias de mis casos abiertos en los doce años que llevaba investigando los homicidios de Hollywood.

El expediente de Angella Benton estaba en esa caja. No tenía necesidad de abrirlo para recordar los detalles, para recordar el aspecto de su cuerpo en el suelo de baldosas, expuesto y violado. Todavía me subyugaba. Me laceraba el hecho de que ella se hubiera perdido en los fuegos artificiales que vinieron después, me dolía pensar que su vida no había tenido importancia hasta que se robaron dos millones de dólares.

Yo nunca había cerrado el caso. Los peces gordos me lo habían arrebatado antes de que pudiera hacerlo. Así era la vida en el departamento. Pero eso era entonces. La llamada de Lawton Cross lo cambió todo. Terminó con mis largas vacaciones y me dio un trabajo.

3

Ya no llevaba placa, sin embargo, todavía conservaba un millar de hábitos e instintos que van con la placa. Como un ex fumador cuya mano va a buscar en el bolsillo de la camisa el paquete que ya no está, yo me descubría constantemente buscando de algún modo la seguridad de la placa. Durante casi treinta años de mi vida había formado parte de una organización que promovía el aislamiento, que cultivaba la ética del nosotros contra ellos. Había participado del culto a la religión azul y de la noche a la mañana estaba fuera, excomulgado, formaba parte del mundo exterior.

A medida que pasaban los meses, no hubo un solo día en que alternativamente no lamentara y me deleitara en mi decisión de abandonar el departamento. Fue un periodo en el que mi principal tarea consistió en separar la placa y lo que ella representaba de mi propia misión personal. Durante mucho tiempo pensé que ambas estaban unidas inextricablemente. No podía tener una cosa sin la otra. Pero con el transcurso de las semanas y los meses me di cuenta de que una identidad era más grande que la otra, que la superaba. Mi misión permanecía intacta. Mi trabajo en este mundo, con placa o sin ella, era dar la cara por los muertos.

Cuando colgué el teléfono después de hablar con Lawton Cross supe que estaba preparado y que era el momento de dar la cara otra vez. Me acerqué al armario del pasillo y saqué la caja que contenía los archivos polvorientos y las voces de los difuntos. Me hablaban en forma de recuerdo. En visiones de escenas de crímenes. De todas ellas, la que más recordaba era la de Angella Benton. Recordaba su cuerpo acurrucado en el suelo, sus manos extendidas de aquel modo, buscándome.

Y yo tenía mi misión.

4

La mañana siguiente a mi conversación con Alexander Taylor me senté en el comedor de mi casa de Woodrow Wilson Drive. Tenía una taza de café caliente en la cocina. Había llenado mi cargador con cinco cedés que hacían una crónica de algunos de los últimos trabajos de Art Pepper como *sideman*. Y tenía los documentos y fotografías de Angella Benton esparcidos ante mí.

El archivo era incompleto, porque robos y homicidios se había apoderado del caso justo cuando mi investigación estaba empezando a centrarse y antes de que se escribieran muchos informes. Era simplemente un punto de partida. En resumen, casi cuatro años después de haber sido excluido del caso era todo cuanto tenía. Eso y la lista de nombres que Alexander Taylor me había proporcionado el día anterior.

Mientras me preparaba para un día de investigar nombres y concertar entrevistas, mi atención se vio atraída por la pequeña pila de recortes de periódico que empezaban a amarillear por los costados. Los cogí y empecé a hojearlos.

Inicialmente, el asesinato de Angella Benton sólo mereció un breve comentario en el *Los Angeles Times*. Recuerdo hasta qué punto me frustró en su momento. Necesitábamos testigos. No sólo del crimen en sí, sino también, posiblemente, del coche del asesino o de su ruta de huida. Necesitábamos conocer los movimientos de la víctima antes de la agresión. Había sido el día de su cumpleaños. ¿Dónde y con quién había pasado la tarde anterior a su muerte? Una de las mejores formas de estimular las declaraciones de los ciudadanos era escribir artículos. Puesto que el *Times* se limitó a publicar un breve, éste quedó enterrado en la sección B y apenas recibimos ayuda de la ciudadanía. Cuando llamé a la periodista para expresar mi frustración, me dijeron que las encuestas mostraban que los lectores estaban cansados de muertes y tragedias. La periodista me explicó que el espacio para las noticias de crímenes se estaba reduciendo y que no se podía hacer nada al respecto. Como premio de consolación escribió una actualización para la edición del día siguiente que incluía una línea en la que se mencionaba que la policía buscaba ayuda ciudadana en el caso. Sin embargo, el artículo era incluso más corto que el primero y quedó enterrado en las páginas interiores. No recibimos ninguna llamada ciudadana ese día.

Todo eso cambió tres días después, cuando la historia ocupó la primera página y se convirtió en la noticia con la cual abrieron todas las cadenas de televisión de la ciudad. Cogí el primero de los dos artículos recortados de la primera página y volví a leerlos.

TIROTEO REAL DURANTE EL RODAJE DE UNA PELÍCULA
Un muerto y un herido cuando policías y ladrones interrumpieron a sus homólogos del celuloide

por Keisha Russell
de la redacción del Times

Una realidad funesta irrumpió el viernes en el mundo de fantasía de Hollywood cuando la policía de Los Ángeles y vigilantes de seguridad intercambiaron disparos con ladrones armados durante el robo de dos millones de dólares en efectivo que iban a utilizarse en la filmación de una película acerca de ¡un robo de dos millones de dólares en efectivo! Dos empleados de banco fueron alcanzados por las balas, uno de ellos mortalmente.

Los asaltantes escaparon con el dinero después de abrir fuego sobre los vigilantes de seguridad y un detective de policía real que casualmente se hallaba en el lugar del rodaje. La policía informó de que la sangre encontrada más tarde en el vehículo abandonado tras la fuga indicaba que al menos uno de los asaltantes resultó herido de bala.

La actriz protagonista, Brenda Barstow, estaba en el interior de una caravana cercana en el momento en que se produjo el tiroteo. No resultó herida ni fue testigo del intercambio de disparos de la vida real.

El incidente ocurrió en el exterior de un bungaló de Selma Avenue poco antes de las diez de la mañana, según un portavoz de la policía. Un camión blindado llegó a la escena del rodaje para entregar dos millones de dólares que iban a utilizarse como atrezo en las escenas que debían ser rodadas en el interior de la casa. Al parecer, la localización contaba con importantes medidas de seguridad en ese momento, si bien no se ha hecho público el número exacto de vigilantes armados y policías disponibles.

La víctima que resultó alcanzada fatalmente por un disparo fue identificada como Raymond Vaughn, 43, director de seguridad de BankLA, la entidad que iba a entregar el dinero en el lugar del rodaje. También fue alcanzado Linus Simonson, 27, otro empleado de BankLA. Sufrió una herida de bala en la parte inferior del torso y el viernes a última hora se encontraba estable según el parte médico del Cedars-Sinai.

El detective del Departamento de Policía de Los Ángeles Jack Dorsey declaró que, cuando los dos vigilantes de seguridad estaban trasladando a la casa el dinero del camión blindado, tres hombres fuertemente armados saltaron desde una furgoneta que se encontraba aparcada cerca, mientras un cuarto miembro del grupo aguardaba al volante. Los pistoleros se enfrentaron a los vigilantes y se llevaron el dinero. Mientras los sospechosos se retiraban hacia la furgoneta con las cuatro sacas que contenían el dinero en efectivo, uno de ellos abrió fuego.

«Fue entonces cuando se desató la tormenta —dijo Dorsey—. Se desencadenó un tiroteo.»

El viernes no estaba claro por qué empezó el tiroteo. Los testigos explicaron a la policía que los vigilantes de seguridad no opusieron resistencia a los asaltantes.

«Por lo que nosotros sabemos, ellos simplemente abrieron fuego», comentó el detective Lawton Cross.

La policía afirmó que varios vigilantes de seguridad respondieron a los disparos, junto con al menos dos agentes de patrulla fuera de servicio que trabajaban para la productora de la película, así como un detective de policía, Harry Bosch, que se encontraba en el interior de una de las caravanas, trabajando en una investigación que al parecer no estaba relacionada.

Ayer fuentes policiales estimaron en más de un centenar los disparos que se intercambiaron en el salvaje tiroteo de la huida.

Aun así, el tiroteo no duró más de un minuto, según diversos testigos. Los atracadores lograron introducirse en la furgoneta y huir a toda velocidad. La furgoneta, cubierta de agujeros de bala, fue abandonada posteriormente cerca de la entrada a la autovía de Hollywood en Sunset Boulevard. El vehículo había sido robado la noche anterior de un almacén de equipamiento de un estudio de cine.

«Todavía no hemos identificado a los sospechosos —dijo Dorsey—. Estamos examinando distintas pistas que creemos que serán útiles a la investigación.»

El tiroteo proporcionó una aleccionadora dosis de realidad al campamento de los cineastas.

«Al principio creí que eran los tíos de atrezo haciendo prácticas —explicó Sean O'Malley, ayudante de producción del rodaje—. Pensé que era una broma hasta que oí a gente que gritaba y se tiraba al suelo y que las balas de verdad empezaban a impactar en la casa. Comprendí que era real. Yo me tiré al suelo y me puse a rezar. Fue aterrador.»

La película que todavía no tiene título trata de una ladrona que roba una maleta que contiene dos millones de dólares de la mafia de Las Vegas y huye a Los Ángeles. Según los expertos, es muy poco común que se utilice dinero real en las producciones cinematográficas, pero el director del filme, Wolfgang Haus, insistió en utilizar dinero real porque las escenas que iban a rodarse en la casa de Selma Avenue conllevaban diversos primeros planos del dinero y de la ladrona, interpretada por Barstow.

Haus explicó que el guión requería que la ladrona se tirara en la cama con el dinero y lo lanzara al aire para mostrar su alborozo. En otra escena, la protagonista se metía en una bañera llena de billetes. Haus aseguró que el dinero falso se advertiría con facilidad en la versión acabada de la cinta.

El realizador alemán también insistió en que el uso de dinero real contribuía a una mejor interpretación de los actores.

«Si usas dinero de mentira, actúas mal —declaró Haus—. Necesitábamos superar eso. Quería que la actriz sintiera que había robado dos millones de dólares. Sería imposible hacerlo de ninguna otra manera. Mis películas se basan en la precisión y la verdad. Si usáramos dinero del Monopoly, la película sería una mentira y todo el mundo se daría cuenta.»

La productora, Eidolon, solicitó un préstamo por un día que incluía todo un ejército de vigilantes de seguridad, según explicaron a la prensa los detectives de la policía. El vehículo blindado debía quedarse en la localización durante el rodaje y el dinero tenía que ser retornado inmediatamente una vez completada la filmación. La suma estaba formada exclusivamente por billetes de cien envueltos en paquetes de veinticinco mil dólares.

Alexander Taylor, propietario de la productora, se

negó a hacer comentarios acerca del asalto o de la decisión de utilizar dinero real durante el rodaje. No estaba claro si el dinero estaba asegurado contra un atraco.

La policía también rechazó revelar por qué Harry Bosch se hallaba en el escenario del rodaje cuando se produjo el tiroteo, no obstante, fuentes del *Times* explicaron que el detective estaba investigando la muerte de Angella Benton, que apareció estrangulada en su apartamento de Hollywood cuatro días antes. Benton, 24, era empleada de Eidolon Productions, y la policía está investigando ahora la posibilidad de que exista una relación entre su asesinato y el atraco a mano armada.

En una declaración hecha pública por su agente, Brenda Barstow dijo: «Estoy horrorizada por lo que ha sucedido y comparto el dolor de la familia del hombre que ha muerto.»

Un portavoz de BankLA explicó que Raymond Vaughn llevaba siete años trabajando en el banco. Anteriormente, Vaughn había sido agente de policía en los departamentos de Nueva York y Pensilvania. Simonson, el empleado herido, es ayudante del vicepresidente del banco Gordon Scaggs y se ocupó del préstamo de un día. No pudo localizarse a Scaggs para que hiciera comentarios.

La producción de la película se ha suspendido temporalmente. El viernes se desconocía cuando iba a reanudarse el rodaje ni si se utilizaría dinero real cuando éste se reiniciara.

Recordé la escena surrealista de aquel día. Los gritos, la nube de humo que quedó después del tiroteo. La gente estaba en el suelo y yo no sabía si les habían alcanzado o simplemente se habían tumbado para protegerse. Nadie se levantó ni siquiera cuando ya hacía mucho que la furgoneta había huido.

Leí por encima un artículo adjunto que se centraba en lo inusual que resultaba la utilización de dinero real —y una suma tan significativa— en un escenario de rodaje, al margen de las precauciones que se tomaran. El artículo explicaba que el efectivo ocupaba cuatro sacas y apuntaba correctamente que era poco probable que un encuadre de cámara pudiera contener alguna vez dos millones de dólares. Aun así, los productores accedieron a la exigencia del director de disponer de dos millones en aras de la verosimilitud. Fuentes de Hollywood que prefirieron mantenerse en el anonimato dieron a entender que no se trataba del dinero, ni de la verosimilitud, ni siquiera del arte. Era simplemente una prueba de fuerza. Wolfgang Haus lo hizo porque podía. El director acababa de rodar dos filmes que habían recaudado más de doscientos millones de dólares cada uno. En sólo cuatro años había pasado de dirigir películas independientes de bajo presupuesto a ser uno de los realizadores más poderosos de Hollywood. Al exigir la disponibilidad de esos dos millones de dólares en efectivo para el rodaje de escenas bastante rutinarias estaba ejercitando su nueva musculatura. Tenía el poder de pedir y obtener los dos millones. Era una historia más del ego en Hollywood, sólo que esta vez con asesinatos de por medio.

Pasé a una crónica publicada dos días después del atraco. Era un refrito de los artículos del primer día con la escasa nueva información de la investigación. No había detenciones ni sospechosos. La información nueva más notable era que la Warner Bros., el estudio que respaldaba la película, había retirado su financiación tras siete días de producción después de que la protagonista, Brenda Barstow, abandonara alegando motivos de seguridad. El artículo citaba fuentes anónimas de la producción que insinuaban que Barstow renunciaba al papel por otras razones, pero que utilizaba una cláusula de seguridad personal de su contrato para rescindirlo. Las otras razones que se apuntaban eran que se había dado cuenta de que la producción había quedado empañada y que la taquilla podría resentirse, así como su disconformidad con el guión final, que se había concluido después de que ella firmara contrato con la productora.

Al final, la crónica retomaba la cuestión de la investigación e informaba de que ésta se había ampliado para abarcar el asesinato de Angella Benton y que la División de Robos y Homicidios se había hecho cargo del caso que inicialmente llevaba la División de Hollywood. Me fijé en un párrafo marcado con un círculo cerca de la parte inferior del recorte. Seguramente lo había marcado yo cuatro años antes:

> Las fuentes confirman al *Times* que el envío del dinero robado en el atraco estaba asegurado y contenía billetes marcados. Los investigadores confían en que el seguimiento de los números de serie de los billetes podría proporcionar la mejor oportunidad de identificar y capturar a los sospechosos.

No recordaba haber señalado el párrafo cuatro años antes y me preguntaba por qué lo había hecho si cuando se publicó el artículo yo estaba apartado del caso. Supuse que en ese momento permanecía interesado, estuviera en el caso o no, y sentía curiosidad por saber si la fuente de la periodista le había dado información precisa o simplemente pretendía que los atracadores leyeran el artículo y se dejaran llevar por el pánico ante la posibilidad de que pudiera seguirse la pista del dinero. Tal vez eso haría que lo conservaran más tiempo e incrementaría las posibilidades de recuperarlo por completo.

Divagaciones. Ya no importaba. Doblé los recortes y los aparté. Pensé en la caravana en la que estaba cuando empezó todo. Los artículos de diario eran sólo un borrador, tan distante como una vista aérea, como tratar de imaginar Vietnam en 1967 viendo las noticias de Walter Cronkite en la CBS. Los reportajes no transmitían la confusión, el olor de la sangre y el miedo, la abrasadora inyección de adrenalina vertiéndose en las venas como los paracaidistas que se deslizaban por las rampas de un C-130 sobre territorio hostil: «¡Vamos, vamos, vamos!»

La caravana estaba aparcada en Selma. Yo estaba hablando con Haus, el director, acerca de Angella Benton. Buscaba algo a lo que agarrarme. Estaba obsesionado con sus manos y de repente en aquella caravana pensé que tal vez las manos habían formado parte de la representación de la escena del crimen. La representación de un director. Estaba presionando a Haus, arrinconándolo, tratando de averiguar qué había hecho la noche en cuestión. Y entonces alguien llamó a la puerta y todo cambió.

—Wolfgang —dijo un hombre tocado con una gorra de béisbol—, el furgón blindado está aquí con el dinero.

Miré a Haus.

—¿Qué dinero?

Y entonces, instintivamente, supe lo que iba a suceder.

Contemplo el recuerdo y lo veo todo a cámara lenta. Veo todos los movimientos, todos los detalles. Salí de la caravana del director y vi el furgón blindado rojo en medio de la calle, dos casas más allá. La puerta de atrás estaba abierta y un hombre de uniforme situado en el interior del vehículo les iba pasando las sacas a dos hombres que había en el suelo. Dos hombres de traje, uno mucho mayor que el otro, observaban desde cerca.

Cuando los portadores del dinero se volvieron hacia la casa, la puerta lateral de una furgoneta aparcada al otro lado de la calle se abrió y surgieron tres individuos con las caras cubiertas con pasamontañas. A través de la puerta abierta de la furgoneta vi a un cuarto hombre al volante. Mi mano buscó la pistola en la cartuchera de cintura que llevaba en el interior del abrigo, pero la dejé allí. La situación era demasiado arriesgada. Había demasiada gente alrededor en medio de un posible fuego cruzado. Dejé que las cosas sucedieran.

Los atracadores sorprendieron por detrás a los portadores del dinero y les arrebataron las sacas sin disparar un solo tiro. Entonces, cuando retrocedían por la calle hacia la furgoneta, sucedió lo inexplicable. El atracador que cubría el asalto, el que no llevaba saca, se detuvo, separó las piernas y levantó el arma que sostenía con las dos manos. No lo entendí. ¿Qué había visto? ¿Dónde estaba la amenaza? ¿Quién había hecho un movimiento? El tipo disparó y el más viejo de los dos hombres de traje, cuyas manos estaban levantadas y no representaban ninguna amenaza, cayó de espaldas en la calle.

En menos de un segundo se desató el tiroteo. El vigilante del furgón, los hombres de seguridad y los policías fuera de servicio situados en el césped de la entrada abrieron fuego. Yo saqué mi pistola y corrí por el césped hacia la furgoneta.

—¡Al suelo! ¡Todo el mundo al suelo!

Mientras los miembros del equipo y los técnicos se arrojaban al asfalto en busca de protección, yo me acerqué más. Oí que alguien empezaba a gritar y el motor de la furgoneta que se ponía en marcha. El olor a pólvora quemada me irritó las fosas nasales. Cuando por fin dispuse de una posición desde donde disparar con seguridad, los atracadores ya estaban llegando a la furgoneta. Uno lanzó sus sacas a través de la puerta abierta y después se volvió sacando dos pistolas del cinturón.

No llegó a disparar. Yo abrí fuego y lo vi caer de espaldas en la furgoneta. Los otros se metieron en el interior tras él y la furgoneta arrancó, haciendo chirriar los neumáticos y todavía con la puerta lateral abierta por la que sobresalían los pies del herido. Observé cómo el vehículo doblaba la esquina y se dirigía hacia Sunset y la autovía. No tenía oportunidad de perseguirlos. Mi Crown Vic estaba aparcado a más de una manzana.

Abrí mi teléfono móvil y llamé para que enviaran una ambulancia y el máximo de efectivos posibles. Les di la dirección por la que huía la furgoneta y les dije que fueran a la autovía.

Todo eso sucedió mientras el griterío de fondo no cesaba. Cerré el móvil y me acerqué al hombre que gritaba. Era el más joven de los dos hombres de traje. Estaba de costado, sujetándose la cadera izquierda con la mano. La sangre se filtraba entre sus dedos. Su día y su traje se habían arruinado, pero supe que se salvaría.

—¡Me han dado! —gritaba mientras se retorcía—. ¡Joder, me han dado!

Salí de mi ensoñación y volví a la mesa del comedor justo cuando Art Pepper empezaba a tocar: *You'd Be So Nice to Come Home To*, con Jack Sheldon a la trompeta. Tenía al menos dos o tres grabaciones de Pepper del *standard* de Cole Porter. En todas ellas atacaba el tema con tanta fuerza que parecía que iba a arrancarse las tripas. No sabía tocar de otra manera y esa implacabilidad era lo que más me gustaba de él. Me halagaba pensar que compartía esa cualidad con Pepper.

Abrí mi libreta por una página en blanco y estaba a punto de escribir una nota sobre algo que había visto en mi rememoración del tiroteo cuando alguien llamó a la puerta.

5

Me levanté, recorrí el pasillo y acerqué el ojo a la mirilla. Entonces volví con rapidez al comedor y cogí un mantel del armario que había junto a la pared. Nunca lo había usado. Lo había comprado mi ex mujer y lo había puesto en el armario para cuando recibiéramos gente en casa. Pero nunca recibíamos gente en casa. Ya no tenía mujer, pero el mantel me iba a servir. Volvieron a llamar a la puerta. Esta vez más fuerte. Terminé de cubrir las fotos y los documentos apresuradamente y volví a la puerta.

Kiz Rider estaba de espaldas a mí y mirando hacia la calle cuando abrí la puerta.

—Kiz, lo siento. Estaba en la terraza de atrás y no te he oído la primera vez que has llamado. Pasa.

Ella pasó por delante de mí y enfiló el corto pasillo hacia la sala y el comedor. Probablemente se fijó en que la puerta corredera de la terraza trasera estaba cerrada.

—¿Entonces cómo sabes que hubo una primera llamada? —preguntó mientras caminaba.

—Yo, eh..., bueno, el golpe era tan fuerte que quien estaba allí tenía...

—Vale, vale, Harry, ya lo he entendido.

No la había visto en casi ocho meses, desde mi fiesta de despedida, que ella había organizado en Musso's alquilando todo el bar e invitando a todos los de la División de Hollywood.

Entró en el comedor y vi que se fijaba en el mantel arrugado. Estaba claro que estaba tapando algo e inmediatamente lamenté haberlo hecho.

Rider llevaba un traje de chaqueta gris marengo con la falda por debajo de la rodilla. El traje me sorprendió. Cuando trabajábamos juntos ella llevaba tejanos negros y un *blazer* por encima de una blusa blanca el noventa por ciento del tiempo. Eso le daba libertad de movimientos y le permitía correr si era necesario. De traje tenía más aspecto de vicepresidenta de banco que no de detective de homicidios.

—Vaya, Harry, ¿siempre preparas tan bien la mesa? —dijo con la mirada todavía en el mantel—. ¿Qué hay para cenar?

—Perdona, no sabía quién llamaba a la puerta y he tapado unas cosas que tenía aquí.

Se volvió para mirarme.

—¿Qué cosas, Harry?

—Sólo cosas. Material de un viejo caso. Bueno, dime, ¿qué tal te va en robos y homicidios? ¿Mejor que la última vez que hablamos?

La habían ascendido a la división de elite del departamento aproximadamente una año antes de que yo dejara el departamento. Tenía problemas con su nuevo compañero y con otros de robos y homicidios y se me había confiado al respecto. Yo había sido su mentor, pero esa relación, que continuó cuando a ella la trasladaron a robos y homicidios, había concluido cuando yo preferí el retiro a un puesto en su misma división que podría haberme convertido de nuevo en su compañero. Sabía que le había dolido. Que me organizara la fiesta de mi retiro había sido un gesto bonito, pero también había sido la gran despedida de ella.

—¿Robos y homicidios? No lo sé.

—¿Qué? ¿De qué estás hablando?

Estaba genuinamente sorprendido. Rider había sido la compañera con más talento e intuitiva con la que había trabajado. Ella estaba hecha para la misión. El departamento necesitaba más gente como ella. Estaba convencido de que habría logrado adaptarse a la vida en la brigada más elitista del departamento para hacer un buen trabajo.

—Me fui al principio del verano. Ahora estoy en la oficina del jefe.

—¿Estás de broma? Oh, joder...

Estaba estupefacto. Obviamente ella se había decidido por hacer carrera en el departamento. Si estaba trabajando para el jefe como ayudante o en proyectos especiales, entonces la estaban preparando para la administración de las altas esferas. No había nada de malo en ello. Sabía que Rider era ambiciosa como el que más, pero homicidios era una vocación, no una carrera. Siempre había pensado que ella lo entendía y lo aceptaba, que ella había escuchado la llamada.

—Kiz, no sé qué decirte. Ojalá...

—¿Qué? ¿Ojalá hubiera hablado contigo? Lo dejaste, Harry. ¿Recuerdas? ¿Qué ibas a decirme, que aguantara en robos y homicidios cuando tú lo dejaste?

—Lo mío era diferente, Kiz. Yo había opuesto demasiada resistencia. Llevaba demasiada carga. Contigo era diferente. Tú eras la estrella, Kiz.

—Bueno, las estrellas se apagan. Era todo muy mezquino y político en la tercera planta. Cambié de rumbo. Acabo de pasar el examen de teniente y el jefe es un buen hombre. Quiere hacer cosas buenas y yo quiero estar a su lado. Tiene gracia, hay menos política en la sexta planta. Es al revés de lo que imaginas.

Sonaba como si estuviera intentando convencerse a sí misma más que a mí. Lo único que yo podía hacer era asentir mientras me inundaba una sensación de culpa y pérdida. Si me hubiera quedado y hubiera aceptado el puesto en robos y homicidios, ella también se habría quedado. Fui hasta la sala y me dejé caer en el sofá. Ella me siguió, pero permaneció de pie.

Bajé un poco el volumen de la música, pero no demasiado. Me gustaba el tema. Contemplé a través de las puertas correderas, y por encima de la terraza, las montañas que se alzaban al otro extremo del valle de San Fernando. No había más contaminación que otros días, pero el cielo encapotado me pareció conveniente cuando Pepper cogió el clarinete para acompañar a Lee Konitz en *The Shadow of Your Smile*. Tenía un aire nostálgico que incluso dio que pensar a Rider, que se quedó de pie, escuchando.

Me había dado los discos un amigo llamado Quentin McKinzie, un viejo *jazzman* que conoció a Pepper y que había tocado con él hacía décadas en Shelly Manne's y en Donte's, así como en algunos de los viejos clubes de Hollywood, surgidos con el sonido de la Costa Oeste, pero que habían desaparecido tiempo atrás. McKinzie me había pedido que escuchara los discos y que los estudiara. Eran algunas de las últimas grabaciones de Art Pepper, quien, después de pasar años en calabozos y prisiones a causa de sus adicciones, estaba recuperando el tiempo perdido. Incluso en su trabajo como *sideman*. Esa implacabilidad. No paró hasta que su corazón dijo basta. En la música de Pepper y en su actitud había una integridad que mi amigo admiraba. Me dio los discos y me dijo que nunca dejara de recuperar el tiempo perdido.

La canción terminó enseguida y Kiz se volvió hacia mí.

—¿Quién era?

—Art Pepper, Lee Konitz.

—¿Blancos?

Asentí.

—Joder. Son buenos.

Asentí de nuevo.

—Bueno, ¿qué hay debajo del mantel, Harry?

Me encogí de hombros.

—Es la primera vez que vienes en ocho meses, así que supongo que ya lo sabes.

Esta vez fue ella quien asintió.

—Sí.

—Deja que lo adivine. Alexander Taylor es colega del jefe o del alcalde, o de los dos, y os ha pedido que veáis qué hago.

Ella repitió el mismo gesto con la cabeza. No me había equivocado.

—Y el jefe sabía que tú y yo éramos amigos, así que...

—Rider pareció tartamudear al decir «éramos»—. El caso

es que me mandó para decirte que te estás equivocando de puerta.

Rider se sentó en la silla que quedaba enfrente del sofá y miró a través de la terraza. Estaba seguro de que no le interesaba el paisaje. Simplemente no quería mirarme.

—O sea que ésta es la razón de que hayas dejado homicidios. Para hacerle recados al jefe.

Ella me miró con acritud y vi la herida en sus ojos. Pero no me arrepentía de lo que le había dicho. Estaba tan enfadado con ella como ella lo estaba conmigo.

—Para ti es fácil decirlo, Harry. Tú ya pasaste la guerra.

—La guerra no termina nunca, Kiz.

Casi sonreí ante la coincidencia de la canción que estaba sonando cuando Kiz me comunicó el mensaje. El tema se llamaba *High Jingo*. Pepper todavía acompañaba a Konitz; murió seis meses después de grabar el tema. La coincidencia era que cuando yo era joven los detectives de la vieja guardia llamaban *high jingo* a los casos que habían captado un interés inusual de la sexta planta o que conllevaban otros peligros políticos o burocráticos. Cuando un caso era *high jingo*, tenías que andarte con pies de plomo. Te movías en aguas turbias y había que tener ojos en la nuca porque nadie iba a vigilarte la espalda.

Me levanté y me acerqué a la ventana. El sol, anaranjado y rosáceo, se reflejaba en millones de partículas que flotaban en el aire. Se veía tan hermoso que costaba creer que era aire envenenado.

—Entonces ¿cuál es el mensaje del jefe? ¿«Olvídalo, Bosch. Ahora eres un simple ciudadano. Deja que se ocupen los profesionales»?

—Más o menos.

—El caso está acumulando polvo, Kiz. ¿Qué le importa que eche un vistazo cuando nadie de su propio departamento lo hace? ¿Tiene miedo de que lo ponga en evidencia si lo cierro?

—¿Quién dice que está acumulando polvo?

Me volví y la miré.

—Vamos, no me vengas con el cuento de la diligencia debida. Ya sé cómo funciona. Una firma cada seis meses en el informe. «Ah, sí, no hay ninguna novedad.» Joder, ¿no te importa, Kiz? Conocías a Angella Benton. ¿No quieres que el caso se solucione?

—Claro que sí. No lo dudes ni por un momento. Pero están ocurriendo cosas, Harry. Me han mandado como un gesto de cortesía hacia ti. No te metas. Podrías entrar donde no deberías y molestar en lugar de ayudar.

Volví a sentarme y la miré durante un largo rato, tratando de leer entre líneas. No me había convencido.

—Si alguien lo está trabajando activamente, ¿quién es? Kiz negó con la cabeza.

—No puedo decírtelo. Sólo puedo decirte que lo dejes.

—Mira, Kiz, soy yo. Por más que te cabreara que entregara la placa no deberías...

—¿Qué? ¿Hacer lo que tengo que hacer? ¿Acatar órdenes? Harry, ya no tienes placa. Hay gente con placa que está trabajando en esto. Activamente. ¿Lo has entendido? Dejémoslo así.

Antes de que pudiera hablar me lanzó otra andanada.

—Y no te preocupes por mí, ¿vale? Ya no estoy cabreada contigo, Harry. Me dejaste en pelotas, pero eso fue hace mucho tiempo. Sí, estaba cabreada, pero fue hace mucho. Ni siquiera quería venir aquí hoy, pero él me mandó. Creyó que podría convencerte.

Supuse que «él» era el jefe. Me quedé sentado en silencio un momento, esperando para ver si había más. Pero eso era todo por su parte. Entonces hablé con calma, casi como si estuviera en un confesionario.

—¿Y si no puedo dejarlo? ¿Y si por razones que no tienen nada que ver con este caso necesito trabajarlo? Razones personales. ¿Qué pasa entonces?

Ella sacudió la cabeza enfadada.

—Entonces vas a salir escaldado. Esta gente no se anda con bromas. Busca otro caso, búscate otra forma de exorcizar tus demonios.

—¿Qué gente?

Rider se levantó.

—Kiz, ¿qué gente?

—Ya he dicho bastante, Harry. Mensaje entregado. Buena suerte.

Ella se encaminó por el pasillo hacia la puerta. Yo me levanté y la seguí, sin poder parar de darle vueltas a la información.

—¿Quién está trabajando el caso? —pregunté—. Dímelo.

Ella me miró, pero continuó caminando hacia la salida.

—Dímelo, Kiz. ¿Quién?

Kizmin Rider se detuvo de repente y se volvió hacia mí. Vi rabia y desafío en sus ojos.

—¿Por los viejos tiempos, Harry? ¿Es eso lo que ibas a decir?

Retrocedí. Su rabia la envolvía como un campo de fuerza y me obligaba a retroceder. Levanté las manos en ademán de rendición y no dije nada. Ella aguardó un momento y luego se volvió hacia la puerta.

—Adiós, Harry.

Rider abrió y salió, después cerró la puerta tras de sí.

—Adiós, Kiz.

Pero ella ya se había ido. Me quedé un buen rato allí de pie, pensando en lo que Kizmin Rider había dicho y en lo que había callado. Había un mensaje dentro del mensaje, pero todavía no podía leerlo. El agua estaba demasiado turbia.

—*High jingo, baby* —dije para mí al tiempo que cerraba la puerta.

6

El trayecto de salida hasta Woodland Hills me llevó casi una hora. Ése solía ser un lugar donde si esperabas, elegías bien tu ruta e ibas en dirección contraria al tráfico podías llegar a algún sitio en un tiempo decente. Ya no era así. Me daba la sensación de que las autovías eran una pesadilla permanente en todas partes y a todas horas. Nunca había tregua. En los últimos meses había hecho pocos desplazamientos de larga distancia y verme de nuevo inmerso en la rutina era un ejercicio molesto y frustrante. Cuando llegué a mi límite, salí de la 101 en Topanga Canyon y me abrí camino por calles de superficie el resto del trayecto. Me contuve de intentar recuperar el tiempo perdido acelerando por los distritos residenciales. Llevaba una petaca en el bolsillo interior de la cazadora y si me hacían parar podía suponerme un problema.

En quince minutos llegué a la casa de Melba Avenue. Aparqué detrás de la furgoneta, bajé del coche y caminé hasta la rampa de madera que se iniciaba junto a la puerta lateral de la furgoneta y que se había construido sobre los escalones de la fachada principal.

En la puerta me recibió Danielle Cross, quien me invitó a pasar en silencio.

—¿Qué tal está hoy, Danny?

—Como siempre.

—Ya.

No sabía qué más decir. No podía imaginar cuál era la perspectiva del mundo que tenía una mujer como ella, cuyas esperanzas habían cambiado completamente de la noche a la mañana. Sabía que no podía ser mucho mayor que su marido. Cuarenta y pocos. Pero era imposible decirlo. Tenía unos ojos cansados y unos labios que parecían permanentemente tensos y curvados hacia abajo en las comisuras.

Conocía el camino y ella me dejó pasar. Atravesé la sala de estar y luego recorrí el pasillo hasta la última habitación de la izquierda. Entré y vi a Lawton Cross en su silla, la que se compró junto con la furgoneta después de la colecta que había promovido el sindicato de policías. Estaba mirando la CNN —un reportaje más de la situación en Oriente Próximo— en una televisión montada en un soporte fijado en una esquina del techo.

Su mirada me buscó, pero su cara no lo hizo. Una correa le pasaba por encima de las cejas y le sujetaba la cabeza al cojín. Había una red de tubos que conectaba su brazo derecho a una bolsa de un fluido claro, colgada de un poste unido a la parte posterior de la silla. Cross tenía la piel cetrina y no pesaba más de cincuenta y cinco kilos. La nuez le sobresalía como una esquirla de porcelana rota, tenía los labios resecos y agrietados y el cabello completamente despeinado. Me había sorprendido su aspecto cuando había ido a verlo la primera vez después de recibir su llamada. Traté de no delatar mi sorpresa en esta ocasión.

—Eh, Law, ¿cómo va eso?

Era una pregunta que detestaba hacerle, pero sentía que se la debía.

—Ya lo ves, Harry.

—Sí.

Su voz era un susurro áspero, como el de un entrenador de instituto que se ha pasado cuarenta años gritando desde la línea de banda.

—Escucha —dije—. Siento volver tan pronto, pero había algunas cosas.

—¿Has hablado con el productor?

—Sí, empecé con él ayer. Me concedió veinte minutos. Se oía en la habitación un silbido bajo que ya había percibido en mi anterior visita, esa misma semana. Creo que era el respirador, que enviaba aire a través de la red de tubos que pasaban bajo la camisa de Cross, salían a través del escote y le subían por ambos lados del rostro antes de entrar en sus fosas nasales.

—¿Y...?

—Me dio algunos nombres. Todas las personas de Eidolon Productions que supuestamente sabían lo del dinero. Todavía no he tenido tiempo de investigarlos.

—¿Alguna vez le preguntaste qué significaba Eidolon?

—No, nunca pensé en preguntárselo. ¿Qué es, un apellido?

—No, significa fantasma. Ésa es una de las cosas que recordé. Me ha saltado en la cabeza cuando he estado pensando en el caso. Se lo pregunté una vez. Me dijo que era de un poema sobre un fantasma que estaba sentado en un trono en la oscuridad. Supongo que se imagina que es él.

—Raro.

—Sí. Oye, Harry, ¿puedes apagar el monitor? Así no hemos de molestar a Danny.

Me había pedido lo mismo en mi anterior visita. Rodeé su silla y vi un pequeño dispositivo de plástico con una lucecita verde que brillaba en una cómoda próxima. Era un monitor de audio de los que usan los padres para escuchar a los bebés mientras éstos duermen. A Cross le servía para llamar a su mujer cuando necesitaba cambiar de canal o precisaba alguna otra cosa. Lo apagué para poder hablar en privado y volví a situarme delante de la silla.

—Bueno —dijo Cross—, ¿ahora por qué no cierras la puerta?

Hice lo que me pidió. Sabía adónde íbamos a ir a parar.

—¿Me has traído esta vez lo que te pedí? —dijo Cross.

—Eh, sí.

—Bien. Empecemos con eso. Mira si ha dejado mi botella en el cuarto de baño que tienes detrás.

El estante de encima del lavabo estaba lleno de todo tipo de fármacos y material médico. En una jabonera había una botella de plástico sin tapa. Parecía el bidón de una bici, pero era ligeramente distinto. El cuello era más ancho y estaba levemente curvado, probablemente para facilitar el ángulo de bebida. O eso pensé. Rápidamente saqué la petaca de mi chaqueta y vertí un par de medidas de Bushmill en la botella. Cuando salí del cuarto de baño, los ojos de Cross se abrieron de horror.

—No, ¡ésa no! ¡Ésa es la del pis! Es la que va debajo de la silla.

—¡Mierda! Lo siento.

Volví al cuarto de baño y estaba tirando el whisky en el lavabo justo cuando Cross gritó:

—No, no lo hagas.

Volví a mirarlo.

—Me lo habría tomado.

—No te preocupes, tengo más.

Después de enjuagar el recipiente de plástico y dejarlo otra vez encima de la jabonera volví a la habitación.

—Law, ahí no hay ninguna botella para beber. ¿Qué quieres que haga?

—Maldita sea, seguramente se la ha llevado ella. Sabe lo que pretendo. ¿Tienes la petaca?

—Sí, aquí mismo. —Di unos golpecitos en la cazadora a la altura del bolsillo.

—Déjame probarlo.

Saqué la petaca, la abrí y se la acerqué. Le dejé tragar. Él tosió sonoramente y parte del líquido se le derramó por la mejilla y el cuello.

—¡Ah, Dios! —exclamó en un grito ahogado.

—¿Qué?

—Joder...

—¿Qué? Law, ¿estás bien? Iré a buscar a Danny.

Hice un movimiento hacia la puerta, pero él me detuvo.

—No, no. Estoy bien. Estoy bien. Es que... hacía mucho que no bebía. Dame otro trago.

Volví a acercarle la petaca a la boca y le di una buena sacudida. Esta vez tragó el whisky sin problemas y cerró los ojos.

—Black Bush... Joder, qué bueno.

Sonreí y asentí.

—A la mierda los médicos —dijo—. Tú tráeme Bushmill cuando quieras, Harry. Cuando quieras.

Era un hombre que no podía moverse, pero aun así vi que el whisky le suavizaba la mirada.

—Ella no me da nada —dijo—. Órdenes del doctor. La única vez que lo pruebo es cuando alguno de vosotros viene a visitarme. Y eso no pasa a menudo. ¿Quién va a querer ver semejante panorama?

»Tú sigue viniendo, Harry. No me importa el caso, resuélvelo o no lo resuelvas, pero tú sigue viniendo a verme. —Cross buscó la petaca con la mirada—. Y tráeme a tu amigo. Trae siempre a tu amigo.

Empezaba a entenderlo. Cross se había guardado cosas. Había venido a visitarle el día anterior a ir a ver a Taylor. Cross era el punto de partida lógico. Pero él se había reservado información para que volviera... con una petaca. Tal vez todo, incluida su llamada para volver a despertar mi interés en el caso, se había tratado de una sola cosa: la petaca.

Levanté el envase del tamaño de una cartera.

—No me lo dijiste todo para que te trajera esto, Law.

—No. Iba a pedir a Danny que te llamara porque olvidé algo.

—Sí, bueno, ya lo sé. Fui a hablar con Taylor y la siguiente noticia fue una visita de la sexta planta para decirme que lo dejara, que lo estaba trabajando gente que no se anda con bromas.

Los ojos de Cross se movían adelante y atrás en su cabeza inmóvil.

—No era eso —dijo.

—¿Quién vino a verte antes que yo, Law?

—Nadie. Nadie ha venido a preguntar por el caso.

—¿A quién llamaste antes de llamarme a mí?

—A nadie, Harry. Te lo prometo.

Debí de levantar la voz porque de repente se abrió la puerta de la habitación y apareció la mujer de Cross.

—¿Pasa algo?

—No pasa nada, Danny —dijo su marido—. Déjanos solos.

Ella se quedó un momento de pie en el umbral y vi que sus ojos iban a la petaca que yo sostenía. Por un momento, pensé en echar un trago yo, para que pensara que era para mí. Pero en su expresión vi que sabía exactamente lo que estaba ocurriendo. Ella no se movió durante un instante interminable y después sus ojos buscaron los míos y me sostuvo la mirada antes de dar un paso atrás y cerrar la puerta. Yo volví a mirar a Cross.

—Si no lo sabía, ahora ya lo sabe.

—No me importa. ¿Qué hora es, Harry? No veo bien la pantalla.

Miré a la esquina de la televisión, donde la CNN siempre mostraba la hora.

—Son las once y dieciocho. ¿Quién vino a verte, Law? Quiero saber quién está trabajando el caso.

—Ya te lo he dicho, Harry, nadie vino a verme. Por lo que yo sé, el caso está más muerto que estas putas piernas mías.

—Entonces ¿qué es lo que no me dijiste la otra vez?

Su mirada fue a la petaca y no tuvo que pedirlo. Se la acerqué a sus labios agrietados y despellejados y él echó un buen trago. Cerró los ojos.

—Oh, Dios... —dijo—. Tengo...

Abrió los ojos y éstos saltaron hacia mí como una jauría de lobos sobre un ciervo.

—Ella me mantiene vivo —susurró con desesperación—. ¿Tú crees que es esto lo que quiero? ¿Estar sentado encima de mi propia mierda? Ella cobra una paga completa mientras yo estoy vivo; paga completa y asistencia médica. Si me muero se queda con la pensión de viudedad. Y yo no llevaba tanto tiempo en el cuerpo, Harry. Catorce años. Cobraría la mitad de lo que saca conmigo vivo.

Lo miré durante un buen rato, sin dejar de preguntarme si Danny Cross estaría escuchando detrás de la puerta.

—Y ¿qué quieres de mí, Law? ¿Que te desconecte? No puedo hacerlo. Puedo buscarte un abogado si quieres, pero no...

—Y además ella no me trata bien.

Me detuve de nuevo. Sentí un tirón en las entrañas. Si lo que estaba diciendo era cierto, entonces su vida era un infierno peor que lo que podía imaginar. Bajé la voz antes de hablar.

—¿Qué te hace, Law?

—Se enfurece. Hace... No quiero hablar de eso. No es culpa suya.

—Escucha, ¿quieres que te busque un abogado? También puedo conseguir un investigador de los servicios sociales.

—No, no quiero abogados. Eso sería eterno. No quiero investigadores. No quiero eso. No quiero que te metas en ningún lío, Harry, pero ¿qué voy a hacer? Si pudiera desenchufarme yo mismo...

Dejó escapar el aire. Era el único gesto que su cuerpo le permitía. Sólo podía imaginar su horrible frustración.

—Esto no es manera de vivir, Harry. Esto no es vida.

Asentí. En la primera visita no había surgido nada de esa impotencia. Habíamos hablado del caso, de lo que él podía recordar. Sus recuerdos de la investigación volvían en jirones. Había sido una entrevista difícil, pero exenta de odio de sí mismo y desesperación. No hubo más depresión de la esperada. Me pregunté si la causa del cambio había sido el alcohol.

—Lo siento, Law.

Era lo único que podía decir. Sus ojos se desviaron hacia el televisor que estaba por encima de mi hombro izquierdo.

—¿Qué hora es ya, Harry?

Esta vez miré mi reloj.

—Y veinte. ¿Qué prisa tienes, Law? ¿Estás esperando a alguien?

—No, es que quiero ver un programa de Court TV. Lo dan a las doce. Me gusta Rikki Klieman.

—Entonces aún tienes tiempo para hablar conmigo. ¿Por qué no te pones un reloj más grande?

—No me lo daría. Dice que el doctor opina que es malo para mí que mire un reloj.

—Quizá tenga razón.

Fue un comentario equivocado. Vi que la ira se abría paso en su mirada e inmediatamente lamenté mis palabras.

—Lo siento. No debería...

—¿Sabes lo que es no poder levantar la muñeca para mirar tu puto reloj?

—No, Law, no tengo ni idea.

—¿Sabes lo que es cagarse en una bolsa y que tu mujer la lleve al váter? ¿Tener que pedírselo todo a ella, incluido un sorbo de whisky?

—Lo siento, Law.

—Sí, lo sientes. Todo el mundo lo siente, pero nadie...

No terminó la frase. Pareció arrancar el final de la frase como un perro que muerde un pedazo de carne cruda. Apartó la mirada y se quedó callado. Yo también me quedé un buen rato en silencio, hasta que pensé que se había tragado la rabia hasta un pozo de frustración y pena por sí mismo aparentemente sin fondo.

—Eh, ¿Law?

Sus ojos volvieron a fijarse en mí.

—¿Qué, Harry?

Estaba tranquilo. El momento había pasado.

—Volvamos atrás. Dijiste que ibas a llamarme porque habías olvidado algo cuando hablamos del caso antes. ¿Qué es lo que olvidaste decirme?

—Nadie vino aquí a hablarme del caso, Harry. Tú eres el único. En serio.

—Te creo. Estaba equivocado en eso. Pero ¿qué es lo que olvidaste decirme? ¿Por qué ibas a llamarme?

Cross cerró los ojos un momento, pero enseguida los abrió. Estaban claros y centrados.

—Te dije que Taylor había asegurado el dinero, ¿no?

—Sí, me lo dijiste.

—Lo que olvidé fue que la aseguradora... De repente no recuerdo el nombre de la...

—Global Underwriters. El otro día lo recordaste.

—Sí. Global Underwriters. Una condición del contrato era que el prestamista (BankLA) escaneara los billetes.

—¿Escanear los billetes? ¿Qué quieres decir?

—Registrar los números de serie.

Recordé el párrafo que había señalado con un círculo en el recorte de periódico. Empecé a hacer cálculos mentalmente. Dos millones entre cien. Casi lo tenía y de pronto se me fue el número.

—Eso serían muchos números.

—Lo sé. El banco puso pegas. Dijo que le haría falta poner a cuatro personas durante una semana, algo así. La cuestión es que negociaron y llegaron a un acuerdo. Hicieron un muestreo. Anotaron diez números de cada una de las pilas.

Recordaba del artículo del *Times* que el dinero se entregó en fajos de veinticinco mil dólares. Ese cálculo era fácil. Ochenta fajos eran dos millones.

—Así que anotaron ochocientos números. Sigue siendo mucho.

—Sí. Recuerdo que el listado ocupaba unas seis páginas.

—¿Y qué hicisteis con él?

—Dame otro trago de ese Black Bush, anda.

Se lo di. La petaca ya estaba casi vacía. Necesitaba averiguar lo que tenía que decirme y salir de esa casa. Empezaba a sentirme absorbido por ese mundo deprimente y no me gustaba.

—¿Conseguisteis los números?

—Sí, solicitamos la lista y se la dimos a los federales. Y pedimos a los de robos que la repartieran a todos los bancos del condado. También la mandé a la Metro de Las Vegas para que la hicieran llegar a los casinos.

Asentí, esperaba más.

—Pero ya sabes cómo funciona eso, Harry. Una lista así sólo sirve si la gente la comprueba. Lo creas o no hay un montón de billetes de cien circulando y si los usas en los sitios adecuados la gente ni siquiera arquea una ceja. No van a perder tiempo en comprobar cada número en una lista de seis páginas. No tienen ni el tiempo ni la predisposición.

Era cierto. El dinero marcado se usaba más como prueba cuando se descubría en posesión de un sospechoso en un delito económico como un asalto a un banco. No recordaba haber trabajado, ni siquiera haber oído que una transacción con dinero marcado condujera a un sospechoso.

—¿Ibas a llamarme porque olvidaste decirme esto?

—No, no sólo eso. Hay más. ¿Te queda algo en esa petaca?

Agité la petaca para que oyera que estaba casi vacía. Le di lo que quedaba y luego la tapé y volví a guardármela en el bolsillo.

—No hay más, Law. Hasta la próxima. Acaba lo que me ibas a contar.

Su lengua asomó del horrible agujero que tenía por boca y lamió una gota de whisky de la comisura de los labios. Era patético y volví la cabeza para mirar la hora en la televisión y no tener que verlo. En la tele pasaban noticias de economía: un gráfico con una línea roja descendente al lado del rostro de preocupación del obeso presentador.

Volví a mirar a Cross y aguardé.

—Bueno —dijo—, al cabo de, no sé, diez meses o así, casi un año (eso fue después; Jack y yo ya estábamos trabajando otros casos), Jack recibió una llamada de Westwood relacionada con los números de serie. Lo recordé todo el otro día, después de que te fueras.

Supuse que Cross estaba hablando de que un agente del FBI había llamado a su compañero. No era en absoluto raro que los detectives de la policía de Los Ángeles evitaran referirse a los agentes del FBI como agentes del FBI, como si negarles el título de alguna manera los rebajara uno o dos peldaños. La relación entre las dos organizaciones competidoras nunca había sido idílica. El principal edificio federal de Los Ángeles estaba en Wilshire Boulevard, en Westwood, y albergaba los distintos departamentos de la policía federal.

Al margen de las envidias jurisdiccionales, necesitaba estar seguro.

—¿Un agente del FBI? —pregunté.

—Sí, una mujer.

—Vale. ¿Qué os dijo?

—Sólo habló con Jack y después Jack habló conmigo. La agente le contó que uno de los números de serie estaba equivocado y Jack dijo: «¿De veras? ¿Cómo es eso?» Y la agente le explicó que la lista había dado vueltas por el edificio y finalmente había llegado a su mesa. Y ella se había tomado el tiempo de comprobar los números en su ordenador y había un problema con uno de ellos.

Se detuvo como para recuperar el aliento. Volvió a lamerse los labios y me recordó a algún tipo de criatura subacuática saliendo por una grieta de una roca.

—Ojalá tuvieras un poco más en esa petaca, Harry.

—Lo siento. La próxima vez. ¿Qué problema había con el número?

—Bueno, por lo que recuerdo, esa tía le dijo a Jack que coleccionaba números de serie. ¿Me explico? Siempre que llegaba algún documento a su escritorio con números de serie de billetes, ella los introducía en su ordenador, los añadía a su base de datos. Podía cruzar información y cosas así. Era un programa nuevo en el que ella estaba trabajando desde hacía varios años y tenía un montón de números introducidos. Oye, necesito agua. Tengo la garganta seca de tanto hablar.

—Iré a buscar a Danny.

—No, no, eso no. Pon un poco de agua del lavabo en la petaca y beberé de ahí. Eso estará bien. No molestes a Danny. Ya está bastante molesta.

En el cuarto de baño llené la petaca hasta la mitad con agua del grifo. La agité y se la llevé. Se la tomó toda. Después de unos momentos, Cross finalmente prosiguió con su relato.

—Ella dijo que uno de los números de nuestra lista estaba en otra lista y que eso era imposible.

—¿A qué te refieres? Me he perdido.

—A ver si lo recuerdo bien. Dijo que el número de serie de uno de los billetes de cien que figuraba en nuestra lista coincidía con el de otro billete de cien que formaba parte de un paquete cebo que se habían llevado en el asalto a un banco unos seis meses antes del robo del rodaje.

—¿Dónde fue el atraco del banco?

—En Marina del Rey, creo. Pero no estoy seguro.

—Vale, ¿cuál era el problema? ¿Por qué el billete de cien del robo anterior no podría haberse puesto otra vez en circulación, llegado a un banco y después formar parte de los dos millones que enviaron a Selma Avenue?

—Eso es lo que yo le pregunté y Jack me dijo que era imposible, porque la agente le explicó que habían detenido al ladrón de Marina del Rey. Llevaba encima el paquete cebo y acabó en la cárcel federal y el billete quedó en custodia como prueba.

Pensé en ello, tratando de formarme una idea clara.

—Estás diciéndome que según ella era imposible que el billete de cien dólares de tu lista formara parte del dinero entregado para el rodaje de la película porque en ese momento estaba custodiado como prueba en relación con el atraco al banco de Marina del Rey.

—Exactamente. Ella incluso fue a comprobar que el billete seguía bajo custodia, y allí estaba.

Traté de pensar en lo que esto podía significar, si es que significaba algo.

—¿Qué hicisteis Jack y tú?

—Bueno, no mucho. Había un montón de números, seis páginas llenas. Supusimos que tal vez se habían equivocado con uno. Tal vez el tipo que lo anotó todo se había equivocado, había traspuesto una cifra o algo. Entonces ya trabajábamos en otro caso. Jack dijo que haría algunas llamadas al banco y a Global Underwriters. Pero no sé si lo hizo. Poco después entramos en ese maldito bar y todo lo demás quedó en segundo plano... hasta que pensé en Angella Benton y te llamé. Ahora estoy empezando a recordar otra vez, ¿sabes?

—Entiendo. ¿Recuerdas el nombre de la agente?

—Lo siento, Harry, no me acuerdo del nombre. Puede que no lo supiera nunca. No hablé con ella y no creo que Jack me lo dijera.

Me quedé en silencio mientras consideraba si estaba ante una pista que merecía la pena investigar. Pensé en lo que Kiz Rider había dicho respecto de que se estaba trabajando el caso. Tal vez ésa era la clave. Tal vez la gente sobre la que me había hablado pertenecían al FBI. Mientras pensaba esto, Cross empezó a hablar otra vez.

—Por si sirve de algo, según lo que Jack me contó, esta agente, quienquiera que fuera, averiguó esto por su cuenta. El programa que utilizó era suyo. Era como un pasatiempo. No era el ordenador oficial.

—Vale. ¿Sabes si hubo alguna coincidencia más en los números? ¿Antes de éste?

—Hubo una, pero no llevó a ninguna parte. De hecho, surgió enseguida.

—¿Qué fue?

—Apareció en un depósito bancario. Creo que era en Phoenix. Mi memoria es como un queso de Gruyère. Está llena de agujeros.

—¿Recuerdas algo de ese billete?

—Sólo que era un depósito de dinero procedente de una transacción en efectivo. Un restaurante, quizá. No íbamos a poder tirar del hilo mucho más.

—¿Pero fue poco después del robo?

—Sí, recuerdo que saltamos sobre ello. Jack lo investigó, pero llegó a un callejón sin salida.

—¿Cuánto después del robo? ¿Lo recuerdas?

—Tal vez unas pocas semanas. No estoy seguro.

Asentí con la cabeza. Estaba recuperando la memoria, pero ésta todavía no era fiable. Me sirvió para recordarme que sin el expediente del caso estaba notoriamente limitado.

—Bueno, Law, gracias. Si te acuerdas de algo más o piensas en algo, pídele a Danny que me llame. Y tanto si eso pasa como si no, volveré a verte.

—Y traerás el...

No terminó, pero no hacía falta.

—Sí, lo traeré. ¿Estás seguro de que no quieres que venga con nadie? Tal vez un abogado que pueda hablar contigo sobre...

—No, Harry, de momento nada de abogados.

—¿Quieres que hable con Danny?

—No, Harry, no hables con ella.

—¿Estás seguro?

—Estoy seguro.

Lo saludé con la cabeza y salí del dormitorio. Quería llegar rápidamente al coche para escribir algunas notas acerca de la llamada que Jack Dorsey había recibido de una agente del FBI, pero cuando llegué a la sala Danielle Cross estaba sentada en el sofá, esperándome. Me miró con ojos acusadores. Yo le devolví el mismo tipo de mirada.

—Creo que ya casi es hora de un programa que quiere ver en Court TV.

—Me ocuparé de eso.

—Yo ya me voy.

—Ojalá no vuelvas.

—Bueno, puede que tenga que hacerlo.

—Lawton está en un equilibrio mental y físico precario. El alcohol lo pone mal. Tarda días en recuperarse.

—A mí me ha parecido que se sentía mejor.

—Vuelve mañana y me lo dices.

Asentí. Ella tenía razón. Yo había pasado media hora con Cross, no toda mi vida. Esperé. Sabía que se estaba preparando para decirme algo.

—Supongo que te ha dicho que quiere morir y que yo soy la que lo mantiene con vida. Por el dinero.

Dudé, pero finalmente asentí con la cabeza.

—Te ha dicho que lo maltrato.

Asentí de nuevo.

—Se lo dice a todos los que vienen a verlo. A todos los polis.

—¿Es verdad?

—La parte de que quiere morir. Algunos días sí, otros no.

—¿Y la parte de que lo maltratas?

Ella apartó la mirada.

—Tratar con él es frustrante. No es feliz y la paga conmigo. Una vez yo la pagué con él. Le apagué la televisión y se echó a llorar como un bebé. —Me miró—. Es lo único que le he hecho nunca, pero fue suficiente. Lamento lo que hice, odio en lo que me convertí en ese momento. Salió lo peor de mí.

Traté de interpretar su expresión, la posición del mentón y la boca. Se tocaba los anillos de una mano con los dedos de la otra. Era un gesto de nerviosismo. Vi que su barbilla empezaba a temblar y enseguida brotaron las lágrimas.

—¿Qué se supone que tengo que hacer?

Sacudí la cabeza. No tenía respuesta. Lo único que sabía era que tenía que salir de allí.

—No lo sé, Danny. No sé lo que ninguno de nosotros tiene que hacer.

Fue lo único que se me ocurrió. Caminé con rapidez hasta la puerta de la calle y salí. Me sentí como un cobarde que huía y los dejaba solos en aquella casa.

7

Por la boca muere el pez. La teoría del caso que investigaron Cross y Dorsey cuatro años atrás era simple. Creían que Angella Benton, a través de su trabajo, tenía conocimiento de que iban a entregarse dos millones de dólares en el lugar de filmación y había puesto en marcha el atraco y su propia muerte al hablar del dinero de manera intencionada o por error. Su lengua larga había plantado la semilla del robo y, en consecuencia, la de su propia muerte. Por ser el vínculo interno con los atracadores, éstos debían eliminarla para cubrir sus huellas. Dado que su asesinato se produjo cuatro días antes del atraco los dos investigadores habían supuesto que su participación no había sido intencionada. De algún modo, había proporcionado la información que condujo al atraco y era preciso eliminarla antes de que se diera cuenta de lo que había hecho. También era preciso eliminarla de manera que no atrajera las sospechas sobre la inminente entrega de dos millones de dólares. Por consiguiente, los aspectos psicosexuales de la escena del crimen —las ropas rasgadas y los indicios de masturbación— formaban parte de una maniobra para despistar.

Si por el contrario hubiera sido una participante voluntaria en el plan del robo, su muerte se habría producido, a juicio de los detectives, después de que el atraco se hubiera llevado a cabo con éxito.

Me había parecido una teoría sólida cuando Lawton Cross me la explicó durante mi primera visita a su casa. Probablemente yo habría seguido el mismo camino si se me hubiera permitido continuar con el caso. Pero en última instancia la teoría no proporcionó resultados. Cross me explicó que él y su compañero habían llevado a cabo una investigación en profundidad de Benton, pero nunca hallaron la pista que permitiera desvelar el caso. Le habían dedicado cinco meses. Investigaron sus movimientos, sus hábitos y sus rutinas. Examinaron su tarjeta de crédito, sus cuentas bancarias y sus llamadas telefónicas. Entrevistaron y volvieron a entrevistar a todos los miembros de la familia y a los amigos y colegas conocidos. Sólo en Columbus se pasaron ocho días. Dorsey fue a Phoenix para investigar un único billete de cien dólares. Pasaron tanto tiempo en Eidolon Productions que durante un mes les asignaron una oficina en Archway Pictures para que llevaran a cabo sus entrevistas.

Y no sacaron nada.

Como solía ocurrir con los homicidios, Dorsey y Cross atesoraron una gran cantidad de conocimientos sobre la víctima, pero no el dato clave que conduce a la identificación del asesino. Acabaron sabiendo con quién se había acostado en la universidad, pero no dónde había pasado la última tarde de su vida. Sabían que su última comida había sido mexicana porque las tortillas de maíz y las alubias seguían en su tracto digestivo, pero no averiguaron en cuál de los miles de establecimientos de ese estilo que había en la ciudad se había servido.

Y después de seis meses en el caso no encontraron ningún vínculo en absoluto entre Angella Benton y el atraco, salvo la relación superficial entre su trabajo como asistente de producción para la compañía que estaba rodando el filme en el que el dinero iba a tener un papel protagonista.

Seis meses y estaban en un callejón sin salida. Los únicos indicios físicos eran cuarenta y seis balas y casquillos recuperados de la furgoneta que se dio a la fuga y el semen hallado en la escena del crimen. Todos ellos eran buenos indicios; los análisis balísticos y de ADN podían relacionar a un sospechoso con un crimen más allá de toda duda; a no ser que el abogado del sospechoso fuera Johnnie Cochran. Pero era la clase de pruebas que constituían la guinda del pastel; la clase de vínculos que relacionaban a un sospechoso y un arma ya identificados y normalmente bajo custodia. No ayudaban a definir a un sospechoso. Después de medio año tenían la guinda, pero les faltaba el pastel.

Cuando llegaron a este punto era el momento de examinar el caso al cumplirse los seis meses. Es el momento de tomar decisiones duras. La probabilidad de esclarecer el caso se sopesa frente a la necesidad de que la pareja de investigadores trabajen otros asuntos y colaboren con los numerosos casos de la división. Su superior puso fin a la dedicación a tiempo completo, y Dorsey y Cross volvieron a la rotación en robos y homicidios. Tenían libertad para trabajar el caso Benton con la máxima frecuencia posible, pero también les asignaron nuevas investigaciones. Como cabía esperar, el caso Benton se resintió. Cross había admitido que se había convertido en una investigación a tiempo parcial en la que Dorsey se encargaba de la mayor parte del seguimiento, mientras que Cross se concentraba en los nuevos casos.

Después todo se tornó en una cuestión puramente teórica cuando tirotearon a ambos detectives en el bar Nat's de Hollywood. El caso Benton pasó a los archivos ASR, Abierto Sin Resolver. Y quedó huérfano. A ningún detective le gusta un caso heredado. A nadie le agrada la idea de coger un expediente y demostrar que sus colegas estaban equivocados o desorientados o incluso que habían sido incompetentes o vagos. A ello se añadía el elemento disuasorio de que el caso Benton estaba maldito. Los polis son supersticiosos. El destino de los dos detectives originales —uno muerto y el otro condenado de por vida a una silla de ruedas— era algo que de algún modo quedaba inextricablemente unido a los casos que habían investigado, aunque no estuvieran relacionados directamente con el sino de los policías. Nadie, y digo nadie, iba a asumir el caso Benton.

Excepto yo. Ahora que estaba fuera del departamento. Y cuatro años después tenía que confiar en que Cross y

Dorsey habían hecho bien su trabajo en la investigación de la muerte de Angella Benton y su relación con el robo. En realidad no tenía alternativa. Recorrer de nuevo el camino hasta un callejón sin salida no parecía la forma de proceder. Por eso había ido a ver a Taylor. Mi plan era aceptar la investigación de Dorsey y Cross como una labor concienzuda, cuando no impecable, y aproximarme desde otra dirección. Estaba trabajando sobre la convicción de que Cross y Dorsey no habían encontrado nada que ligara a Benton con el robo porque no había nada que encontrar. Su muerte había sido parte de un concienzudo plan, una pista falsa dentro de otra pista falsa. Tenía en mi poder una lista de nueve nombres que había surgido de mi entrevista con Taylor. Eran los implicados en la entrega del dinero. Todos los que —por lo que yo sabía— tenían conocimiento de que iban a llegar dos millones de dólares, cuándo iban a llegar y quién iba a llevarlos. Partiría de ahí.

Pero acababan de lanzarme una bola endiablada. Lo que Cross me había dicho acerca de los números de serie y cómo al menos uno estaba equivocado. Dijo que le había dejado a Dorsey la investigación y que no sabía lo que había ocurrido. Poco después, Dorsey había muerto y el caso murió con él. Pero yo estaba interesado. Era una anomalía y había que estudiarla. Unido a la advertencia de Kiz Rider y a la oblicua referencia a «esta gente», sentí que algo se tensaba en mi interior, algo que había estado largo tiempo ausente. Un pequeño tirón hacia la oscuridad que tan bien había conocido.

8

Volví a Hollywood y cené tarde en Musso's. Empecé con un martini de vodka Ketel One y seguí con pastel de pollo con guarnición de espinacas a la crema. La combinación era buena, pero no lo bastante para que me olvidara de Lawton Cross y de su situación. Pedí un segundo martini y traté de concentrarme en otras cosas.

No había vuelto a Musso's desde mi fiesta de despedida y echaba de menos el sitio. Tenía la cabeza baja y estaba leyendo y escribiendo algunas notas cuando oí una voz que reconocí en el restaurante. Levanté la cabeza y vi a la capitana LeValley, a la que estaban sentando a una mesa junto con un hombre al que no reconocí. Ella era la responsable de la División de Hollywood, que se encontraba a sólo unas manzanas de allí. Tres días después de que dejé la placa en un cajón de mi escritorio y me fui, ella me llamó para pedirme que reconsiderara mi decisión. Casi me convenció, pero le dije que no. Le pedí que me enviara mis papeles y lo hizo. No vino a mi fiesta de despedida y no habíamos hablado desde entonces.

No me vio y se sentó dándome la espalda en un reservado lo bastante alejado para que yo no pudiera oír su conversación. Me fui por la puerta de atrás sin acabarme mi segundo martini. En el aparcamiento pagué al vigilante y me metí en mi coche, un Mercedes Benz ML55 que había comprado de segunda mano a un tipo que se mudó a Florida. Era la única gran extravagancia que me había permitido después de retirarme. Para mí el 55 significaba 55.000 dólares, porque eso era lo que había pagado por él. Era uno de los grandes todoterrenos más rápidos de la carretera. Aunque no lo había comprado por eso, ni tampoco por el hecho de que tuviera pocos kilómetros. Lo compré porque era negro y me permitía pasar desapercibido. Uno de cada cinco coches de Los Ángeles era un Mercedes, o daba esa impresión. Y uno de cada cinco de ellos era un SUV negro de clase M. Creo que tal vez ya sabía adónde me dirigiría mucho antes de empezar el viaje. Ocho meses antes de necesitarlo había comprado un vehículo que me serviría como detective privado. Tenía velocidad, comodidad, vidrios tintados..., y si mirabas por el retrovisor y veías un automóvil así en Los Ángeles no te llamaba la atención.

Costaba acostumbrarse al Mercedes, tanto en términos de comodidad, como de operaciones de rutina y mantenimiento. De hecho, ya me había quedado dos veces sin gasolina en la carretera. Era uno de los pequeños inconvenientes que conllevaba el hecho de entregar la placa. Durante muchos años fui detective de grado tres, un nivel de supervisor al que correspondía un coche para llevarse a casa. El vehículo era un Ford Crown Victoria modelo policial. Funcionaba como un tanque, tenía asientos de vinilo gastados, suspensión fuerte y un depósito de gasolina más grande que el de fábrica. Nunca necesité cargar combustible cuando estaba trabajando. Y en el garaje de la comisaría llenaban el depósito de manera sistemática. Como ciudadano tenía que aprender otra vez a vigilar la aguja del nivel del depósito. De lo contrario me encontraba sentado en la cuneta.

Cogí el teléfono móvil de la consola central y lo encendí. No es que necesitara demasiado un móvil, pero conservé el que llevaba en el departamento. No sé, tal vez pensaba que alguien de la división me llamaría para pedirme consejo sobre un caso. Durante cuatro meses lo mantuve permanentemente con la batería cargada y encendido a todas horas. Nadie me llamó nunca. Después de quedarme sin gasolina por segunda vez lo conecté al cargador de la consola central del

Mercedes y lo dejé allí para la siguiente ocasión que necesitara asistencia en carretera.

En ese momento necesitaba asistencia, aunque no mecánica. Llamé a información y obtuve el número del FBI en Los Ángeles. Marqué el número y pregunté por el agente supervisor de la unidad de robos de bancos. Supuse que la agente que había contactado con Dorsey podría haber trabajado en la unidad que se ocupaba de robos de bancos, porque ésta era la que con más frecuencia trataba con números de serie de billetes.

Mi llamada fue transferida.

—Núñez.

—¿Agente Núñez?

—Sí, ¿en qué puedo ayudarle?

Sabía que tratar con un agente supervisor del FBI no sería tan fácil como hacerlo con la secretaria de un magnate del cine. Tenía que ser lo más directo posible con Núñez.

—Sí, me llamo Harry Bosch. Acabo de retirarme del Departamento de Policía de Los Ángeles después de casi treinta años y...

—Enhorabuena —dijo de manera cortante—. ¿En qué puedo ayudarle?

—Bueno, eso es lo que estoy tratando de explicarle. Hace cuatro años trabajé en un caso de homicidio que estaba relacionado con el robo de una considerable suma de efectivo entre el que había billetes marcados.

—¿Qué caso?

—Bueno, probablemente no lo reconozca por el nombre del caso, pero era el asesinato de Angella Benton. El asesinato precedió al robo, que se llevó a cabo en un escenario de cine de Hollywood. Tuvo mucha repercusión. Los tipos huyeron con dos millones de dólares. Ochocientos de los billetes de cien estaban marcados.

—Lo recuerdo, pero no lo trabajamos nosotros. No tuvimos nada que...

—Ya lo sé. Como le he dicho, yo trabajé el caso.

—Entonces, siga, ¿en qué puedo ayudarle?

—Después de varios meses de investigación una agente de su oficina contactó con el departamento para informar de una anomalía en los números de los billetes. Había recibido la lista de números de serie porque los enviamos a todas partes.

—¿Una anomalía? ¿Y eso qué es?

—Una anomalía es una desviación, algo que no...

—Ya sé lo que significa la palabra. ¿De qué anomalía está hablando?

—Oh, disculpe. Esta agente llamó para decir que uno de los números tenía un error de transcripción o que se habían invertido dos cifras, algo así. Pero yo no estoy llamando por eso. Ella dijo que tenía un programa que cruzaba números de serie para este tipo de casos. Creo que era su propio programa, algo que llevaba por su cuenta. ¿Le suena? No el caso, la agente. ¿Recuerda a una agente que tenía ese programa?

—¿Por qué?

—Bueno, porque he perdido su nombre. De hecho nunca lo tuve porque habló con otro de los investigadores del caso. Pero me gustaría hablar con ella si fuera posible.

—¿Hablar con ella de qué? Ha dicho que está retirado.

Sabía que terminaríamos ahí, y ése era mi punto débil. No tenía ninguna representatividad. O tienes una placa que te abre todas las puertas o no la tienes. Yo no la tenía.

—Algunos casos no se olvidan, agente Núñez. Yo sigo trabajando en éste. Nadie más lo hace, así que supongo que me ha tocado. ¿Sabe cómo es?

—No, en realidad no. Yo no estoy retirado.

Un capullo de primera. Después de decir eso se quedó en silencio y yo me di cuenta de que estaba enfadándome con ese hombre sin rostro que probablemente trataba de equilibrar un enorme número de casos con una falta de efectivos y recursos. Los Ángeles era la capital mundial de los robos de bancos. Tres al día era la media y el FBI tenía que responder a todos y cada uno de ellos.

—Escuche —dije—. No quiero hacerle perder tiempo. Puede ayudarme o no. O sabe de quién estoy hablando o no.

—Sí, sé de quién está hablando.

Pero entonces se quedó callado. Traté de intentarlo desde otro ángulo. Me lo había reservado porque no estaba seguro de querer que se supiera en algunos círculos lo que estaba haciendo. Pero la visita de Kiz Rider me había dejado claro que eso no iba a lograrlo.

—Mire, ¿quiere un nombre, alguien que responda por mí? Llame a los detectives de Hollywood y pregunte por la teniente. Se llama Billets y responderá por mí. Aunque no sabe nada de esto. Por lo que a ella respecta yo estoy tumbado en una hamaca.

—Muy bien. Eso haré. ¿Por qué no vuelve a llamarme? Deme diez minutos.

—De acuerdo, lo haré.

Cerré el móvil y miré el reloj. Eran casi las tres. Arranqué el Mercedes y fui recto hasta Sunset y allí doblé hacia el este. Encendí la radio, pero no me gustaba la música fusión que estaban poniendo. Volví a apagarla. Al cabo de diez minutos aparqué delante de la residencia de jubilados Splendid Age. Cogí el teléfono para llamar a Núñez y sonó en mi mano. Pensé que tal vez Núñez tenía identificador de llamada en su línea y me estaba llamando, pero entonces me acordé de que me habían pasado a su línea. No sabía si podía registrarse al que llamaba después de una transferencia.

—Harry Bosch.

—Harry, soy Jerry.

Jerry Edgar. Era una vuelta al pasado. Primero Kiz Rider y luego Jerry Edgar.

—Jed, ¿cómo estás?

—Estoy bien, tío. ¿Cómo va la vida de jubilado?

—Es muy relajada.

—No parece que estés en la playa, Harry.

Tenía razón. Splendid Age estaba a sólo unos metros de la autovía de Hollywood y el rugido del tráfico siempre estaba presente. Quentin McKinzie me dijo que colocan a los residentes de Splendid Age con pérdida auditiva en las habitaciones del lado oeste, porque están más cerca del ruido.

—La playa no me va. ¿Qué pasa? No me digas que ocho meses después de que me haya ido quieres pedirme consejo en algo.

—No, no es eso. Acabo de recibir una llamada de alguien que quería información sobre ti.

Me sentí inmediatamente avergonzado. Mi orgullo me había empujado a concluir que Edgar me necesitaba para un caso.

—Ah. ¿Era un agente del FBI llamado Núñez?

—Sí, aunque no me dijo de qué se trataba. ¿Estás empezando una nueva carrera, Harry?

—Lo estoy pensando.

—¿Te sacaste la licencia de privado?

—Sí, hace seis meses, por si acaso. La tengo metida en algún cajón. ¿Qué le has dicho a Núñez? Espero que le hayas dicho que era un hombre de elevada moral y valor.

—Ni hablar. Le dije la verdad, que puede fiarse de Harry Bosch como de un tiburón. —La sonrisa se apreciaba en su voz.

—Gracias, tío. Eres un amigo.

—Sólo pensaba que deberías saberlo. ¿Quieres decirme qué está pasando?

Me quedé un momento en silencio mientras lo pensaba. No quería decirle a Edgar lo que estaba haciendo. No era que no me fiara de él, pero me gustaba ceñirme a la norma de que cuanta menos gente supiera lo que hacías mejor.

—Ahora no, Jed. Llego tarde a una cita y tengo que irme, pero podemos comer juntos un día de éstos. Te contaré toda mi emocionante vida de pensionista.

Casi me reí al decir la última frase y creo que funcionó. Aceptó la invitación, pero me dijo que me volvería a llamar. Sabía por experiencia que era difícil concertar un almuerzo con tiempo cuando trabajabas en homicidios. Lo que ocurriría sería que Jerry Edgar me llamaría el día que tuviera tiempo libre a mediodía. Nos prometimos que nos mantendríamos en contacto y ambos colgamos. Era agradable saber que aparentemente no tenía la misma rabia que Kiz Rider respecto a mi abrupta partida del departamento.

Volví a llamar al FBI y me pasaron con Núñez.

—¿Ha tenido ocasión de hacer la llamada?

—Sí, pero no estaba. He hablado con su antiguo compañero.

—¿Rider?

—No, se llamaba Edgar.

—Ah, sí, Jerry. ¿Cómo está?

—No lo sé. No se lo pregunté. Seguro que usted lo ha hecho ahora que acaba de llamarle.

—¿Perdón?

Me había pillado.

—Ahórrese las tonterías, Bosch. Edgar me ha dicho que se sentía obligado a llamarle para decirle que alguien estaba controlándolo. Le dije que me parecía bien. Le pedí su número para saber que estaba tratando con el auténtico Harry Bosch. Él me lo dio y cuando traté de llamarlo hace un par de minutos comunicaba. Supuse que estaba hablando con Edgar, así que no me hace ninguna gracia su numerito.

Mi vergüenza por haber sido descubierto se transformó en ira. Tal vez fuera el vodka que tenía en el estómago o el machacón recordatorio de que ahora era un simple ciudadano, pero estaba harto de tratar con ese tío.

—Es usted un gran investigador —dije al teléfono—. Una mente detectivesca brillante. Dígame, ¿la usa alguna vez en sus casos o se reserva el talento para tocar las pelotas de la gente que trata de hacer algo en este mundo?

—Tengo que tener cuidado de a quién le doy la información. Eso lo entiende.

—Sí, eso lo entiendo. También entiendo por qué las agencias del orden funcionan tan bien como el tráfico en esta ciudad.

—Eh, Bosch, váyase a la mierda.

Sacudí la cabeza frustrado. No sabía si la había cagado o si nunca iba a obtener información de ese tipo.

—Así que ése es su numerito, ¿eh? Le molesta que actúe, pero usted también ha estado actuando todo el tiempo. Nunca ha pensado en darme el nombre, ¿verdad?

No respondió.

—Es sólo un nombre, Núñez. No hay para tanto.

El agente siguió sin decir nada.

—Bueno, le diré qué. Tiene mi nombre y mi número. Y creo que sabe de qué agente estoy hablando. Así que pregúntele a ella y deje que ella decida. Dele mi nombre y mi número. No me importa lo que opine de mí, Núñez. Le debe a su compañera dejar que lo decida ella. Como Edgar. Él estaba obligado y usted también.

Eso era todo. Era mi jugada. Esperé en silencio, esta vez decidido a no hablar hasta que lo hiciera Núñez.

—Mire, Bosch, le diría que ha llamado preguntando por ella. Se lo habría dicho antes incluso de hablar con Edgar, pero las obligaciones no van más allá. La agente por la que me ha preguntado ya no está por aquí.

—¿Qué quiere decir con que no está por aquí? ¿Dónde está?

Núñez no dijo nada. Me senté más erguido y sin querer toqué el volante con el codo e hice sonar el claxon. Recordé algo acerca de una agente en las noticias. No era un recuerdo nítido.

—Núñez, ¿está muerta?

—Bosch, esto no me gusta. No me gusta tener una conversación por teléfono con alguien a quien no he visto nunca. ¿Por qué no viene y tal vez podamos hablar de esto?

—¿Tal vez?

—No se preocupe, hablaremos. ¿Cuándo puede venir?

En el reloj del salpicadero eran las tres y cinco. Miré a la puerta de entrada de la residencia de jubilados.

—A las cuatro.

—Aquí estaremos.

Cerré el teléfono y me quedé sentado sin moverme durante un buen rato, tratando de recordar. Estaba ahí mismo, pero no lograba alcanzarlo.

Volví a abrir el teléfono. No tenía mi agenda de teléfonos, y números que antes sabía de memoria se me habían borrado de la mente en los últimos ocho meses como si los hubiera escrito sobre la arena de la playa. Llamé a información y me dieron el teléfono de la sala de redacción del *Times*. A continuación me pasaron con Keisha Russell. Ella me recordaba como si no hubiera dejado nunca el departamento. Habíamos mantenido una buena relación. Yo le había proporcionado un buen número de exclusivas a lo largo de los años y ella me había devuelto el favor ayudándome con búsquedas de artículos y publicando algunas historias cuando podía. El caso de Angella Benton había sido uno en los que no había podido.

—Harry Bosch —dijo—. ¿Cómo estás?

Me fijé en que su acento de Jamaica casi había desaparecido por completo. Antes no lo noté. Me pregunté si era un hecho intencionado o sólo el producto de vivir diez años en el llamado crisol de culturas.

—Estoy bien. ¿Sigues en la brecha?

—Claro, algunas cosas no cambian nunca.

Ella me había contado en una ocasión que los artículos de polis eran una puerta de entrada en el periodismo, pero ella nunca había querido dejarlo. Pensaba que ascender para cubrir el ayuntamiento o las elecciones o casi cualquier otra cosa sería terminalmente aburrido comparado con escribir historias acerca de la vida y la muerte y el crimen y sus consecuencias. Era buena, y también concienzuda y precisa. Tanto que la había invitado a mi fiesta de despedida del departamento. Era una rareza que un intruso de cualquier tipo, y menos un periodista, mereciera tal invitación.

—No como tú, Harry Bosch. Pensaba que estarías siempre en la División de Hollywood. Ha pasado casi un año y todavía no puedo creerlo. ¿Sabes?, marqué tu número por costumbre hace unos meses y me contestó una voz extraña y tuve que colgar.

—¿Quién era?

—Perkins. Lo trajeron de automóviles.

No me había mantenido al día. No sabía quién había ocupado mi lugar. Perkins era bueno, pero no lo suficiente. Eso no se le dije a Russell.

—¿Entonces qué pasa contigo, *mon*?

De cuando en cuando recuperaba el acento y la cháchara. Era su forma de establecer una transición para llegar al motivo de la llamada.

—Parece que estás ocupada.

—Un poco.

—Entonces no te molestaré.

—No, no, no. No molestas. ¿Qué puedo hacer por ti, Harry? No estás trabajando en un caso, ¿verdad? ¿Estás de privado?

—Nada de eso. Sólo tenía curiosidad por algo, pero puede esperar. Ya te llamaré después, Keisha.

—¡Espera, Harry!

—¿Estás segura?

—No estoy tan ocupada para un viejo amigo. ¿Cuál es tu curiosidad?

—Me estaba preguntando... ¿Recuerdas que hace un tiempo hubo una mujer del FBI que desapareció en el valle? Creo que fue en el valle. La última vez que la vieron conducía hacia casa desde...

—Martha Gessler.

El nombre bastó para que lo recordara todo.

—Sí, eso es. ¿Qué pasó con ella, lo sabes?

—Por lo que yo sé sigue desaparecida en acción, supuestamente muerta.

—¿No ha habido nada sobre ella últimamente? Me refiero a algún artículo.

—No, porque lo habría escrito yo, y no he escrito sobre ella en, eh..., dos años al menos.

—Dos años. ¿Fue entonces cuando ocurrió?

—No, más bien tres. Creo que hice un artículo de un año después. Una puesta al día. Ésa fue la última vez que escribí sobre ella. Pero gracias por recordármelo. Puede ser momento de echar otro vistazo.

—Eh, si lo haces, espera unos días, ¿vale?

—O sea que estás trabajando en algo, Harry.

—Más o menos. No sé si está relacionado con Martha Gessler o no. Pero dame la semana que viene, ¿vale?

—No hay problema si juegas limpio y vienes a hablar conmigo entonces.

—Vale, llámame. Mientras tanto, ¿puedes sacarme los recortes de aquel caso? Me gustaría leer lo que escribiste entonces.

Creo que todavía lo llamaban sacar los recortes, aunque ya todo estaba en el ordenador y los recortes de periódico eran cosa del pasado.

—Claro que puedo hacerlo. ¿Tienes fax o *mail*?

No tenía ni una cosa ni la otra.

—Tal vez simplemente podrías mandármelos por correo. Por correo normal, quiero decir.

La oí reír.

—Harry, así nunca serás un detective privado moderno. Apuesto a que lo único que tienes es una gabardina.

—Tengo un móvil.

—Bueno, ya es algo.

Sonreí y le di mi dirección. Ella dijo que los recortes saldrían en el correo de la tarde. Me pidió el número del móvil para poder llamarme la semana siguiente y también se lo di.

Le di las gracias y cerré el teléfono. Me quedé sentado allí un momento, recapitulando. Me había interesado por el caso de Martha Gessler en su día. No la conocía, pero mi ex esposa sí. Habían trabajado juntas en la unidad de robos muchos años antes. Su desaparición fue noticia durante varios días, después los artículos se hicieron más esporádicos hasta que desaparecieron por completo. Me había olvidado de ella hasta ese momento.

Noté una quemazón en el pecho y sabía que no era por el martini del mediodía. Sentí que me estaba acercando a algo. Como cuando un niño no puede ver algo en la oscuridad, pero de todos modos está seguro de que está ahí.

9

Saqué el estuche del instrumento de la parte de atrás del Mercedes y caminé hasta las puertas de doble batiente de la residencia. Saludé con la cabeza a la mujer que se hallaba tras el mostrador y pasé. No me detuvo porque ya me conocía. Recorrí el pasillo, doblé a la derecha y abrí la puerta de la sala de música. Había un piano y un órgano en la parte delantera de la sala y un pequeño grupo de sillas alineadas para ver las actuaciones, aunque sabía que éstas eran escasas. Quentin McKinzie estaba repantingado en una silla de la fila delantera, con la barbilla caída y los ojos cerrados. Lo sacudí suavemente por el hombro e inmediatamente levantó la cabeza.

—Lo siento. Llego tarde, Sugar Ray.

Creo que le gustaba que le llamara por su nombre artístico. Había sido conocido profesionalmente como Sugar Ray McK porque cuando tocaba amagaba y serpenteaba en el escenario como Sugar Ray Robinson en el *ring*.

Saqué una silla de la fila delantera y la acerqué para ponerme frente a él. Me senté y dejé el estuche en el suelo. Abrí los cierres y dejé a la vista el reluciente instrumento que estaba encajado en el forro de terciopelo granate.

—Hoy tendrá que ser breve —dije—. Tengo una cita a las cuatro en Westwood.

—Los pensionistas no tienen citas —dijo Sugar Ray, cuya voz sonó como si hubiera crecido en la misma calle que Louis Armstrong—. Los pensionistas tienen todo el tiempo del mundo.

—Bueno, estoy trabajando en algo y podría..., bueno, voy a tratar de mantener mi horario, pero durante las dos próximas semanas se me va a complicar. Llamaré a la residencia y te dejaré un mensaje si no puedo llegar a la lección.

Llevábamos seis meses viéndonos dos veces por semana. La primera vez que había visto a Sugar Ray fue en un buque hospital en el mar del Sur de China, donde él formó parte del séquito de Bob Hope que vino a entretener a los heridos en la Navidad de 1969. Muchos años después, de hecho en uno de mis últimos casos como policía, estaba trabajando en un homicidio y me topé con un saxofón robado con su nombre grabado en la parte interior de la boquilla. Localicé a Sugar Ray en Splendid Age y se lo devolví. Pero ya era demasiado viejo para tocar. Sus pulmones ya no tenían fuerza.

Aun así, hice lo que debía. Fue como devolver un niño perdido a sus padres. Me invitó a la cena de Navidad. Permanecimos en contacto y después de que entregué la placa volví a visitarle con un plan que evitaría que su instrumento acumulara polvo.

Sugar Ray era un buen maestro porque no sabía cómo enseñar. Me contaba historias y me explicaba cómo amar al instrumento para arrancarle los sonidos de la vida. Cualquier nota que pudiera tocar era capaz de despertar un recuerdo y una historia. Sabía que nunca iba a ser bueno con el saxo, pero iba dos veces por semana para pasar una hora con él y escuchar historias de jazz y compartir la pasión que él todavía sentía por su arte imperecedero. De algún modo se me metía dentro y salía con mi aliento cuando me llevaba el instrumento a la boca.

Levanté el saxofón del estuche y lo puse en posición para tocar. Yo siempre empezaba la lección intentando interpretar *Lullaby*, un tema de George Cables que había oído por primera vez en un disco de Frank Morgan. Era una balada lenta, de modo que me resultaba más fácil, pero también era una composición hermosa. Era triste y rotunda y levantaba el ánimo, todo al mismo tiempo. La canción no duraba ni un minuto y medio, pero para mí decía todo lo que podía decirse acerca de estar solo en el mundo. A veces creía que si podía aprender a tocar bien ese tema, tendría bastante. Ya no ansiaría más.

Ese día lo sentí como un canto fúnebre. Pensé en Martha Gessler durante toda mi interpretación. Recordé su imagen en el diario y en las noticias de las once. Recordé a mi esposa contando que habían sido las únicas dos mujeres de la unidad de robos. Los hombres se excedían con ellas constantemente hasta que se reivindicaron trabajando juntas y deteniendo a un atracador conocido como el Bandido del Pas de Deux, porque siempre daba unos pasos de baile al salir del banco con el botín.

Mientras tocaba, Sugar Ray observaba el trabajo de mis dedos y asentía de manera aprobatoria. A mitad de la balada cerró los ojos y se limitó a escuchar, marcando el ritmo con la cabeza. Era todo un elogio. Cuando terminé la pieza, abrió los ojos y sonrió.

—Vamos mejorando —dijo.

Asentí.

—Todavía tienes que sacarte el humo de los bronquios para aumentar tu capacidad pulmonar.

Asentí una vez más. No había fumado un cigarrillo desde hacía más de un año, pero había pasado la mayor parte de mi vida fumando dos paquetes al día y el daño estaba hecho. A veces meter aire en el instrumento era como empujar una roca por una cuesta.

Hablamos y toqué durante otros quince minutos. Hice un intento —sin esperanza alguna— con *Soul Eyes*, el *standard* de Coltrane, y luego probé suerte con el tema clásico de Sugar Ray, *The Sweet Spot*. Era un *riff* complicado, pero había estado ensayando en casa porque quería agradar al anciano.

Al final de la lección abreviada di las gracias a Sugar Ray y le pregunté si necesitaba algo.

—Sólo música —dijo.

Respondía lo mismo siempre que le preguntaba. Volví a dejar el instrumento en el estuche —siempre insistía en que me lo llevara para ensayar— y lo dejé en la sala de música.

Cuando volvía por el pasillo hacia la entrada principal me crucé con Melissa Royal. Sonreí.

—Melissa.

—Hola, Harry. ¿Cómo ha ido la lección?

Ella estaba allí para ver a su madre, una víctima del Alzheimer que nunca la reconocía. Nos habían presentado en la cena de Navidad y después nos habíamos encontrado ocasionalmente en la residencia. Ella empezó a programar las visitas a su madre para que coincidieran con mis lecciones de las tres en punto. No me lo dijo, pero yo lo sabía. Tomamos café juntos varias veces y un día le pedí que saliera conmigo para escuchar jazz en el Catalina. Ella dijo que se había divertido, aunque yo sabía que no le importaba mucho la música. Simplemente estaba sola y buscaba a alguien. Por mí no había problema. Nos pasa a todos.

Así estaban las cosas. Ambos esperábamos a que el otro diera el siguiente paso, aunque el hecho de que ella acudiera a la residencia cuando sabía que iba a hacerlo yo ya era un paso en cierto modo. Pero verla en ese momento me suponía un problema. Tenía que irme si quería llegar a Westwood a tiempo.

—Mejorando —contesté—. Al menos eso es lo que me dice mi maestro.

Ella sonrió.

—Genial. Algún día vas a tener que tocar para nosotros.

—Créeme, falta mucho para ese día.

Ella rió de buena gana y esperó. Era mi turno. Melissa tenía cuarenta y pocos y también estaba divorciada. Tenía el cabello castaño claro con mechones más claros todavía que me dijo que se había puesto en el salón de belleza. Su sonrisa era la clave. Le llenaba la cara y era contagiosa. Sabía que estar con ella significaría tener que trabajar día y noche para que mantuviera esa sonrisa. Y no sabía si podría hacerlo.

—¿Qué tal tu madre?

—Ahora voy a averiguarlo. ¿Te vas? Pensaba que tal vez podía verla un momento y luego tomar algo contigo en la cafetería.

Puse cara de afligido y miré el reloj.

—Hoy no puedo. Tengo que estar en Westwood a las cuatro.

Ella asintió con la cabeza como para manifestar que lo entendía, pero vi en sus ojos que lo tomaba como un rechazo.

—Bueno, no dejes que te entretenga. Probablemente ya llegas tarde.

—Sí, debería irme.

Pero no lo hice. Me quedé mirándola.

—¿Qué? —preguntó ella finalmente.

—No lo sé. Estoy bastante metido en este caso ahora, pero estaba intentando pensar cuándo podríamos vernos.

La sospecha entró en su mirada e hizo una ademán hacia el estuche del saxofón que llevaba en la mano.

—Me dijiste que estabas retirado.

—Lo estoy. Este trabajo es excepcional. *Freelance*, diría. A eso voy ahora, a hablar con un investigador del FBI.

—Oh. Bueno, vete. Ten cuidado.

—Lo tendré. Entonces, ¿podemos vernos una noche la semana que viene?

—Claro, Harry. Me encantaría.

—Vale, bueno. Me gustaría, Melissa.

Los dos nos saludamos con la cabeza y entonces se puso de puntillas. Colocó una mano en mi hombro y me besó en la mejilla. Después continuó por el pasillo. Me volví y la vi marchar.

Salí de aquel lugar preguntándome qué estaba haciendo. Le estaba dando a aquella mujer esperanzas de algo que en el fondo sabía que no podía cumplir. Era un error nacido de buenas intenciones que en última instancia la lastimaría. Al meterme en el Mercedes me dije a mí mismo que tenía que terminarlo antes de empezar. La siguiente vez que la viera tenía que decirle que no era el hombre que estaba buscando. Yo no podría mantener esa sonrisa en su rostro.

10

Cuando llegué al edificio federal de Westwood eran las cuatro y cuarto. Mientras atravesaba el aparcamiento hacia la entrada de seguridad, sonó mi móvil. Era Keisha Russell.

—Eh, Harry Bosch —dijo—. Quería decirte que he imprimido todo y ha salido en el correo. Pero estaba equivocada en una cosa.

—¿En qué?

—Hubo una puesta al día del caso. Se publicó hace un par de meses. Yo estaba de vacaciones. Si te quedas aquí el suficiente tiempo te dan cuatro semanas de vacaciones pagadas. Las tomé todas juntas y me fui a Londres. Mientras estuve fuera fue el tercer aniversario de la desaparición de Martha Gessler. Todos quieren meterse en mi terreno. David Ferrell se ocupó de poner la noticia al día, aunque no tenía nada nuevo. Sigue ilocalizable.

—¿Ilocalizable? Eso supone que vosotros (o el FBI) pensáis que sigue viva. Antes, dijiste que se la daba por muerta.

—Era sólo una expresión, *mon*. No creo que nadie tenga esperanzas de encontrarla viva.

—Ya. ¿Has puesto este último artículo en los recortes que me mandas?

—Está todo ahí. Y acuérdate de quién te lo manda. Ferrell es un buen tipo, pero no quiero que lo llames a él si de lo que estás haciendo sale algo gordo.

—Tranquila, Keisha.

—Sé que estás metido en algo. He hecho mis deberes contigo.

Eso me dio que pensar cuando caminaba hacia la fachada del edificio. Si llamaba al FBI y hablaba con Núñez, al agente no le iba a hacer ninguna gracia que involucrara en el caso a una periodista entrometida.

—¿A qué te refieres? —pregunté con calma—. ¿Qué has hecho?

—He hecho algo más que juntar los recortes. Llamé a Sacramento. A la oficina estatal de licencias. He descubierto que tienes una licencia de investigador privado.

—¿Ah sí? Todos los polis que se retiran lo hacen. Forma parte del proceso de dejar la placa. Piensas, ah, bueno, sacaré una licencia de detective privado y seguiré deteniendo a los chicos malos. Mi licencia está en un cajón, Keisha. No estoy trabajando para nadie.

—Vale, Harry, de acuerdo.

—Gracias por los recortes. He de colgar.

—Adiós, Harry.

Cerré el teléfono y sonreí. Me gustaba hacer guantes con Keisha Russell. Llevaba diez años tratando con los polis y no parecía más cínica que el primer día que hablé con ella. Era sorprendente en una periodista y más todavía en una periodista negra.

Miré al edificio. Desde aquella posición lo vi como un monolito de hormigón que eclipsaba el sol. Estaba a diez metros de la entrada, pero caminé hasta una fila de bancos que había a la derecha y me senté. Miré el reloj y vi que llegaba tarde a mi reunión con Núñez. El problema era que no sabía en qué iba a meterme y eso hacía que me sintiera reticente. Los federales siempre tenían una forma de desequilibrarte, de dejarte claro que era su mundo y que tú sólo eras un visitante invitado. Supuse que sin placa me tratarían más bien como un visitante al que nadie había invitado.

Abrí el teléfono y llamé al número general del Parker Center, uno de los pocos que todavía recordaba. Pregunté por Kiz Rider de la oficina del jefe y me pasaron. Contestó de inmediato.

—Kiz, soy yo, Harry.

—Hola, Harry.

Traté de interpretar su tono de voz, pero ella había dado una respuesta neutra. No sabía qué parte de la rabia y animosidad de la mañana conservaba.

—¿Cómo estás? ¿Te sientes un poco..., eh, mejor?

—¿Recibiste el mensaje, Harry?

—¿Mensaje? No, ¿qué decía?

—Te he llamado a tu casa hace un rato. Me disculpé. No tendría que haber dejado que los sentimientos personales se mezclaran con la razón de mi visita. Lo siento.

—Eh, no pasa nada, Kiz. Yo también te pido disculpas.

—De verdad, ¿por qué?

—No lo sé. Supongo que por la forma en que me fui. Tú y Edgar no os merecíais eso. Especialmente tú. Tendría que haberlo hablado con vosotros. Eso es lo que hacen los compañeros. Supongo que no fui muy buen compañero en aquel momento.

—No te preocupes por eso. Es lo que te decía en el mensaje. Es agua pasada. Recuperemos la amistad.

—Me gustaría, pero...

Esperé a que ella recogiera el guante.

—Pero ¿qué, Harry?

—Bueno, no sé si querrás estar muy amistosa después de esto, porque voy a hacerte una pregunta y seguramente no te va a gustar.

Refunfuñó en el teléfono, tan alto que tuve que apartarme el auricular de la oreja.

—Harry, me vas a matar. ¿De qué se trata?

—Estoy sentado delante del edificio federal de Westwood. Se supone que tengo que entrar y ver a un tipo llamado Núñez. Un tío del FBI. Y hay algo que no me gusta. Así que me preguntaba si son éstos los tipos de los que me advertiste que estaban trabajando el caso de Angella Benton. ¿Un tipo llamado Núñez? ¿Está relacionado con

Martha Gessler, la agente que desapareció hace unos años?

Hubo un largo silencio en la línea. Demasiado largo.

—¿Kiz?

—Estoy aquí. Mira, Harry, te repito lo que te he dicho en tu casa. No puedo hablar del caso contigo. Lo único que puedo decirte es lo que ya te he dicho. Está abierto y activo y deberías apartarte de él.

Esta vez era mi turno de no responder. Kiz me resultaba una completa desconocida. Hacía menos de un año habría entrado en combate con ella y habría confiado en que ella me cubriría la espalda mientras yo cubría la suya. De repente, no estaba seguro de si podía fiarme de Kiz para decirme si había salido el sol antes de que lo consultara con la sexta planta.

—Harry, ¿estás ahí?

—Sí, estoy aquí. Me he quedado sin habla, Kiz. Pensaba que si había alguien en el departamento que siempre sería franco conmigo ésa ibas a ser tú. Nada más.

—Mira, Harry, ¿has hecho algo ilegal en esta operación por libre tuya?

—No, pero gracias por preguntarlo.

—Entonces no tienes que preocuparte por Núñez. Entra y ve a ver qué quieren. No sé nada de Martha Gessler. Y es todo lo que puedo decirte.

—Vale, Kiz, gracias —dije sin el menor entusiasmo—. Cuídate en la sexta planta. Te llamaré luego.

Antes de que ella pudiera decir la última palabra, cerré el móvil. Me levanté y me dirigí a la entrada del edificio. Ya en el interior, tuve que pasar por un detector de metales, quitarme los zapatos y separar los brazos para que me registraran con un lector óptico de mano. Apenas entendí al tipo del lector óptico cuando me pidió que levantara los brazos. Tenía más pinta de terrorista que yo, pero no protesté. Uno tiene que saber elegir las batallas. Al final, me acerqué al ascensor y subí a la planta doce. Entré en una zona de espera en la que había una gran ventana de vidrio, presumiblemente blindado, que separaba la zona pública del sanctasanctórum del FBI. Dije mi nombre y a quién quería ver en un micrófono y la mujer que había al otro lado del vidrio me invitó a tomar asiento.

En lugar de sentarme, caminé hasta la ventana y miré al cementerio de veteranos que se extendía al otro lado de Wilshire Boulevard. Recordé que había estado exactamente en la misma posición hacia más de doce años antes, cuando conocí a la mujer que después sería mi esposa, mi ex esposa y mi eterno amor.

Me aparté de la ventana y me senté en el sofá de plástico. Había una revista con la foto de Brenda Barstow en la portada sobre una mesita de café desvencijada. Debajo de la foto, el titular decía: «Brenda, la novia de América.» Estaba a punto de coger la revista cuando se abrió la puerta de la oficina interior y salió un hombre vestido con camisa blanca y corbata.

—¿Señor Bosch?

Me levanté y asentí con la cabeza. El hombre me tendió la mano derecha mientras con la izquierda sostenía la puerta de seguridad para impedir que se cerrara.

—Ken Núñez, gracias por venir.

El apretón fue rápido y Núñez se volvió y se encaminó hacia el interior. No dijo nada mientras caminaba. No era como lo había imaginado. Por teléfono parecía un veterano cansado que ya estaba de vuelta de todo. Pero era joven, treinta y pocos. Y en realidad no caminaba por el pasillo, sino que trotaba. Era un joven con aspiraciones, que todavía tenía que probarse algo a sí mismo y a los demás. No estaba seguro de qué prefería, si un agente mayor o un novato.

Abrió la puerta de la izquierda y se apartó para dejarme pasar. Cuando vi que la puerta se abría hacia afuera y que había una mirilla supe que estaba a punto de entrar en una sala de interrogatorios. No iba a asistir a una reunión educada, sino que más bien iban a darme una paliza en el culo al estilo federal.

11

En cuanto entré, vi una mesa cuadrada situada en el centro de la sala de interrogatorios. Sentado a la mesa, dándome la espalda, había un hombre vestido con camisa negra y vaqueros. Era rubio y llevaba el pelo muy corto. Miré por encima de su hombro muy musculado y vi que estaba leyendo el expediente de una investigación. Lo cerró y·levantó la mirada mientras yo rodeaba la mesa para sentarme en la silla que había al otro lado.

Era Roy Lindell. Sonrió al ver mi reacción.

—Harry Bosch —dijo—. Cuánto tiempo sin verte, amigo.

Me quedé parado un momento, pero enseguida aparté la silla y me senté. Entretanto, Núñez cerró la puerta, dejándome a solas con Lindell.

Roy Lindell tenía ya en torno a los cuarenta, pero no había perdido su imponente físico. Los músculos que yo recordaba continuaban marcándose a través de la camisa. Todavía mantenía el bronceado de Las Vegas y los dientes nacarados. Lo había conocido en un caso que me llevó a la capital de Nevada y me metió en medio de una operación encubierta del FBI. Obligados a trabajar juntos, logramos, hasta cierto punto, dejar de lado las animosidades jurisdiccionales y departamentales y cerrar el caso. Por supuesto, las medallas se las puso el FBI. Eso había sido seis o siete años antes. Me encontré con él en Los Ángeles durante una investigación, pero no habíamos permanecido en contacto. No porque el FBI se hubiera llevado los méritos en el primer caso, sino simplemente porque los polis no se relacionan con los federales.

—Casi no te reconozco sin la coleta, Roy.

Extendió su manaza por encima de la mesa y yo lentamente me estiré para estrechársela. Tenía el aire de confianza que suelen tener los hombres corpulentos. Y también la sonrisa granuja que suele acompañarlo. Lo de la coleta había sido una pulla. Cuando lo conocí —y antes de conocer su condición de agente encubierto—, me tomé la libertad de cortarle la coleta con una navaja.

—¿Qué tal estás? Le has dicho a Núñez que estás retirado, ¿eh? No me había enterado.

Asentí con la cabeza, pero no respondí nada más. Estábamos en su campo y quería dejar que él hiciera los primeros movimientos.

—¿Y qué tal eso de estar retirado?

—No me quejo.

—Te hemos investigado un poco. Ahora eres detective privado, ¿eh?

Había sido un día de mucho trabajo en Sacramento.

—Sí, tengo una licencia.

Estuve a punto de repetir la historia que le había contado a Keisha Russell de que formaba parte del proceso de dejar el departamento, pero decidí no molestarme.

—Debe de estar bien, tener un pequeño negocio, hacerte tus horas y trabajar para quien quieras trabajar.

Para mí ya bastaba en cuanto a preliminares.

—Mira, Roy, no hablemos de mí. Vamos al grano. ¿Qué estoy haciendo aquí?

Lindell asintió con la cabeza para decir que le parecía bien.

—Bueno, lo que ha pasado es que llamaste y preguntaste por una agente que trabajaba aquí, y al hacerlo has disparado algunas alarmas.

—Martha Gessler.

—Eso es. Marty Gessler. ¿Así que sabías de quién estabas hablando cuando le dijiste a Núñez que no lo sabías?

Negué con la cabeza.

—No. Lo deduje de su reacción. Recordé a una agente que desapareció sin dejar rastro. Tardé un poco hasta que recordé el nombre. ¿Qué es lo último que se sabe de ella? Ha desaparecido, pero supongo que no se la ha olvidado.

Lindell se inclinó hacia adelante y puso sus voluminosos brazos juntos encima del expediente cerrado. Sus muñecas eran tan gruesas como las patas de la mesa. Recordé cuánto me había costado esposarle en Las Vegas, cuando él trabajaba infiltrado y yo todavía no lo sabía.

—Harry, te considero un viejo amigo. No hemos hablado en bastante tiempo, pero digamos que hemos compartido un par de batallas, así que no quiero putearte mucho aquí. Pero la forma en que esto va a funcionar es que yo voy a hacer las preguntas. ¿Está bien?

—Hasta cierto punto.

—Estamos hablando de una agente desaparecida.

—Y tú no te andas con bromas.

Parafraseé la advertencia de Kiz Rider, pero Lindell no dio muestras de apreciarlo.

—Empecemos por la razón de tu llamada —dijo—. ¿Qué pretendes?

Esperé unos segundos, tratando de resolver cómo iba a manejar el asunto. No trabajaba para nadie que no fuera yo mismo. No había ningún acuerdo de confidencialidad, pero siempre me había resistido a plegarme a los deseos imperialistas del FBI. Era una resistencia que formaba parte de la cultura endogámica del Departamento de Policía de Los Ángeles. No iba a cambiarlo ahora. Respetaba a Lindell, como él había dicho habíamos estado juntos en la misma trinchera y sabía que en última instancia me trataría bien. Pero a la agencia para la que él trabajaba le gustaba jugar con cartas marcadas. Tenía que andarme con ojo. Eso no podía olvidarlo.

—Le dije a Núñez lo que estaba haciendo cuando llamé. Estoy revisando un caso en el que trabajé hace unos años y que siempre he tenido clavado. ¿Hay algún problema con eso?

—¿Quién es tu cliente?

—No tengo ningún cliente. Me saqué la licencia de privado cuando me retiré para no cerrarme puertas, pero empecé a revisar este asunto por mí mismo.

No me creyó. Lo vi en sus ojos.

—Pero este robo de la peli ni siquiera era tu caso.

—Lo fue durante cuatro días. Después me lo quitaron. Pero todavía recuerdo a la chica. La víctima. No creo que le importara a nadie más, así que empecé a investigar.

—Entonces, ¿quién te dijo que llamaras al FBI?

—Nadie.

—Se te ocurrió a ti.

—No exactamente, pero tú me has preguntado que quién me dijo que llamara. Y nadie me lo dijo. Lo hice todo por mi cuenta, Roy. Me enteré de la llamada que Gessler hizo a uno de los detectives del caso. Eso era información nueva para mí y no estaba seguro de que se hubiera investigado. Puede que se les pasara. Así que hice una llamada para averiguarlo. Entonces no tenía ningún nombre. Hablé con Núñez y aquí estoy.

—¿Cómo sabes que Gessler llamó a uno de los detectives del caso?

Me parecía que la respuesta sería obvia. Tampoco supondría nada para Lawton Cross que le dijera a Lindell algo que él me había contado por propia voluntad y que probablemente formaba parte del expediente oficial de la investigación.

—Lawton Cross me habló de la llamada de vuestra agente. Él era uno de los tipos de robos y homicidios que asumieron el caso cuando se convirtió en un bombazo. Me dijo que su compañero, Jack Dorsey, fue quien recibió la llamada de la agente.

Lindell estaba escribiendo nombres en un trozo de papel que había sacado del expediente. Yo continué.

—Fue bien entrada la investigación cuando llamó Gessler. Pasaron meses. Cross y Dorsey ni siquiera estaban trabajándolo a jornada completa en ese punto. Y no parece que lo que les dijo Gessler les impresionara en exceso.

—¿Hablaste con Dorsey de esto?

—No, Roy. Dorsey está muerto. Lo mataron en el atraco a un bar de Hollywood. A Cross también lo hirieron. Está en una silla de ruedas, con tubos en los brazos y en la nariz.

—¿Cuándo fue eso?

—Hace unos tres años. Fue una gran noticia.

Los ojos de Lindell delataron que su mente estaba trabajando. Estaba haciendo cálculos, comprobando fechas. Eso me recordó que tenía que elaborar un cronograma del caso. La investigación empezaba a resultar pesada de manejar.

—¿Cuál es la teoría que prevalece sobre Gessler? ¿Muerta o viva?

Lindell miró al expediente que tenía en la mesa y sacudió la cabeza.

—No puedo contestar a eso, Harry. Tú no eres poli, no tienes ningún respaldo. Simplemente eres un tipo incapaz de dejar su placa y su pistola que va por ahí como un elemento peligroso. No puedo meterte en esto.

—Bien, entonces respóndeme a una pregunta. Y no te preocupes. No es nada confidencial.

Se encogió de hombros. Su respuesta dependería de cuál fuera la pregunta.

—¿Mi llamada de hoy ha sido la primera relación que teníais entre el dinero de la película y Gessler?

Lindell volvió a encogerse de hombros y pareció sorprendido por la pregunta. Era como si hubiera estado esperando algo un poco más duro.

—Ni siquiera estoy afirmando que haya una relación —dijo—. Pero sí, es la primera vez que surge. Y es precisamente por eso por lo que quiero que te apartes y nos dejes investigarla. Déjanoslo a nosotros, Harry.

—Sí, eso ya lo había oído antes. De hecho, creo que fue el FBI quien me lo dijo.

Lindell asintió.

—No vayas al choque o te arrepentirás.

Antes de que pudiera pensar en una respuesta, se levantó. Buscó en uno de los bolsillos y sacó un paquete de cigarrillos y un encendedor amarillo.

—Voy a bajar a fumar un pitillo —dijo—. Eso te dará unos minutos para pensar y recordar cualquier otra cosa que hayas olvidado decirme.

Iba a lanzarle otra pulla cuando me di cuenta de que se estaba marchando sin el expediente. Lo dejó sobre la mesa y yo instintivamente supe que lo estaba haciendo a propósito. Quería que yo lo viera.

Entonces me di cuenta de que nos habían estado grabando. Lo que me había dicho era para algún tipo de registro o tal vez para que lo oyera su superior. Lo que me estaba permitiendo hacer era algo distinto.

—Tómate tu tiempo —dije—. Hay mucho en que pensar.

—Puto edificio federal. Tengo que bajar hasta abajo del todo.

Al abrir la puerta, volvió a mirarme y me guiñó el ojo. En cuanto cerró la puerta, yo deslicé el expediente sobre la mesa y lo abrí.

12

El expediente tenía escrito el nombre de Martha Gessler en la lengüeta. Saqué mi libreta y lo anoté en la parte superior de una hoja en blanco antes de abrir el archivo de un dedo de grosor y ver lo que Lindell me había dejado. Supuse que disponía de quince minutos a lo sumo para revisar el expediente.

En la parte superior de los documentos apilados en el fichero había una página suelta con un número de teléfono. Supuse que me lo había dejado específicamente para mí, así que doblé el papel y me lo guardé en el bolsillo. El resto del expediente era una recopilación de informes de investigación, la mayoría de los cuales tenían el nombre y la firma de Lindell, que se identificaba como agente de la ORP, la Oficina de Responsabilidad Profesional, es decir, el equivalente en el FBI de asuntos internos.

El archivo contenía los informes que detallaban la investigación de la desaparición de la agente especial Martha Gessler el 19 de marzo de 2000. Esta fecha fue inmediatamente significativa para mí, porque sabía que Angella Benton había sido asesinada el 16 de mayo de 1999. Eso situaba la desaparición de Gessler unos diez meses después, es decir, aproximadamente en la fecha en que Cross dijo que la agente había llamado a Dorsey en relación con el número de serie del billete.

Según el informe de investigación, en el momento de su desaparición Gessler no estaba trabajando como agente operativa, sino como criminóloga analista de delitos. Hacía mucho que la habían trasladado de la unidad de robos de bancos, donde había conocido a mi esposa, a la unidad de delitos informáticos. Trabajaba en investigaciones de Internet y estaba desarrollando *software* para examinar los modelos de actuación delictivos. Supuse que el programa del que Cross me había hablado era algo que excedía las responsabilidades de su puesto.

En la tarde del 19 de marzo de 2000 Gessler salió de Westwood después de una larga jornada laboral. Sus compañeros recordaban que se había quedado en la oficina hasta las 20.30. Sin embargo, todo indicaba que nunca llegó a su casa de Sherman Oaks. Era soltera. Su desaparición no se descubrió hasta el día siguiente, cuando no se presentó a trabajar y no contestó a las llamadas al teléfono y al busca. Un agente fue a su domicilio y descubrió que no estaba. Su casa se hallaba patas arriba, pero después se determinó que los dos perros de Gessler, enloquecidos por el hambre y la falta de atención, habían pasado la noche destrozando la casa. Me fijé en que, según el informe del incidente, el compañero agente que hizo ese descubrimiento fue Roy Lindell. No sabía si eso significaba algo. Posiblemente como agente asignado a la ORP lo enviaron para comprobar si su compañera estaba bien. De todos modos, anoté su nombre debajo del de ella en mi libreta.

El vehículo personal de Gessler, un Ford Taurus de 1998, no estaba en la casa. Ocho días después se localizó en un aparcamiento de larga estancia del aeropuerto LAX. La llave estaba encima de uno de los neumáticos traseros. El parachoques trasero presentaba una rascada de cuarenta y cinco centímetros y había una luz de posición rota, daños que conocidos de la agente aseguraron que eran nuevos. De nuevo, Lindell figuraba en los informes como uno de esos conocidos.

El maletero del vehículo estaba vacío y en su interior no se hallaron pistas que de manera inmediata apuntaran dónde podía estar Gessler o qué le había ocurrido. El maletín que contenía su ordenador portátil y con el que había salido de la oficina también había desaparecido.

Los análisis forenses del vehículo no descubrieron indicio alguno de actos delictivos. Nunca se encontró ningún registro de que Gessler hubiera tomado un avión desde el LAX. Los agentes revisaron los vuelos de los aeropuertos de Burbank, Long Beach, Ontario y Orange County, pero tampoco hallaron ningún vuelo en cuya lista de pasajeros constara el nombre de Gessler.

Se sabía que Gessler llevaba una tarjeta de cajero automático, dos tarjetas de crédito para estaciones de servicio, así como una American Express y una Visa. En la noche de su desaparición, utilizó la tarjeta Chevron para pagar gasolina y una Coca-Cola Diet en la estación de servicio de Sepulveda Boulevard, cerca del museo Getty. El comprobante señalaba que había cargado 46,8 litros de gasolina sin plomo a las 20.53. La capacidad de su depósito era de 60 litros.

La compra era significativa porque situaba a Gessler en el paso de Sepúlveda —en la ruta hacia su casa desde Westwood a Sherman Oaks— en un momento que cuadraba con su salida del FBI en las oficinas de Westwood. El cajero del turno de noche de Chevron también identificó a Gessler, de entre varias fotos, como una clienta habitual que había comprado gasolina la noche del 19 de marzo. Gessler era una mujer atractiva. Él la conocía y la recordaba. Le había dicho que no necesitaba beber Coca-Cola Diet y ella se mostró satisfecha con el cumplido.

Esta localización confirmada de la agente era importante por diversas razones. En primer lugar, si Gessler iba de Westwood al LAX, donde su coche fue posteriormente encontrado, era poco probable que hubiera viajado al norte por el paso de Sepúlveda para comprar combustible. El aeropuerto estaba al suroeste de la oficina del FBI, mientras que la estación de servicio quedaba directamente al norte.

El siguiente dato significativo era que la tarjeta de Gessler se utilizó una segunda vez esa noche en una estación de servicio Chevron de la autovía que conducía al condado de Kern, al norte. La tarjeta fue utilizada en un surtidor de autoservicio para comprar 110 litros de gasolina, más de lo que cabía en el vehículo de Gessler y en la mayoría de los coches. La autovía era la principal ruta a las zonas desérticas del condado de San Bernardino, al noreste. También era una importante ruta de camiones.

Lo último, pero no menos importante, era el hecho de que ninguna de las tarjetas de crédito de Gessler fue hallada o vuelta a utilizar jamás.

No había resumen ni conclusión en los informes que había revisado. Eso era algo que el investigador —Lindell— habría escrito y se habría reservado para él. No escribes un informe que concluya que tu compañera está muerta. Nunca dices lo obvio y siempre hablas en presente de la agente desaparecida.

Pero a partir de lo que había leído, para mí la conclusión era clara. Después de que Gessler pusiera gasolina en su coche en el paso de Sepúlveda, la obligaron a detenerse y la secuestraron, y no parecía que fuera a volver. Probablemente le golpearon el coche desde atrás. Ella se detuvo en el arcén para comprobar los daños e intercambiar la información de los seguros con el otro conductor.

Lo que ocurrió después se desconocía, pero probablemente fue secuestrada y su coche fue dejado en el aparcamiento del LAX, un movimiento que probablemente garantizaba que no sería hallado en varios días, permitiendo que la pista se enfriara y que los recuerdos de testigos potenciales se desvanecieran.

La segunda compra de gasolina era la curiosidad. ¿Se trataba de un error, una pista que apuntaba en la dirección de los secuestradores de la agente? ¿O era una pista falsa, un movimiento intencionado de los secuestradores para orientar la investigación en la dirección equivocada? Y la cantidad de gasolina planteaba otra cuestión. ¿Qué clase de vehículo estaban buscando? ¿Una grúa? ¿Una camioneta? ¿Un camión de mudanzas?

Los agentes del FBI se presentaron en la gasolinera, pero no había cámaras de vídeo ni testigos fiables del uso de la tarjeta de crédito porque había sido una compra de pago en el surtidor. Fue la última señal en la pantalla del radar, pero nada más.

No obstante, una agente continuaba desaparecida. No había elección. El archivo contenía los informes breves de tres días de búsquedas aéreas por el desierto del condado de San Bernardino. Era buscar una aguja en un pajar, pero la operación había que hacerla. No dio frutos.

Los agentes también pasaron varios días en las vías más probables que Gessler podía haber tomado a través del paso de Sepúlveda en su camino a casa. La ruta se abría paso por las montañas de Santa Mónica. Mientras que la ladera sur ofrecía pocas opciones además de la autovía 405 y Sepulveda Boulevard, la ladera norte ofrecía una red de atajos descubiertos a lo largo de cincuenta años de batallar con las horas punta. Los agentes recorrieron todas estas carreteras en busca de testigos de un accidente en el que se hubiera visto implicado un Ford Taurus azul, una escena de accidente que podría haber parecido rutinaria pero que ocultaba el secuestro de una agente federal.

No sacaron nada.

El paso de Sepúlveda había sido escenario de crímenes similares en el pasado. Al hijo del popular actor cómico Bill Cosby lo atracaron y lo asesinaron una noche en la carretera no hacía muchos años. Y en la última década un puñado de mujeres habían sido secuestradas y violadas, una de ellas apuñalada hasta la muerte, después de detenerse en la carretera cuando sus vehículos eran alcanzados por detrás o quedaban averiados. No se creía que estos incidentes fueran obra de una sola persona. Pero el paso, con las colinas, las carreteras oscuras y serpenteantes y el anonimato, era un lugar que atraía a los depredadores. Como los leones que vigilaban un manantial, los depredadores humanos no necesitaban esperar demasiado en el paso de Sepúlveda. El paso montañoso era uno de los corredores con más densidad de tráfico del mundo.

Cabía la posibilidad de que Gessler hubiera sido víctima azarosa de un asesinato, como aquellos que ella trataba de categorizar y entender en su trabajo. Podía haber atraído a un depredador en la estación de servicio, o tal vez al abrir demasiado el bolso para sacar la tarjeta de crédito. Tal vez la habían seguido por otra razón. Era una mujer atractiva. Si un empleado de la estación de servicio se había fijado en su atractivo de manera sutil, un depredador podría haberla visto como lo que necesitaba.

Aun así, el equipo de agentes asignado inicialmente al caso tenía dudas de que Gessler entrara en el perfil de otras víctimas anteriores del paso de Sepúlveda. El coche de Gessler no era ostentoso. Y habría sido una oponente formidable. Al fin y al cabo, era una agente federal que contaba con una elevada preparación. También era alta, medía casi uno ochenta y pesaba sesenta y tres kilos. Se entrenaba regularmente en el L. A. Fitness Club de Sepulveda Boulevard y había tomado clases de boxeo tailandés durante varios años. Los estudios que le habían hecho en el club mostraban que tenía un cuatro por ciento de grasa corporal. Era básicamente músculos y sabía usarlos.

Gessler también llevaba su pistola cuando estaba fuera de servicio. En la noche en que desapareció vestía unos elásticos y un *blazer* negros con una blusa blanca. Su pistola, una Smith & Wesson de 9 milímetros, estaba en una cartuchera de cintura. El dependiente de la gasolinera recordaba haber visto el arma porque Gessler no llevaba puesto el *blazer* cuando echó gasolina en el surtidor de autoservicio. El *blazer* se encontró después en una percha colgada de una ventanilla del Ford Taurus.

Todo ello significaba que cuando aquella noche el coche de Gessler fue golpeado por detrás en el paso, ella salió del vehículo con un arma claramente visible en la cadera. Quien bajó del Ford era una mujer bien preparada y que confiaba en sus aptitudes físicas. Esta combinación podría haber sido un importante elemento disuasorio para la agresión, que aparentemente debería haber convencido a cualquier depredador de encontrar a otra víctima.

De manera que a pesar de que el FBI no descartó la posibilidad de que Gessler hubiera sido la víctima elegida al azar de un delito, Lindell había dirigido una investigación paralela sobre la hipótesis de que Gessler había sido el objetivo por su trabajo como agente.

Los informes relacionados con esta rama de la investigación constituían más de la mitad de los documentos del expediente que tenía ante mí. Aunque sabía que no disponía del expediente completo, estaba claro que los agentes del caso no dejaron piedra sin remover en la búsqueda de un posible vínculo con la desaparición de Gessler. Se examinaron casos que se remontaban a los primeros años de la agente en la oficina de campo de Los Ángeles para hallar un posible nexo con la investigación. Se interrogó a todos los compañeros y colegas que había tenido a lo largo de sus años en el cuerpo en busca de posibles enemigos y amenazas que hubiera recibido. Entre estos informes había un resumen de una entrevista con la ex agente Eleanor Wish, mi ex mujer, llevada a cabo en Las Vegas. Ella no había hablado con Gessler en casi diez años antes de su desaparición. No recordaba ninguna amenaza ni nada que pudiera ayudar en la investigación.

Todos los delincuentes que Gessler puso entre rejas o contra los que testificó fueron localizados y entrevistados. La mayoría tenían coartadas y ninguno emergió como un sospechoso sólido.

Según los informes, Gessler se había convertido en la agente de Los Ángeles a la que acudir cuando se necesitaba una búsqueda o una investigación informática. No resultaba extraño en una gigantesca burocracia como la del FBI. La mayoría de las solicitudes de los agentes de Los Ángeles se remitían a las oficinas del FBI en Washington y Quantico, y en ocasiones pasaban días antes de que se diera la autorización y después semanas antes de que se recibieran resultados. Pero Gessler formaba parte de una creciente casta de agentes con elevadas aptitudes con los ordenadores a los que les gustaba hacer las cosas por su cuenta. El agente especial al mando de la oficina de Los Ángeles tuvo noticia de ello y, por consiguiente, Gessler fue apartada de la unidad de robos de bancos, donde había trabajado varios años, y destinada a una unidad de investigación informática de reciente creación, donde se ocupaba de las solicitudes de agentes de campo mientras desarrollaba sus propios programas de ordenador.

Ello significaba que Gessler estaba metida en infinidad de investigaciones en el momento en que desapareció. Miré el reloj y revisé rápidamente decenas de informes que detallaban el trabajo que ella había desarrollado en diferentes casos sólo en el mes de su desaparición. Lindell y otros agentes a sus órdenes revisaron esos trabajos en pos de alguna pista. Al parecer lo más cerca que habían estado de descubrir algo fue cuando revisaron el trabajo de Gessler en una investigación de un servicio de acompañantes que se anunciaba en una web. El trabajo de Gessler formaba parte de una investigación de la unidad de crimen organizado para desvelar los vínculos de la mafia oriental con la prostitución en Los Ángeles.

Según lo que leí, Gessler había descubierto relaciones entre sitios web que anunciaban a mujeres en más de una docena de ciudades. Las jóvenes eran enviadas de ciudad en ciudad y de cliente en cliente. El dinero que generaban los servicios de acompañantes fluía a Florida y después a Nueva York. Siete semanas antes de la desaparición de Gessler, un jurado de acusación aprobó el procesamiento de nueve hombres bajo la ley federal contra la extorsión y el crimen organizado. Justo una semana antes de desaparecer, Gessler testificó acerca de su papel en la investigación durante una vista previa. Su testimonio fue descrito como eficaz y se suponía que declararía cuando el caso llegara a juicio. No obstante, la agente no era una testigo clave. Su testimonio sólo iba en el sentido de la vinculación entre los sitios web y los acusados. El testigo clave era uno de los miembros de la red que había accedido a colaborar con los fiscales a cambio de una rebaja en la condena.

La posibilidad de que Gessler desapareciera por su condición de testigo era remota, pero era lo mejor que tenían.

Lindell trabajó a fondo esta hipótesis, a juzgar por el número de informes y el detalle que éstos contenían. Pero aparentemente no obtuvo nada. El último informe del archivo perteneciente al caso del crimen organizado describía esta rama de la investigación como «abierta y activa, pero sin pistas sustanciales en este momento». Reconocí que ése era el eufemismo del FBI para decir que esta rama de la investigación estaba en vía muerta.

Cerré el expediente y volví a mirar el reloj. Hacía diecisiete minutos que Lindell se había ido. No había nada en el expediente acerca de que Gessler hubiera presentado un informe o notificado a un colega o superior que había llevado a cabo una referencia cruzada acerca de los números de serie contenidos en el listado de Cross y Dorsey; nada que dijera que había llamado al Departamento de Policía de Los Ángeles para informar de que existía un problema con uno de los números de serie del informe.

Después de guardarme mi libreta me levanté, estiré la musculatura de la espalda y paseé un poco por la minúscula sala. Comprobé que la puerta no estaba cerrada con llave. Buena señal. No me estaban reteniendo como sospechoso. Al menos de momento. Después de unos minutos más, me cansé de esperar y salí al pasillo. Miré en ambos sentidos y no vi a nadie, ni siquiera a Núñez. Volví a la sala, cogí el expediente y me fui por donde había entrado. Recorrí todo el camino hasta la sala de espera de la entrada sin que nadie me detuviera o me preguntara adónde iba. Saludé con la cabeza al hombre que estaba al otro lado del vidrio y bajé en el ascensor.

13

Roy Lindell estaba sentado en el mismo banco que yo había ocupado antes de entrar en el edificio. A sus pies había tres colillas aplastadas. Y tenía un cuarto cigarrillo entre los dedos.

—Te has tomado tu tiempo —dijo.

Me senté a su lado y puse el expediente entre ambos.

—¿Ponerte en la ORP no era como poner a la zorra a cargo del gallinero?

Estaba pensando en el caso en el que lo había conocido seis años antes. No tenía ninguna pista de que perteneciera a una agencia del orden. Y el principal motivo era que regentaba un club de estriptis en Las Vegas y se acostaba con las *strippers* de dos en dos o de tres en tres. Su camuflaje era tan convincente que incluso después de que supe que era un agente encubierto barajé la idea de que hubiera cruzado la línea. Al final me convencí completamente de que no era así.

—El que es listillo es listillo siempre, ¿eh, Bosch?

—Sí, supongo que sí. Entonces, ¿quién estaba escuchando nuestra conversación ahí arriba?

—Me dijeron que la grabara, que mandarían la cinta.

—¿A quién?

No dijo nada, era como si todavía estuviera tratando de tomar una decisión.

—Vamos, Roy, ¿quieres darme una pista de lo que está pasando? He mirado tu expediente. Es muy fino, no me ayuda mucho.

—Es sólo lo más destacado, material que guardaba en un archivo de seguridad. El archivo real ocupaba todo un cajón.

—¿Ocupaba?

Lindell miró en torno como si se diera cuenta por primera vez de que estaba sentado en el exterior de un edificio que albergaba más agentes y espías que ningún otro lugar al oeste de Chicago. Miró al expediente que estaba entre él y yo, expuesto a la mirada de todo el mundo.

—No me gusta estar sentado aquí. ¿Dónde está tu coche? Vamos a dar una vuelta.

Salimos del aparcamiento sin cruzar palabra, pero ver a Lindell actuar de la manera en que lo hacía me puso nervioso y me hizo pensar otra vez en la advertencia de Kiz Rider sobre algún tipo de autoridad superior implicada en el caso. Una vez que nos metimos en el Mercedes, puse el archivo en el asiento trasero y arranqué. Le pregunté adónde quería ir.

—No me importa, tú conduce.

Me dirigí hacia el oeste por Wilshire, con la idea de llegar hasta San Vicente Boulevard y después circular tranquilamente por Brentwood. Sería un bonito recorrido por una calle flanqueada de árboles y atletas, aunque la conversación no fuera agradable.

—¿Estabas siendo franco en la sala? —preguntó Lindell—. ¿Es verdad que no trabajas en esto para nadie?

—Sí, es la verdad.

—Bueno, será mejor que te andes con cuidado, amigo. Hay fuerzas más importantes en juego aquí. Gente a la que...

—No le gustan las bromas. Sí, ya lo sé. Eso ya me lo han dicho, pero nadie quiere decirme quién es esa autoridad superior ni por qué se relaciona con Gessler o si tiene algún significado para el golpe del rodaje de hace cuatro años.

—Bueno, no puedo decírtelo porque no lo sé. Lo único que sé es que después de que llamaste hoy hice algunas averiguaciones y al momento todo se me vino encima. ¡Y de qué manera!

—¿Esto viene de Washington?

—No, de aquí.

—¿Quién, Roy? No tiene sentido que esté dando vueltas con el coche si tú no vas a hablar. ¿Qué tenemos aquí? ¿Crimen organizado? Leí el informe de Gessler sobre las webs. Parecía lo único que tenías en marcha.

Lindell rió como si hubiera sugerido algo absurdo.

—¿Crimen organizado? Ojalá esto fuera un caso de mafias.

Detuve el coche en San Vicente. Estábamos a un par de manzanas del lugar donde Marilyn Monroe había muerto de sobredosis, uno de los misterios y escándalos imperecederos de la ciudad.

—Entonces ¿qué? Roy, estoy harto de hablar solo.

Lindell asintió con la cabeza y me miró.

—Seguridad nacional, tío.

—¿Qué quieres decir? ¿Alguien cree que hay una conexión terrorista con esto?

—No sé lo que creen. No me informaron. Lo único que sé es que me dijeron que te encerrara, te grabara y mandara la cinta a la novena planta.

—La novena planta...

Sólo lo dije por decir algo. Estaba intentando pensar. Por mi mente pasaron rápidamente las imágenes del caso, el cadáver de Angella Benton en el suelo, el pistolero abriendo fuego, el impacto de una de mis balas alcanzando a uno de los hombres —al menos creía que era un hombre— en el torso y derribándolo en la furgoneta. No había nada que pareciera cuadrar con lo que Lindell me estaba diciendo.

—La novena es donde han puesto la brigada REACT —dijo Lindell sacándome del ensueño—. Son pesos pesados, Bosch. Si te pones delante de ellos en la calle no pararán. Ni siquiera pisarán el freno.

—¿Qué es REACT?

Sabía que se trataría de otro acrónimo federal. Todas las agencias del orden eran buenas poniendo acrónimos, pero los federales se llevaban la palma.

—Respuesta Regional... no. Es Respuesta Especial de Acción Contra el Terrorismo.

—Ésta debe de haber salido de la oficina del director en Washington. Se han estrujado las meninges.

—Gracioso. Básicamente es un grupo interagencias. Estamos nosotros, el servicio secreto, la DEA, todo el mundo.

Supuse que en ese último «todo el mundo» entraban las agencias a las que no les gustaba que se mencionaran sus siglas: la NSA, la CIA, la DIA y el resto del alfabeto federal.

Un tipo en moto pasó junto al Mercedes y golpeó con fuerza el retrovisor, haciendo que Lindell saltara. El motorista siguió su camino, levantando la mano enguantada y mostrándome su dedo corazón. Me di cuenta de que me había detenido en el carril de las motos y volví a arrancar.

—Estos putos motoristas se creen los amos de la carretera —dijo Lindell—. Pasa a su lado y le daré una hostia.

No hice caso de la petición, pasé a gran velocidad junto a la moto, eludiéndola.

—No lo entiendo, Roy. ¿Qué tiene que ver la novena planta con mi caso?

—En primer lugar, ya no es tu caso. En segundo lugar, no lo sé. Fueron ellos los que hicieron las preguntas.

—¿Cuándo empezaron a preguntarte?

—Hoy. Tú llamaste interesándote por Marty Gessler y le dijiste a Núñez que tenía algo que ver con el dinero de la película. Él acudió a verme y le dije que te invitara a venir. Mientras tanto empecé a hacer algunas averiguaciones. Resultó que el golpe del rodaje estaba en nuestro ordenador. Con una etiqueta de REACT. Así que llamé a la novena y dije: «¿Qué pasa, colegas?», y dos segundos después me cayeron encima.

—Te dijeron que descubrieras lo que sabía, que me callaras la boca y me mandaras a casa. Ah, y que lo grabaras todo en una cinta para que pudieran escucharla y asegurarse de que eras un buen agente y que hacías lo que te decían.

—Sí, algo así.

—Entonces ¿por qué me dejaste leer el expediente? ¿Y llevármelo? ¿Por qué estamos hablando ahora?

Lindell se tomó su tiempo antes de responder. Habíamos

tomado la curva hacia Ocean Boulevard, en Santa Mónica. Volví a aparcar junto a los acantilados que se asoman a la playa y el Pacífico. El horizonte estaba difuminado de blanco por la niebla marina. La noria del muelle, en el Pacific Park, permanecía inmóvil, y sin su brillo de neón.

—Lo hice porque Marty Gessler era amiga mía.

—Sí, de eso me di cuenta en el expediente. ¿Muy amigos? El significado era obvio.

—Sí —dijo.

—¿Eso no era un conflicto, si tú dirigías el caso?

—Digamos que mi relación con ella no se conoció hasta que ya estábamos muy metidos en la investigación. Entonces jugué todas mis bazas para quedarme en el caso. No es que tuviera mucho éxito. Aquí estamos más de tres años después y todavía no tengo ni idea de lo que le pasó. Y de repente llamas tú y me cuentas algo que es completamente nuevo para mí.

—Entonces no te has guardado nada. ¿No había constancia de que hablara con Dorsey del número de serie?

—No encontramos nada. Pero guardaba muchas cosas en su ordenador, y eso ya no está, tío. Tenía que haber material del que no había hecho copia de seguridad en el servidor. Ya sabes que la norma es copiarlo todo cada noche antes de irte a casa, pero nadie lo hace porque nadie tiene tiempo.

Asentí y traté de ordenar mis ideas. Estaba recopilando un montón de información, pero tenía poco tiempo para procesarla. Intenté pensar en qué más necesitaba preguntarle a Lindell mientras estuviera con él.

—Todavía no he entendido algo —dije al fin—. ¿Por qué es distinto aquí que en la sala de interrogatorios? ¿Por qué estás hablando conmigo, Roy? ¿Por qué me dejas ver el expediente?

—El REACT es una brigada TV, Bosch. Todo vale. Estos tíos no tienen reglas. Las reglas saltaron por la ventana el once de septiembre de dos mil uno. El mundo cambió, y el FBI también. El país se quedó sentado y dejó que pasara. La gente estaba viendo la guerra en Afganistán cuando aquí estaban cambiando las reglas. Ahora la seguridad nacional es lo único que cuenta y lo demás tiene que esperar. Incluida Marty Gessler. ¿Crees que la novena planta asumió el caso porque había una agente desaparecida? Les importa un pimiento. Hay algo más y si descubren lo que le pasó a ella o no es algo que no importa. Para ellos, claro. Para mí, no es lo mismo.

Lindell miró de frente mientras hablaba. Entendí un poco mejor lo que estaba ocurriendo. El FBI le había dicho que desistiera. A él podían darle órdenes, pero yo iba por libre. Lindell me ayudaría cuando pudiera, si podía.

—Así que no tienes ni idea de cuál es su interés en el caso.

—Ni una pista.

—Pero quieres que yo siga adelante.

—Si alguna vez lo repites, yo lo negaré. Pero la respuesta es sí. Quiero ser tu cliente, amigo.

Puse la marcha y volví a entrar en la carretera. Me dirigí de nuevo a Westwood.

—No puedo pagarte, claro —dijo Lindell—. Y es probable que tampoco pueda contactar contigo después de hoy.

—¿Sabes qué? Deja de llamarme amigo y estamos en paces.

Lindell asintió como si se lo hubiera dicho en serio y me estuviera diciendo que aceptaba las condiciones del trato. Circulamos en silencio hasta que bajé por el California Incline hasta la autopista de la costa y nos dirigimos al cañón de Santa Mónica y después volvimos a subir hacia San Vicente.

—Entonces, ¿qué opinas de lo que leíste allí arriba? —preguntó Lindell por fin.

—Me parece que hiciste los movimientos adecuados. ¿Y el tipo de la gasolinera que la vio esa noche? ¿Lo investigasteis?

—Sí, por todos los costados. Estaba limpio. La estación de servicio estaba a tope y él estuvo allí hasta medianoche. Lo tenemos grabado en el vídeo de seguridad. Y nunca salió de la cabina después de que ella entrara y saliera. Su coartada para después de medianoche también era sólida.

—¿Algo más del vídeo? No vi nada en el expediente.

—No, el vídeo era inútil. Salvo por el hecho de que aparece ella y fue la última vez que se la vio.

Miró por la ventana. Habían pasado tres años y Lindell seguía colgado. Tenía que recordarlo. Tenía que filtrar todo lo que decía y hacía bajo ese prisma.

—¿Cuáles son las posibilidades de que vea el archivo completo de la investigación?

—Entre cero y nada.

—¿La novena planta?

Asintió.

—Subieron y se llevaron el archivo con cajón y todo. No volveré a ver ese material. Seguramente no me devolverán ni el puto cajón.

—¿Por qué no me pararon los pies ellos? ¿Por qué tú?

—Porque te conozco. Pero sobre todo porque se supone que tú ni siquiera tienes que saber que existen.

Asentí mientras doblaba por Wilshire y veía el edificio federal al fondo.

—Mira, Roy, no sé si las dos cosas están relacionadas, ¿entiendes? Me refiero a Martha Gessler y el caso de Hollywood, Angella Benton. Martha hizo una llamada, pero eso no quiere decir que los dos casos estén relacionados. Hay otras pistas que estoy siguiendo. Ésta es sólo una de ellas. ¿Vale?

Miró otra vez por la ventana y murmuró algo que no pude oír.

—¿Qué?

—Dije que nadie la llamaba Martha hasta que desapareció. Entonces salió en los diarios y en la tele y empezaron a llamarla así. Ella odiaba ese nombre, Martha.

Asentí con la cabeza porque no había otra cosa que pudiera hacer. Entré en el aparcamiento federal y me metí hasta la plaza para dejarlo.

—¿Puedo llamarte al número que había en el expediente?

—Sí, cuando quieras. Pero asegúrate de que me llamas desde un teléfono seguro.

Pensé en ello hasta que detuve el coche en el bordillo de enfrente de la plaza. Lindell miró por la ventana y examinó la plaza como si estuviera juzgando si era segura o no.

—¿Vas mucho a Las Vegas? —le pregunté.

Respondió sin mirarme. Mantuvo la mirada en la plaza y en las ventanas del edificio que se alzaba sobre ella.

—Cuando tengo ocasión. Tengo que ir disfrazado. Hay mucha gente allí que no me quiere.

—Me lo imagino.

Su trabajo encubierto junto con mi equipo de investigación de homicidios había derrocado a una figura capital del hampa y a muchos de sus subalternos.

—Vi a tu mujer allí hace un mes —dijo—. Jugando a cartas. Creo que fue en el Bellagio. Tenía una buena pila de fichas delante.

Conocía a Eleanor Wish de aquel primer caso en Las Vegas. Entonces fue cuando me casé con ella.

—Ex mujer —dije—. Pero no era por eso que te lo estaba preguntando.

—Claro, ya lo sé.

Al parecer satisfecho con el examen previo, abrió la puerta y salió. Volvió a mirarme y esperó a que dijera algo. Yo asentí.

—Me quedaré tu caso, Roy.

Me saludó con la cabeza.

—Entonces llámame cuando quieras, y ten cuidado, amigo.

Me sonrió con esa sonrisa del que ríe último y cerró la puerta antes de que pudiera decir nada.

14

En las salas de las brigadas de detectives de las numerosas comisarías del Departamento de Policía de Los Ángeles el estado de Idaho se llama Cielo Azul. Es la meta, el destino final de un buen número de detectives que recorren su camino, cumplen con sus veinticinco años y se van. Oí que hay barrios enteros llenos de ex policías de Los Ángeles que viven puerta con puerta. Las inmobiliarias de Coeur d'Alene y Sandpoint ponen anuncios del tamaño de una tarjeta de visita en el boletín del sindicato de policías. En todos los números.

Por supuesto, muchos polis devuelven la placa y parten a Nevada para cocinarse en el desierto y buscar trabajos a tiempo parcial en los casinos. Otros desaparecen en el norte de California: hay más polis retirados en los campos del condado de Humboldt que cultivadores de marihuana, aunque éstos no lo saben. Y otros se dirigen a México, donde todavía quedan lugares en los que un rancho con aire acondicionado y vistas al Pacífico está al alcance de una pensión del departamento.

La cuestión es que son pocos los que se quedan en la ciudad. Pasan su vida adulta tratando de dar sentido a este lugar, tratando de darle una pequeña dosis de orden, y después no son capaces de quedarse una vez que su trabajo está hecho. Es lo que la profesión hace contigo. Te roba la capacidad de disfrutar de tu logro. No hay recompensa por llegar al final del camino.

Uno de esos pocos hombres que entregan la placa pero se quedan en Los Ángeles se llamaba Burnett Biggar. Le dio a la ciudad veinticinco años —la última mitad de ellos en homicidios de South Bureau— y después se retiró para abrir un pequeño establecimiento con su hijo cerca del aeropuerto. Biggar & Biggar Professional Security estaba en Sepúlveda, cerca de La Tijera. El edificio era anodino y las oficinas sin pretensiones. El negocio de Biggar estaba consagrado a proporcionar sistemas de seguridad y patrullas a las industrias de almacenamiento próximas al aeropuerto. La última vez que había hablado con él —de lo cual probablemente hacía dos años— me había explicado que tenía más de cincuenta empleados y que el negocio le iba viento en popa.

Pero con la boca pequeña me dijo que echaba de menos lo que llamaba el trabajo de verdad. El trabajo vital, el trabajo con sentido. Proteger un almacén lleno de tejanos hechos en Taiwan podía ser rentable, pero no se parecía en nada a lo que obtenías al tirar al suelo a un asesino desalmado y colocarle las esposas. Ni siquiera se aproximaba, y eso era lo que Biggar echaba de menos. Por eso pensé que podía pedirle ayuda para lo que quería hacer por Lawton Cross.

Había una pequeña sala de espera con una cafetera, pero no me quedé allí mucho tiempo. Burnett Biggar llegó enseguida y me invitó a acompañarle a su despacho. Era un hombre grande. Tuve que seguirlo por el pasillo más que caminar a su lado. Llevaba la cabeza afeitada, lo que por lo que yo sabía era un *new look*.

—Bueno, Big, veo que has cambiado el *look* Julius por el Jordan, ¿eh?

Se pasó una mano por su cráneo pelado.

—Tenía que hacerlo, Harry. Es la moda. Y se me estaba poniendo gris.

—Nos pasa a todos.

Me invitó a pasar a su despacho. No era pequeño ni tampoco grande. Podría definirlo como funcional, con paneles de madera y cuadros que enmarcaban artículos de noticias y fotos de sus días en el departamento. Probablemente todo resultaba muy impresionante para los clientes.

Biggar se colocó detrás de un escritorio repleto y me señaló una silla situada enfrente. Se inclinó hacia adelante y plegó los brazos sobre la mesa.

—Bueno, Harry Bosch, no esperaba volver a verte. Me alegro de que estés aquí.

—Yo también me alegro de verte. Y tampoco lo esperaba.

—¿Has venido a buscar trabajo? Oí que lo dejaste el año pasado. Eras la última persona que pensé que podía dejarlo.

—Nadie llega hasta el final, Big. Y aprecio la oferta, pero ya tengo un trabajo. Sólo he venido a pedirte una pequeña ayuda.

Biggar sonrió y la piel se le tensó en las comisuras de los ojos. Estaba intrigado. Sabía que yo nunca iba a dedicarme a la seguridad industrial o corporativa.

—Joder, nunca te había oído pedir ayuda en nada. ¿Qué necesitas?

—Necesito una instalación de vigilancia electrónica. Una habitación, nadie puede saber que la cámara está ahí.

—¿Cómo de grande es la habitación?

—Un dormitorio, de unos cuatro por cuatro.

—Ah, tío, Harry. No te metas por ese camino. Empiezas con ese tipo de fisgoneo y acabas perdiéndote de vista a ti mismo. Ven a trabajar para mí. Puedo encontrar...

—No, no es nada de eso. De hecho es a consecuencia de un caso de homicidio en el que estoy trabajando. El tío está en silla de ruedas. Está sentado y ve la tele todo el día. Sólo quería asegurarme de que está bien, ¿sabes? Algo pasa con la mujer. Al menos eso creo.

—¿Te refieres a abuso?

—Tal vez. No lo sé. Algo.

—¿El tipo sabe que vas a hacer esto?

—No.

—¿Pero tienes acceso a la habitación?

—Bastante. ¿Crees que puedes ayudarme?

—Bueno, tenemos cámaras. Pero has de entender que la mayor parte de nuestro trabajo tiene aplicaciones industriales. Es material pesado. Me suena que lo que necesitas es una nanocámara que podrías comprar en Radio Shack.

Negué con la cabeza.

—No quiero ser muy obvio. El tío era poli.

Biggar asintió. Asimiló la información y se levantó.

—Bueno, vamos al taller y echaremos un vistazo a lo que tenemos. Andre está allí y podrá ayudarte.

Me condujo de nuevo al pasillo y después hacia la parte posterior del edificio. Entramos en el taller, que era aproximadamente del tamaño de un garaje de dos plazas y estaba lleno de bancos de trabajo y estantes con todo tipo de equipamiento electrónico en ellos. En torno a una de las mesas de trabajo había tres hombres mirando una pequeña pantalla de televisión donde se reproducía una cinta de vigilancia con mucho grano y en blanco y negro. Reconocí a uno de los hombres, el más grande, como Andre Biggar, el hijo de Burnett. No lo había visto nunca, pero sabía que era él por su tamaño y por el parecido con Burnett. Incluida la cabeza rapada.

Una vez hechas las presentaciones, Andre comentó que estaba revisando una cinta que mostraba el robo al almacén de un cliente. El padre explicó lo que yo estaba buscando y el hijo me condujo a otro banco de trabajo, donde me mostró cámaras instaladas en un jarrón, en una lámpara, en un marco de fotos y finalmente en un reloj. Pensando en cómo se había quejado Lawton Cross de que no podía ver la hora en la televisión, detuve a Andre en ese momento.

—Ésta me valdrá. ¿Cómo funciona?

Era un reloj circular de unos veinticinco centímetros de diámetro.

—Es un reloj de aula. ¿Quiere ponerlo en la pared de un dormitorio? Llamará la atención como las tetas de...

—Andre... —le interrumpió su padre.

—No lo usan como dormitorio —dije—. Es más bien una sala de televisión. Y el tipo me dijo que no podía ver la hora en la esquina de la pantalla en la CNN. Así que esto tendrá sentido cuando lo lleve.

Andre asintió con la cabeza.

—Vale. ¿Quiere sonido? ¿Color?

—Sonido sí. El color estaría bien, pero no es necesario.

—Muy bien. ¿Quiere transmitirlo o lo quiere autocontenido?

Lo miré inexpresivo y se dio cuenta de que no le había entendido.

—Los construyo de dos maneras. En la primera, hay una cámara en el reloj que transmite imagen y sonido a un receptor que lo graba en vídeo. Tendría que encontrar un lugar seguro para la grabadora en un radio de menos de treinta metros, para que sea seguro. ¿Va a estar fuera de la casa en una furgoneta o algo así?

—No había planeado eso.

—Bueno, la segunda opción es pasar a digital y grabar en una cinta digital o una tarjeta de memoria que van en la misma cámara. El inconveniente es la capacidad. Con una cinta digital tiene aproximadamente dos horas de tiempo real, después hay que cambiarla. Con una tarjeta hay todavía menos tiempo.

—Eso no funcionará. Sólo pensaba comprobarlo cada varios días.

Empecé a pensar en cómo podría ocultar el receptor en la casa. Tal vez en el garaje. Podía buscar una excusa para ir al garaje y esconder el receptor en algún sitio donde Danny Cross no pudiera verlo.

—Bueno, podemos lentificar la grabación si es necesario.

—¿Cómo?

—De varias maneras. En primer lugar ponemos la cámara en un reloj. La apagamos, digamos, de medianoche hasta las ocho. También podemos disminuir los FPS y alargar...

—¿FPS?

—Los fotogramas que se graban por segundo. Aunque hace que la imagen salte.

—¿Y el sonido? ¿También salta?

—No, el sonido va aparte. Tendrá buen sonido.

Asentí, aunque no estaba seguro de si quería perder parte de la imagen.

—También podemos instalar un sensor de movimiento. Ha dicho que este tipo va en silla de ruedas, ¿se mueve mucho?

—No, no puede. Está paralizado. La mayor parte del tiempo simplemente está sentado y ve la tele.

—¿Algún animal de compañía?

—Creo que no.

—Entonces el único momento en que hay movimiento real en la habitación es cuando entra la cuidadora, y eso es lo que quiere vigilar. ¿Me equivoco?

—No.

—Pues no hay problema. Esto funcionará. Pondremos un sensor de movimiento y una tarjeta de memoria de dos gigas y probablemente le alcanzará para un par de días.

—Con eso bastará.

Asentí y miré a Burnett. Estaba impresionado con su hijo. Andre tenía pinta de poder romper a un *quarterback* por la mitad, pero había encontrado una especialidad en la vida tratando con circuitos y microprocesadores. Vi el orgullo en los ojos de Burnett.

—Deme quince minutos para montarlo y después iré a enseñarle cómo instalarlo y cómo retirar la tarjeta de memoria.

—Perfecto.

Me senté con Burnett en su despacho y hablamos del departamento y de un par de los casos en los que habíamos trabajado juntos. En uno de ellos, un asesino a sueldo había matado a su objetivo en South L. A. y después a su cliente en Hollywood cuando éste no pudo pagar la segunda parte de la tarifa establecida. Habíamos trabajado juntos durante un mes, mi equipo y Biggar y su compañero, un detective llamado Miles Manley. Lo resolvimos cuando Big y Manley, como llamaban a la pareja, encontraron en el barrio de la víctima a un testigo que recordaba haber visto a un hombre blanco el día del crimen y fue capaz de describir su coche, un Corvette negro con tapicería de cuero. El vehículo coincidía con el que utilizaba el vecino de al lado de la segunda víctima. Confesó después de un largo interrogatorio que condujimos alternativamente Biggar y yo.

—La clave siempre está en algo insignificante como eso —dijo Biggar mientras se reclinaba detrás de su escritorio—. Eso es lo que más me gustaba. No saber de dónde podría salir ese detalle.

—Sé a lo que te refieres.

—¿Entonces lo echas de menos?

—Sí. Pero lo voy a recuperar. Ahora estoy empezando.

—Te refieres a la sensación, no al trabajo.

—Sí. Y tú, ¿todavía lo echas de menos?

—Gano más dinero del que necesito, pero sí, echo de menos la emoción. El trabajo me daba la emoción y ahora no la encuentro enviando a polis de alquiler de aquí para allá y preparando cámaras. Ten cuidado con lo que haces, Harry. Podrías terminar teniendo éxito como yo y sentado recordando los viejos tiempos, creyendo que eran mucho mejores de lo que eran en realidad.

—Tendré cuidado, Big.

Biggar asintió con la cabeza, agradecido de haber podido dispensar su dosis de consejos del día.

—No tienes que decírmelo si no quieres, Harry, pero diría que ese tipo de la silla es Lawton Cross, ¿eh?

Dudé, pero decidí que no importaba.

—Sí, es él. Estoy trabajando en otra cosa y la investigación se cruzó con él. Fui a verlo y me dijo algunas cosas. Sólo quiero asegurarme, ¿sabes?

—Buena suerte. Recuerdo a su mujer. La vi un par de veces. Era una buena señora.

Asentí. Sabía lo que quería decir, que esperaba que Cross no estuviera siendo maltratado por su mujer.

—La gente cambia —dije—. Voy a averiguarlo.

Andre Biggar volvió al cabo de unos minutos con una caja de herramientas, un ordenador portátil y el reloj cámara en una caja. Me dio una clase de vigilancia electrónica. El reloj estaba preparado. Lo único que tenía que hacer yo era colocarlo en una pared y conectarlo. Cuando lo pusiera en hora, activaría el mecanismo de vigilancia al empujar la esfera hasta el fondo. Para sacar la tarjeta de memoria sólo tenía que retirar la tapa del reloj y extraerla. Fácil.

—Bueno, una vez que saco la tarjeta, ¿cómo miro lo que he grabado?

Andre me mostró cómo conectar la tarjeta de memoria en un lateral del ordenador portátil. Después me explicó cómo ejecutar el programa que mostraría el vídeo de vigilancia en la pantalla del ordenador.

—Es sencillo. Sólo cuide el equipo y vuelva a traerlo. Hemos invertido mucha pasta en él.

No quería decirle que no era lo bastante sencillo para mí. Me incliné por la parte económica de la ecuación como excusa para ocultar mis deficiencias técnicas.

—¿Sabes qué? —dije—. Creo que dejaré aquí el portátil y volveré con la tarjeta de memoria cuando quiera verla. No quiero poner en riesgo todo vuestro equipo, y además me gusta viajar ligero.

—Lo que prefiera. Pero lo mejor de este montaje es su inmediatez. Puede coger la tarjeta y mirarla en el coche delante de la casa del tipo. ¿Para qué volver hasta aquí?

—No creo que haya tanta urgencia. Dejaré el portátil y te traeré la tarjeta, ¿vale?

—Como quiera.

Andre volvió a poner el reloj en la caja acolchada, después me estrechó la mano y salió del despacho. Se llevó el portátil, pero me dejó la caja de herramientas junto con el reloj. Miré a Burnett. Era hora de irse.

—Parece que hace algo más que ayudarte.

—Andre es el alma de este lugar. —Hizo un gesto hacia la pared llena de recuerdos enmarcados—. Yo traigo a los clientes y los impresiono, les hago firmar. Andre es el que lo soluciona todo. Se figura las necesidades y busca la solución.

Asentí y me levanté.

—¿Quieres cobrarme algo por esto? —dije, levantando la caja que contenía el reloj.

Biggar sonrió.

—No, siempre que lo devuelvas. —Entonces se puso serio—. Es lo mínimo que puedo hacer por Lawton Cross.

—Sí —dije, pues conocía la sensación.

Nos dimos la mano y salí con el reloj y la caja de herramientas, albergando la esperanza de que esa cámara oculta fuera el equipo tecnológico que me demostraría que el mundo no era tan malo como yo creía.

15

Desde Biggar & Biggar volví al valle de San Fernando por el paso de Sepúlveda y me topé con la primera oleada brutal de la hora punta. Tardé casi una hora en llegar a Mulholland Drive. En ese punto salí de la autovía y conduje en dirección oeste por las crestas de las montañas. Observé el sol que se ponía por detrás de Malibú dejando un cielo en llamas como rastro. Cuando el sol estaba bajo, sus rayos se reflejaban en la contaminación acumulada en el fondo del valle en tonos de naranja, rosa y púrpura. Era una especie de recompensa por haber soportado respirar todo el día el aire envenenado. Esa tarde predominaba un tono anaranjado suave con volutas de blanco. Era lo que mi ex esposa solía llamar cielo batido de crema cuando veía los anocheceres desde la terraza de la parte de atrás de mi casa. Tenía un nombre para cada uno y siempre me hacía sonreír.

El recuerdo de ella en la terraza parecía muy lejano y formaba parte de un periodo de mi vida muy diferente. Pensé en lo que Roy Lindell había dicho de cuando la había visto en Las Vegas. Él sabía que yo le había estado preguntando por mi ex mujer, aunque no se lo hubiera dicho. Si no un día, al menos no pasaba una semana sin que pensara en ir allí, encontrarla y pedirle otra oportunidad. Una oportunidad aceptando sus condiciones. Yo ya no tenía ningún trabajo que me esperara en Los Ángeles, así que podía ir a donde quisiera. Esta vez podía acudir a ella y podríamos vivir juntos en la ciudad del pecado. A Eleanor le quedaría la libertad de encontrar lo que necesitaba en las mesas de fieltro azul de los casinos de la ciudad. Y cuando volviera a casa al final del día la estaría esperando. Yo podría dedicarme a lo que surgiera. Siempre habría en Las Vegas algo para una persona con mis aptitudes.

En una ocasión había llenado una caja, la había puesto en la parte trasera del Mercedes y había llegado hasta Riverside antes de que los miedos familiares empezaran a crecer en mi pecho y saliera de la autovía. Me comí una hamburguesa en un In-N-Out y di media vuelta. No me molesté en vaciar la caja cuando llegué a casa. La dejé en el suelo del dormitorio y fui sacando la ropa a medida que la fui necesitando a lo largo de las dos semanas siguientes. La caja vacía todavía continuaba en el suelo, preparada para la siguiente vez que quisiera llenarla y hacer ese recorrido.

El miedo. Siempre estaba presente. Miedo al rechazo, miedo a las esperanzas y el amor no correspondidos, miedo a sensaciones que seguían bajo la superficie. Todo había sido mezclado en la batidora y vertido suavemente en mi vaso hasta que éste se llenó hasta el borde. Estaba tan lleno que si tenía que dar un paso se derramaría por los costados. Por consiguiente no podía moverme. Me quedé paralizado en casa, viviendo de lo que sacaba de una caja.

Creo en la teoría de la bala única. Puedes enamorarte y hacer el amor muchas veces, pero sólo hay una bala con tu nombre grabado en el costado. Y si tienes la suerte suficiente de que te alcancen con esa bala, la herida no se cura nunca.

Puede que Roy Lindell tuviera el nombre de Martha Gessler grabado en el costado de esa bala. No lo sé. Lo que sí sabía era que mi bala era Eleanor Wish. Me había atravesado por completo. Hubo otras mujeres antes y otras mujeres después, pero la herida que ella dejó estaba siempre presente. No se curaría fácilmente. Continuaba sangrando y sabía que siempre sangraría por ella. No podía ser de otro modo. Las cosas del corazón no tienen fin.

16

De camino a Woodland Hills hice una breve parada en Vendome Liquors y después me dirigí a la casa de Melba Avenue. No llamé para avisar. Con Lawton Cross sabía que las posibilidades de que estuviera en casa eran muy altas.

Danielle Cross abrió la puerta después de que llamara tres veces y su cara tensa adoptó una expresión aún más severa al ver que era yo.

—Está durmiendo —dijo, entreabriendo la puerta—. Todavía se está recuperando de lo de ayer.

—Pues despiértalo, Danny; necesito hablar con él.

—Mira, no puedes presentarte sin avisar. Ya no eres un poli. No tienes ningún derecho.

—¿Tú tienes el derecho de decidir a quién ve y a quién no ve?

Eso pareció calmarla un momento. Miró a la caja de herramientas que llevaba en una mano y al paquete que llevaba bajo el brazo.

—¿Qué es todo eso?

—Le he traído un regalo. Mira, Danny, necesito hablar con él. Va a venir gente a verle. Tengo que avisarle para que esté preparado.

Ella transigió. Sin decir una palabra más, retrocedió levemente y abrió la puerta. Extendió el brazo para invitarme a pasar y yo traspuse el umbral. Fui solo hasta el dormitorio.

Lawton Cross estaba dormido en su silla, con la boca abierta. Una baba medicamentosa le resbalaba por la mejilla.

No quería mirarlo. Era un recordatorio demasiado claro de lo que podía ocurrir. Puse la caja de herramientas y el paquete que contenía el reloj en la cama. Volví a la puerta y la cerré, asegurándome de que sonaba contra el marco con la suficiente fuerza como para que, con un poco de suerte, Cross se despertara sin que tuviera que tocarlo.

Cuando volví a la silla me fijé en que pestañeaba, pero después sus párpados se detuvieron a media asta.

—Eh, Law. Soy yo, Harry Bosch.

Advertí la luz verde en el monitor de la cómoda y rodeé la silla para apagarlo.

—¿Harry? —dijo—. ¿Dónde?

Volví a rodear la silla y lo miré con una sonrisa congelada en el rostro.

—Aquí, tío. ¿Ahora estás despierto?

—Sí, eh..., estoy despierto.

—Bien. Tengo que contarte unas cosas. Y te he traído algo.

Fui a la cama y empecé a sacar el reloj del paquete que Andre Biggar me había preparado.

—¿Black Bush?

Su voz ya estaba alerta. Una vez más lamenté la elección de mis palabras. Volví a colocarme en su campo de visión con el reloj en la mano.

—Te he traído este reloj para la pared. Así podrás saber la hora siempre que te haga falta.

Dejó escapar el aire a través de sus labios.

—Ella lo quitará.

—Le pediré que no lo haga. No te preocupes.

Abrí la caja de herramientas y saqué el martillo y un clavo para mampostería de un paquete de plástico que contenía diversos clavos para diferentes superficies. Examiné la pared que estaba a la izquierda de la televisión y elegí un punto en el centro. Había un enchufe justo debajo. Sostuve el clavo en alto y lo clavé hasta la mitad con el martillo. Estaba colgando el reloj cuando se abrió la puerta y se asomó Danny.

—¿Qué estás haciendo? Él no quiere ningún reloj aquí.

Terminé de colgar el reloj, bajé los brazos y la miré.

—Me dijo que quería uno.

Ambos miramos a Law en busca de apoyo. Los ojos del hombre pasearon de los de su esposa a los míos.

—Probemos un tiempo —dijo—. Me gusta saber qué hora es para no perderme los programas.

—Muy bien —dijo ella con tono cortante—. Lo que tú quieras.

Danny salió de la habitación y cerró la puerta tras de sí. Me incliné y enchufé el reloj a la corriente. Después miré mi reloj y me estiré para poner la hora y conectar la cámara. Cuando hube terminado volví a guardar el martillo en la caja de herramientas.

—¿Harry?

—¿Qué? —pregunté, aunque ya sabía lo que quería.

—¿Me has traído un poco?

—Un poco.

Abrí otra vez la caja de herramientas y saqué de ella la petaca que había llenado en el aparcamiento del Vendome.

—Danny me ha dicho que estás de resaca. ¿Seguro que quieres?

—Claro que estoy seguro. Déjamelo probar, Harry, lo necesito.

Volví a repetir la misma rutina del día anterior y esperé a ver si era capaz de darse cuenta de que había aguado el whisky.

—Ah, esto sí que es bueno, Harry. Dame un poco más, ¿quieres?

Lo hice y después cerré la petaca, sintiéndome en cierto modo culpable de darle a ese hombre roto el único consuelo que parecía tener en la vida.

—Escucha, Law, he venido para avisarte. Creo que he levantado la liebre con esta historia.

—¿Qué ha pasado?

—Traté de localizar a esa agente que dijiste que llamó a Jack Dorsey por el problema con un número de serie, ¿recuerdas?

—Sí, recuerdo. ¿La encontraste?

—No, Law, no la encontré. La agente era Martha Gessler. ¿Te suena de algo?

Su mirada se movió por el techo como si fuera allí donde guardaba su base de datos.

—No. ¿Debería?

—No lo sé. Ha desaparecido. Hace tres años que desapareció, desde que llamó a Jack.

—Joder, Harry.

—Sí. Así que me metí en eso cuando telefoneé para seguir la pista de esa llamada.

—¿Van a venir a hablar conmigo?

—No lo sé. Pero quería avisarte. Creo que podrían venir. No sé cómo, pero lo han relacionado con un asunto de terrorismo. Ahora lo lleva uno de esos equipos que crearon después del Once de Septiembre. Y he oído que les gusta primero pegarte la patada en el culo y después leerte tus derechos.

—No quiero que vengan aquí, Harry. ¿Qué has destapado?

—Lo siento, Law. Si vienen, déjales que hagan preguntas y tú contéstalas lo mejor que puedas. Consigue sus nombres y dile a Danny que me llame después de que se vayan.

—Lo intentaré. Sólo quiero que me dejen en paz.

—Ya lo sé, Law.

Me acerqué a su silla y puse la petaca en su campo de visión.

—¿Quieres más?

—¿Estás de broma?

Le eché un buen chorro en la boca, y después otro. Esperé que lo tragara y a que el alcohol asomara en su mirada. Se le pusieron los ojos vidriosos.

—¿Estás bien?

—Ya lo creo.

—Tengo que hacerte unas cuantas preguntas más. Se me ocurrió después de hablar con el FBI.

—¿Qué preguntas?

—Es sobre la llamada que recibió Jack. El FBI dice que no hay constancia de que Gessler llamara por el asunto de los números de serie.

—Eso es sencillo. Tal vez no fue ella. Como te he dicho, Jack no me dijo el nombre. O si me lo dijo lo he olvidado.

—Estoy convencido de que era ella. Todo lo demás que describiste coincide. Tenía un programa como el que describiste en su portátil. Desapareció con ella.

—Ahí lo tienes. Probablemente había un registro de su llamada, pero desapareció con ella.

—Supongo. ¿Y la fecha de la llamada? ¿Puedes recordar algo más acerca de cuándo llamó?

—Ah, joder, no lo sé, Harry. Era sólo un detalle más. Estoy seguro de que Jack lo puso en el registro.

Se refería al registro cronológico de la investigación. Todo se hacía constar en el registro. Al menos en teoría.

—Sí, ya lo sé —dije—, pero no tengo acceso a eso. Yo estoy fuera, ¿recuerdas?

—Sí.

—Me dijiste que creías que fue cuando llevabais diez o doce meses en el caso, ¿recuerdas? Dijiste que estabais trabajando en otros casos y que Jack se ocupó de la pista sobre Angella Benton. Su asesinato fue el dieciséis de mayo del noventa y nueve. Martha Gessler desapareció el siguiente diecinueve de marzo. Eso es casi exactamente diez meses.

—Entonces lo recordaba bien. ¿Qué más quieres de mí?

—Es sólo que...

No terminé. Estaba tratando de pensar qué preguntar y cómo decirlo. Algo fallaba en la cronología.

—¿Es sólo qué?

—No lo sé. Me parece que si Jack había hablado recientemente con esa agente habría comentado algo cuando desapareció. Fue una noticia importante, ¿sabes? Salía todas las noches en los periódicos y en la tele. ¿Hay alguna posibilidad de que la llamada la recibiera antes? ¿Más cerca del inicio del caso? De esa forma Jack podría haberse olvidado de ella cuando saltó a las noticias.

Cross no dijo nada durante un rato, reflexionando. Yo consideré también otras posibilidades, pero siempre me topaba con una pared.

—Dame otro trago, ¿quieres, Harry?

Bebió demasiado y el whisky le volvió y le quemó en la garganta. Cuando habló de nuevo su voz sonó más ronca de lo habitual.

—No lo creo. Creo que fueron diez meses.

—Cierra los ojos un segundo, Law.

—¿De qué estás hablando?

—Sólo cierra los ojos y concéntrate en ese recuerdo. Sea lo que sea que tengas grabado, concéntrate en eso.

—¿Estás intentando hipnotizarme, Harry?

—Sólo intento centrar tus pensamientos, ayudarte a recordar lo que dijo Jack.

—No funcionará.

—Si tú no te dejas, seguro que no. Relájate, Law. Relájate e intenta olvidarlo todo. Como si tu mente fuera una pizarra. Tú la estás borrando. Piensa en lo que Jack dijo de la llamada.

Sus ojos se movieron bajo los finos y pálidos párpados, pero al cabo de un momento los movimientos se hicieron más lentos y se detuvieron. Observé su rostro y esperé. Hacía años que no utilizaba técnicas de hipnosis y había recurrido a ellas para obtener descripciones visuales de hechos y sospechosos. Lo que quería de Cross era un recuerdo de un tiempo y un lugar y del diálogo que lo acompañaron.

—¿Ves la pizarra, Law?

—Sí, la veo.

—Vale, acércate a ella y escribe el nombre de Jack. Escríbelo arriba del todo para que te quede espacio debajo.

—Harry, esto es estúpido, yo...

—Hazlo por mí, Law. Escribe el nombre de Jack en la parte superior de la pizarra.

—Vale.

—Muy bien, Law. Ahora mira la pizarra y debajo del nombre de Jack escribe «llamada de teléfono». ¿Vale?

—Vale, ya está.

—Bien. Ahora mira esas cuatro palabras y concéntrate en ellas. Jack. Llamada de teléfono. Jack. Llamada de teléfono.

El silencio que siguió a mis palabras estuvo puntuado por el tic-tac apenas perceptible del reloj nuevo.

—Ahora, Law, quiero que te concentres en el negro que rodea esas palabras. Alrededor de esas letras. Mira a través de las letras, Law, mira el negro. Mira a través de las letras.

Esperé y observé sus párpados. Vi que el movimiento de la retina empezaba de nuevo.

—Jack te está hablando, Law. Te está hablando de la agente. Dice que tiene nueva información sobre el golpe del rodaje.

Esperé un momento, preguntándome si debería haber mencionado el nombre de Gessler, pero decidí que era preferible no haberlo hecho.

—¿Qué te está diciendo, Law?

—Hay algún problema con los números. No concuerdan.

—¿Fue ella quien llamó?

—Sí, llamó ella.

—¿Dónde estáis cuando te está diciendo esto, Law?

—Estamos en el coche. Vamos al tribunal.

—¿Es un juicio?

—Sí.

—¿Qué juicio es?

—Es ese chico mexicano. El chaval de la banda que mató al joyero coreano en Western. Alejandro Penjeda. Es el veredicto.

—¿Penjeda es el acusado?

—Sí.

—¿Y Jack recibe la llamada de la agente antes de que vosotros vayáis al tribunal a escuchar el veredicto?

—Eso es.

—Muy bien, Law.

Había conseguido lo que quería. Traté de pensar en qué más preguntarle.

—¿Law? ¿Dijo Jack cuál era el nombre de la agente?

—No, no lo dijo.

—¿Dijo que iba a comprobar la información que le había dado?

—Dijo que iba a hacer algunas comprobaciones, pero que le parecía que era una llamada de mierda. Dijo que no creía que significara nada.

—¿Tú le crees?

—Sí.

—Vale, Law, voy a pedirte que abras los ojos dentro de un momento. Y cuando los abras, quiero que te sientas como si acabaras de despertarte, pero quiero que recuerdes lo que acabamos de hablar, ¿de acuerdo?

—Sí.

—Muy bien, Law, ahora abre los ojos.

Los párpados aletearon una vez y luego se abrieron. Sus pupilas se clavaron en el techo y vinieron hacia mí. Parecían más brillantes que antes.

—Harry...

—¿Cómo te sientes, Law?

—Bien.

—¿Recuerdas de qué hemos estado hablando?

—Sí, de ese chaval mexicano, Penjeda. No aceptó el trato que le ofreció el fiscal, perpetua con condicional. Se arriesgó con el jurado y perdió. Perpetua sin condicional.

—Todos los días se aprende algo.

Desde el fondo de su garganta sonó lo que quizá pretendía ser una risa.

—Sí, ése fue bueno —dijo—. Recuerdo que Jack me habló de la llamada de Westwood cuando íbamos al tribunal ese día.

—Perfecto. ¿Recuerdas cuándo fue el veredicto de Penjeda?

—Finales de febrero, principios de marzo. Fue mi último juicio, Harry. Un mes después me comí la bala en ese bar de mierda y ya fui historia. Recuerdo la cara de aquel Penjeda cuando oyó el veredicto y supo que le había caído perpetua sin condicional. El hijoputa tuvo lo que se merecía.

La risa surgió otra vez, pero vi que su mirada se apagaba.

—¿Qué pasa, Law?

—Está allí en Corcoran, jugando a balonmano en el patio o alquilándole el culo por horas a la mafia mexicana. Y yo estoy aquí. Supongo que a mí también me ha caído perpetua sin condicional.

Me miró a los ojos. Asentí con la cabeza, porque era la única cosa que se me ocurrió.

—No es justo, Harry. La vida no es justa.

17

La biblioteca del centro estaba en Flower y Figueroa. Era uno de los edificios más antiguos de la ciudad y quedaba empequeñecida por las modernas estructuras de cristal y acero que la rodeaban. La extraordinaria belleza interior se centraba en torno a una rotonda en cuya cúpula de mosaicos se representaba la fundación de la ciudad por los padres. El lugar había sido quemado en dos ocasiones por pirómanos y había permanecido cerrado durante años, pero una vez restaurado había recuperado su belleza original. Yo había ido por primera vez desde que era niño una vez concluida la restauración. Y continuaba yendo. La biblioteca me acercaba al Los Ángeles que yo recordaba, a la ciudad donde me sentía a gusto. Comía en las salas de lectura de los patios de la planta superior mientras leía los archivos de los casos y tomaba notas. Había llegado a conocer a los vigilantes de seguridad y a unos pocos bibliotecarios. Tenía un carnet de biblioteca, aunque rara vez sacaba un libro.

Fui a la biblioteca después de salir de la casa de Lawton Cross porque no quería volver a recurrir a Keisha Russell para que me ayudara con las búsquedas de artículos. Su llamada a Sacramento para investigarme cuando simplemente le había pedido que buscara artículos de Martha Gessler había sido advertencia suficiente. Su curiosidad periodística la llevaría más lejos que mis preguntas, a lugares a los que yo no quería que se acercara.

La hemeroteca estaba en la segunda planta. Reconocí a

la mujer que había detrás del mostrador, aunque nunca había hablado con ella antes. Supe que me reconoció cuando me acerqué a ella. Utilicé una tarjeta de biblioteca donde normalmente bastaba con una placa policial. Ella la leyó y reconoció el nombre.

—¿Sabe que se llama igual que un pintor famoso? —preguntó.

—Sí, lo sé.

Se ruborizó. Estaba en mitad de la treintena y lucía un corte de pelo poco atractivo. La tarjeta la identificaba como la señora Molloy.

—Claro que lo sabe —dijo—. Tenía que saberlo. ¿En qué puedo ayudarle?

—Necesito buscar artículos del *Times* de hace unos tres años.

—¿Quiere hacer una búsqueda por palabra clave?

—Supongo. ¿Qué es eso?

La bibliotecaria sonrió.

—Tenemos el *Los Angeles Times* en ordenador desde mil novecientos ochenta y siete. Si lo que está buscando se publicó después de esa fecha, lo único que tiene que hacer es conectarse desde uno de nuestros equipos y escribir la palabra o frase clave, como por ejemplo un nombre que cree que saldrá en el artículo que busca. La cuota por hora para acceder a los archivos del periódico es de cinco dólares.

—Perfecto, eso es lo que quiero.

La mujer sonrió y buscó debajo del mostrador. Me tendió un dispositivo de plástico blanco que medía aproximadamente treinta centímetros. No se parecía a ningún ordenador que hubiera visto antes.

—¿Cómo lo uso?

Casi se le escapó la risa.

—Es un busca. Ahora todos nuestros ordenadores están utilizándose. Le avisaré por el busca en cuanto haya uno disponible.

—Ah.

—El busca no funciona fuera del edificio. Además no

emite un sonido, sino que vibra. Así que no se separe de él.

—No lo haré. ¿Tiene idea de si hay para rato?

—Ponemos límites de una hora. Según eso no habría ninguno disponible hasta dentro de media hora, pero muchas veces la gente no necesita la hora completa.

—Muy bien, gracias. Me quedaré por aquí.

Encontré una mesa vacía en una de las salas de lectura y decidí trabajar en la cronología del caso. Saqué mi bloc de notas y en una página en blanco escribí las tres fechas clave y los acontecimientos que conocía.

Angella Benton. Asesinada. 16-5-1999
Golpe del rodaje. 19-5-1999
Martha Gessler. Desaparecida. 19-3-2000

A continuación empecé a añadir la información que me faltaba.

Gessler-Dorsey. Llamada telefónica. ¿?

Y al cabo de un momento pensé en algo más que ayudaría a explicar una cuestión que me inquietaba.

Dorsey y Cross. Asesinato/tiroteo. ¿?

Miré en torno a mí para ver si había alguien utilizando un teléfono móvil. Quería hacer una llamada, pero no estaba seguro de que estuviera permitido en una biblioteca. Cuando me volví, vi a un hombre de pie junto a un expositor de revistas, del que rápidamente cogió una sin aparentemente mirar cuál era. Iba vestido con tejanos azules y camisa de franela. Nada en él indicaba que fuera del FBI, pero aun así me pareció que había estado mirándome directamente hasta que yo me fijé en él. Su reacción había sido demasiado rápida, casi furtiva. No se había establecido contacto visual, nada que sugiriera ningún tipo de insinuación. Estaba claro que el hombre no quería que supiera que me estaba observando.

Aparté mi bloc, me levanté y fui hacia el expositor de revistas. Pasé junto al hombre y me di cuenta de que había cogido un número de *Parenting Today*. Era otro punto contra él. No me parecía un padre primerizo. Estaba convencido de que me estaban vigilando.

Me acerqué de nuevo al mostrador y le susurré a la señora Molloy:

—¿Me permite una pregunta? ¿Se puede usar un teléfono móvil en la biblioteca?

—No, no se puede. ¿Alguien le está molestando usando un móvil?

—No, sólo quería saber cuál era la norma. Gracias.

Antes de que pudiera volverme me dijo que estaba a punto de llamarme al busca porque había quedado libre un ordenador. Le devolví el busca y ella me condujo a un cubículo donde me aguardaba el brillo de una pantalla de ordenador.

—Buena suerte —dijo mientras se dirigía de nuevo a su sitio.

—Disculpe —dije, haciéndole señas para que regresara—. Eh, no sé cómo conseguir el material del *Times* con esto.

—Hay un icono en el escritorio.

Me volví y miré la superficie de la mesa. No había nada en ella salvo el ordenador, el teclado y el ratón. La bibliotecaria empezó a reír detrás de mí, pero se tapó la boca.

—Lo siento —dijo—. Es que... No tiene ni idea de cómo hacer esto, ¿verdad?

—Ni la más remota. ¿Puede ayudarme a empezar?

—Un momento. Deje que vaya a la mesa para asegurarme de que no me está esperando nadie.

—Bien. Gracias.

Ella se alejó durante treinta segundos y después volvió y se inclinó sobre mí para trabajar con el ratón e ir cambiando de pantallas hasta que estuvo en los archivos del *Times* y en lo que llamó el formulario de búsqueda.

—Ahora escriba la palabra clave del artículo que está buscando.

Escribí el nombre «Alejandro Penjeda». La señora Molloy se inclinó y pulsó el botón RETORNO. Al cabo de cinco segundos había otros tantos resultados en la pantalla. Los dos primeros eran de 1991 y 1994 y los tres últimos eran de artículos publicados en 2000. Descarté los dos primeros porque no estaban relacionados con el Penjeda que a mí me interesaba. Los otros tres eran de marzo de 2000. Coloqué el ratón sobre el primero (1 de marzo de 2000) y pulsé en el botón LEER. El artículo ocupó la mitad superior de la pantalla. Era un breve acerca de la apertura del juicio a Alejandro Penjeda, quien había sido acusado del asesinato de un joyero coreano llamado Kyungwon Park.

El segundo artículo, también breve, era el que yo quería: el veredicto del caso Penjeda. Llevaba fecha del 14 de marzo y se refería a los hechos del día anterior. Cogí el bloc de mi bolsillo y completé esa parte de la cronología, colocando la nueva información en el lugar adecuado.

Angella Benton. Asesinada. 16-5-1999
Golpe del rodaje. 19-5-1999
Gessler-Dorsey. Llamada telefónica. 13-3-2000
Martha Gessler. Desaparecida. 19-3-2000

Miré lo que tenía. Martha Gessler había desaparecido, y presumiblemente había sido asesinada, seis días después de hablar con Jack Dorsey acerca de la anomalía en la lista de números de serie.

—Si no quiere nada más, voy a volver a mi sitio.

Había olvidado que la señora Molloy continuaba detrás de mí. Me levanté y le señalé su sitio.

—En realidad sería más rápido si usted pudiera hacerlo —dije—. Necesito hacer un par de búsquedas más.

—Se supone que no estamos aquí para hacer búsquedas. Usted debería tener la suficiente experiencia con el ordenador si va a usarlo.

—Entiendo. Voy a aprender, pero ahora mismo no soy lo bastante capaz y estas búsquedas son muy importantes.

Ella pareció dudar. Lamenté no tener la licencia de investigador privado que había obtenido del estado de California. Tal vez eso la habría impresionado. Se inclinó hacia atrás para ver los cubículos del escritorio de entrada y verificar si alguien precisaba su ayuda. Parenting Today rondaba por ahí, tratando de actuar como si estuviera esperando a alguien o esperando ayuda.

—Volveré en cuanto le pregunte a ese caballero si necesita ayuda —dijo la señora Molloy.

La mujer se fue sin aguardar respuesta. Observé mientras le preguntaba a Parenting Today si necesitaba algo. Éste negó con la cabeza y me miró antes de alejarse. La señora Molloy se acercó entonces por el pasillo y se sentó en la silla situada ante el ordenador.

—¿Cuál es la siguiente búsqueda?

La bibliotecaria movió el ratón con suavidad y rápidamente volvió al formulario de búsqueda.

—Pruebe con «John Dorsey» —dije— y para reducir un poco ¿puede añadir «Nat's Bar»?

Ella tecleó la información e inició la búsqueda. Obtuvo trece resultados y le pedí que abriera el primero. Llevaba fecha del 7 de abril de 2000 y relataba los sucesos del día anterior.

UN POLICÍA MUERTO Y OTRO HERIDO EN UN
TIROTEO EN UN BAR DE HOLLYWOOD
por Keisha Russell
de la redacción del Times

Dos detectives de la policía de Los Ángeles que estaban comiendo en un bar de Hollywood y un camarero fueron abatidos por los disparos de un hombre que entró en el establecimiento para robar a punta de pistola.

En el tiroteo de la una de la tarde en el Nat's de Cherokee Avenue resultó muerto el detective John H. Dorsey, 49, víctima de múltiples heridas de bala, y su compañero Lawton Cross Jr., 38, quedó en estado crítico por heridas en la cabeza y el cuello. Donald Rice, 29, un camarero que trabajaba en el salón, recibió múltiples impactos de bala y también murió en la escena del crimen.

El sospechoso, que llevaba un pasamontañas negro, huyó llevándose de la caja registradora una cantidad indeterminada de dinero, según el teniente James Macy, de la unidad de agentes implicados en tiroteos.

«Parece que se trató de unos pocos cientos de dólares a lo sumo —declaró Macy en una conferencia de prensa concedida en el exterior del bar donde se produjeron los disparos—. No encontramos ninguna razón que explique por qué este hombre empezó a disparar.»

Macy continuó diciendo que no estaba claro que Dorsey y Cross hubieran intentado detener el atraco, ocasionando así el tiroteo. Aseguró que ambos detectives recibieron los disparos mientras estaban sentados en un reservado de la zona de bar escasamente iluminada. Ninguno de los dos había desenfundado el arma.

Los detectives habían llevado a cabo un interrogatorio en un establecimiento cercano a Nat's cuando decidieron hacer la pausa para comer en el bar, según declaró Macy. No había indicios de que ninguno de los dos hombres hubiera consumido alcohol en el local.

«Fueron allí por una cuestión de conveniencia —dijo Macy—. Fue la decisión más desafortunada que podían haber tomado.»

No había ningún otro cliente ni más empleados en el momento del incidente. Una persona que no se hallaba en el bar vio que el asesino huía después de disparar y logró proporcionar una descripción limitada del sospechoso. Como medida de precaución, el testigo no fue identificado por la policía.

Dejé de leer y le pregunté a la bibliotecaria si simplemente podía imprimirlo.

—Son cincuenta centavos por página —dijo—. Sólo en efectivo.

—Muy bien, hágalo.

Ella pulsó el botón IMPRIMIR y se reclinó en su asiento para tratar de ver por el pasillo hasta el mostrador de la sección de hemeroteca. Yo que estaba de pie, lo veía mejor.

—Sigue libre. ¿Puede hacer una búsqueda más para mí?

—Si nos damos prisa. ¿Qué es?

Traté de pensar en algo que sirviera para lo que quería hacer a continuación.

—¿Y la palabra «terrorismo»?

—¿Está de broma? ¿Sabe cuántos artículos con esa palabra se han escrito en los últimos dos años?

—Claro, claro, ¿en qué estaba pensando? Recortémoslo. Las palabras de búsqueda han de estar relacionadas como en una frase, ¿no?

—No. Escuche, tengo que ir a mi...

—Vale, vale, ¿y si ponemos «FBI» y «presunto terrorista» y «al-Qaeda» y «célula». ¿Puede probar eso?

—Probablemente también sea demasiado.

Ella tecleó la información y esperamos hasta que el ordenador indicó que había 467 resultados, todos menos seis posteriores al 11 de septiembre de 2001. Debajo de la cifra de resultados había una lista con los títulos de cada uno de los artículos. La pantalla mostró la primera de las cuarenta y siete páginas de titulares.

—Va a tener que mirarlo usted solo —dijo la señora Molloy—. Tengo que volver a mi puesto.

Había empezado la última búsqueda casi como una broma. Suponía que Parenting Today interrogaría a la señora Molloy después de que yo me fuera o bien enviaría a otro agente mientras él continuaba mi persecución. Quería añadir un sesgo terrorista a mi búsqueda para darles un quebradero de cabeza. De pronto me di cuenta de que podría descubrir lo que estaba haciendo el FBI.

—De acuerdo —dije—. Gracias por su ayuda.

—Recuerde que esta tarde cerramos la biblioteca a las nueve. Dentro de veinticinco minutos.

—Vale, gracias. ¿Dónde salen los documentos impresos, por cierto?

—La impresora está en el escritorio de la entrada. Todo lo que imprima saldrá por allí. Venga a pagarme y yo se lo daré.

—Una maquinaria bien engrasada.

La bibliotecaria no respondió. Se alejó y me dejó solo con el ordenador. Eché un vistazo pero no vi a Parenting Today. Después volví a meterme en el cubículo y empecé a hojear la lista de artículos. Abrí algunos y comencé a leerlos, pero me detenía en cuanto averiguaba que la historia no tenía ni siquiera una relación remota con Los Ángeles. Me di cuenta de que debería haber incluido «Los Ángeles» en las palabras clave. Me levanté para ver si la señora Molloy estaba en el escritorio de la entrada, pero allí no había nadie.

Volví al ordenador y en la tercera página de la lista de artículos vi un titular que captó mi atención.

UN CORREO TERRORISTA CAPTURADO EN LA FRONTERA

Hice clic en el botón LEER y el artículo completo ocupó la pantalla. El recuadro que había encima del texto informaba de que se había publicado un mes antes en la página A13 del periódico. La noticia iba acompañada de la foto de un hombre con la piel muy bronceada y el pelo rubio y rizado.

por Josh Meyer
de la redacción del Times

Un presunto correo de dinero de los defensores del terrorismo global fue detenido ayer cuando intentaba cruzar la frontera mexicana en Calexico con una cartera llena de billetes, según informó el Departamento de Justicia.

Mousouwa Aziz, 39, que llevaba cuatro años en la lista de terroristas buscados, fue aprehendido por agentes de la patrulla fronteriza cuando intentaba cruzar de Estados Unidos a México.

Aziz, de quien el FBI cree que tiene vínculos con una célula filipina de terroristas de al-Qaeda, llevaba una gran cantidad de dinero estadounidense en una cartera oculta bajo el asiento del coche en el que pretendía cruzar la frontera. Aziz, que viajaba solo, fue detenido sin que ofreciera resistencia. Se halla retenido en un lugar desconocido según las normas federales aplicadas a los combatientes enemigos.

Los agentes aseguraron que Aziz trató de camuflarse tiñéndose el pelo de rubio y afeitándose la barba.

«Es una detención significativa —dijo Abraham Klein, ayudante del fiscal general en la unidad de antiterrorismo de Los Ángeles—. Nuestros esfuerzos en todo el mundo se han dirigido a cortar los fondos a los terroristas. Se cree que este presunto terrorista está implicado en actividades para financiar el terrorismo en nuestro país y en el extranjero.»

Klein y otras fuentes aseguraron que la de Aziz podría ser una detención clave en los esfuerzos de interrumpir la entrega de dinero —el fluido vital de la actividad terrorista de larga duración— a aquellos que tienen por objetivo intereses americanos.

«No sólo les arrebatamos una buena cantidad de dólares con este arresto, sino, lo que quizá es más importante, detuvimos a una de las personas que estaba metida en el negocio de entregar dinero a terroristas en reserva», aseguró una fuente del Departamento de Justicia que habló a condición de no ser identificada.

Aziz es un ciudadano jordano que asistió a la universidad en Cleveland, Ohio, y habla un inglés fluido, dijo la fuente de Justicia. Portaba un pasaporte y un permiso de conducir de Alabama que lo identificaban como Frank Aiello.

El nombre de Aziz fue puesto en una lista de vigilancia del FBI hace cuatro años, después de que se lo relacionara con entregas de dinero a terroristas implicados en los atentados contra las embajadas de Estados Unidos en África. Los agentes federales se referían a Aziz como Mouse por su pequeña estatura, su capacidad para ocultarse de las autoridades en los meses recientes y por la dificultad que tenían los agentes en pronunciar su nombre.

Después de los atentados terroristas del 11 de septiembre de 2001, se elevó el nivel de alerta en relación con Aziz, pese a que otras fuentes informaron de que no había pruebas de una relación directa entre Aziz y los 19 terroristas que llevaron a cabo los atentados suicidas.

«Este hombre es un correo —dijo la fuente de Justicia—. Su trabajo es mover dinero desde el punto A hasta el punto B. Después, el dinero se utiliza para comprar materiales para la fabricación de bombas y armas, para financiar el estilo de vida de los terroristas mientras planean y llevan a cabo sus operaciones.»

No estaba claro por qué Aziz aparentemente trataba de llevarse dinero estadounidense del país.

«El dólar de Estados Unidos sirve en todas partes —declaró Klein—. De hecho, es más fuerte que la divisa nacional en la mayoría de los países en los que existen células terroristas. El dólar estadounidense llega muy lejos. Puede ser que este sospechoso estuviera llevando el dinero a las Filipinas simplemente para ayudar a financiar una operación.»

El ayudante del fiscal también apuntó que el dinero podría haberse dirigido a terroristas que planeaban infiltrarse en Estados Unidos.

Klein se negó a revelar cuánto dinero estaba transportando Aziz o de dónde salió éste. En meses recientes, los investigadores federales han señalado que buena parte de la financiación terrorista ha surgido de actividades ilegales cometidas en el interior de Estados Unidos. Por ejemplo, el FBI vinculó una operación de drogas del último año con una red de financiación de los terroristas.

Fuentes federales también comentaron al *Times* que se creía que áreas despobladas de México podrían albergar campos de entrenamiento de terroristas relacionados con al-Qaeda. Klein rechazó hacer comentarios ayer acerca de la posibilidad de que Aziz se dirigiera a un campo de esas características.

Me quedé allí sentado un buen rato mirando la pantalla, preguntándome si acababa de tropezar con algo más significativo que una manera de burlarme de los federales. Me preguntaba si lo que acababa de leer podría de algún modo estar relacionado con mi propia investigación. ¿Acaso los agentes de la novena planta de Westwood habían conectado el dinero de la película con ese terrorista?

Mi reflexión se interrumpió cuando el altavoz anunció que la biblioteca iba a cerrar al cabo de quince minutos. Pulsé el botón IMPRIMIR y volví a la lista de artículos. Revisé los titulares, buscando más información acerca de la detención de Aziz. Sólo encontré uno, que se publicó dos días después del primer artículo. Decía que la comparecencia de Aziz ante el juez se había pospuesto indefinidamente mientras éste continuaba siendo interrogado por los agentes federales. El tono del artículo indicaba que Aziz estaba cooperando con los investigadores, aunque no lo especificaba ni lo decía claramente. Según la noticia, los cambios en las leyes federales aprobadas después de los atentados del 11 de Septiembre conferían a las autoridades federales un gran margen para retener a los presuntos terroristas en calidad de combatientes enemigos. El resto era información complementaria que ya se incluía en el primer artículo.

Volví a la lista y continué desplazándome por los titulares. Pasé casi diez minutos, pero no volví a leer otro artículo sobre Mousouwa Aziz.

El altavoz anunció que la biblioteca estaba cerrando. Miré en torno a mí y vi que la señora Molloy había vuelto al escritorio de entrada. Estaba guardando sus cosas en los cajones y preparándose para irse a casa. Decidí que no quería que Parenting Today supiera lo que había estado mirando en el ordenador. Al menos no enseguida. Así que me quedé en el cubículo hasta escuchar el siguiente anuncio de que la biblioteca estaba cerrando. Permanecí allí hasta que la señora Molloy se acercó a mi cubículo y me dijo que tenía que irme. Me dio los documentos impresos. Le pagué, doblé los artículos y me los guardé en el bolsillo de mi cazadora junto con mi libreta. Le di las gracias y me fui de la sección de hemeroteca.

En mi camino a la calle simulé que estaba contemplando los mosaicos y la arquitectura del edificio y di varias vueltas por la rotonda mientras buscaba a mi perseguidor. No lo vi y empecé a preguntarme si me estaba poniendo excesivamente paranoico.

Al parecer fui la última persona en salir por la puerta para el público. Tuve la idea de ir a la salida de empleados y esperar a la señora Molloy para averiguar si le habían hecho preguntas acerca de mis búsquedas, pero pensé que terminaría asustándola y lo dejé estar.

A solas, mientras caminaba por la tercera planta del garaje hacia mi coche, sentí un escalofrío de miedo en la columna. Tanto si me estaban siguiendo como si no, me había asustado a mí mismo. Aceleré el ritmo y casi estaba corriendo cuando llegué a la puerta del Mercedes.

18

La paranoia no siempre es mala. Puede ayudarte a mantener una mínima ventaja y a veces esa mínima ventaja es lo que marca la diferencia. Desde la biblioteca me dirigí a Broadway y después hacia el edificio municipal. Podría parecer perfectamente normal que un ex policía se dirigiera al departamento de policía. No había nada extraño en ello. Sin embargo, al llegar al complejo del *Los Angeles Times* di un fuerte volantazo hacia la izquierda sin pisar el freno ni poner el intermitente y me incorporé al tráfico que venía del túnel de la calle Tercera. Pisé el acelerador y el Mercedes respondió: la parte delantera se alzó como la popa de un velero al ir cogiendo velocidad mientras rugía a través del túnel de tres manzanas.

Siempre que podía miraba por el retrovisor en busca de un perseguidor. Las luces de los faros formaban halos al reflejarse en las paredes redondeadas del túnel. Los realizadores de cine se lo alquilaban constantemente al ayuntamiento por esa razón. Cualquier coche que quisiera mantener mi ritmo se anunciaría, a no ser que llevara las luces apagadas, y eso resultaría igual de obvio en el espejo.

Estaba sonriendo. No estaba seguro del porqué. Tener un posible perseguidor del FBI no es necesariamente un motivo de alegría. Y el FBI no se caracteriza por su sentido del humor. Aun así, sentía que había hecho bien al comprar el Mercedes. El coche volaba. Yo iba alto —más alto que en ninguno de los vehículos de policía que había conducido—, de manera que disponía de una buena vista del retrovisor. Era como si lo hubiera planeado y el plan estuviera funcionando. Y eso propició la sonrisa.

Al salir del túnel pisé a fondo el freno y giré con fuerza a la derecha. Los gruesos neumáticos se agarraron al asfalto, y cuando estuve lejos de la boca del túnel me detuve por completo. Esperé con la mirada puesta en el retrovisor. De los coches que salieron del túnel, ninguno dobló a la derecha detrás de mí y ninguno frenó siquiera al llegar al cruce. Si me estaban siguiendo, o bien había despistado a mi perseguidor o el que me seguía era lo bastante experto en el juego para preferir perder al objetivo a evitar quedar expuesto. Esto último no encajaba con la forma obvia en que Parenting Today se había comportado en la biblioteca.

La tercera posibilidad que tenía que considerar era la vigilancia electrónica. El FBI podría haber puesto un dispositivo en mi coche en casi cualquier momento del día. En el garaje de la biblioteca un técnico podría haberse deslizado debajo del Mercedes para hacer el trabajo. El mismo técnico podría haber estado esperando a que apareciera en el edificio federal, lo cual por supuesto significaría que ya estaban al corriente de mi pequeño paseo por la ciudad con Roy Lindell. Estuve tentado de llamar al agente para advertirle, pero decidí que no debería usar mi móvil para contactar con él.

Sacudí la cabeza. Tal vez la paranoia no era algo tan bueno al fin y al cabo. Podía darte una pequeña ventaja, pero también podía paralizarte. Volví a mezclarme en el tráfico y busqué mi camino por la autovía de Hollywood, manteniendo la mirada alejada del retrovisor todo lo posible.

La autovía, que discurre elevada cuando atraviesa Hollywood para adentrarse en el paso de Cahuenga, ofrece una buena perspectiva del lugar donde pasé los años más significativos de mi tiempo como detective de policía. De un vistazo podía distinguir algunos de los edificios en los que había trabajado en casos. El edificio de Capitol Records, proyectado para semejar una pila de discos. El hotel Usher, que estaban transformando en apartamentos lujosos como parte del nuevo diseño del corazón de Hollywood. Distinguía las casas iluminadas que se levantaban en las oscuras colinas de Beechwood Canyon y Whitley Heights. Vi la imagen de una leyenda local del baloncesto que ocupaba diez pisos en el lateral de un edificio por lo demás anodino. Más pequeño en estatura, pero cubriendo igualmente el lateral de un edificio estaba el Hombre Marlboro, con un cigarrillo inclinado en la boca y su mirada dura convertida en símbolo de impotencia.

Hollywood siempre lucía mejor de noche. Sólo podía mantener su mística en la oscuridad. A la luz del sol el telón se levantaba y la intriga desaparecía, sustituida por un sentido de peligro oculto. Era un lugar de apostadores y adictos, de aceras y sueños rotos. Construyes una ciudad en el desierto, la riegas con falsas ilusiones y falsos ídolos y en última instancia esto es lo que ocurre. El desierto la reclama, la torna árida, la deja yerma. Plantas rodadoras humanas van a la deriva por sus calles y los depredadores se ocultan en las rocas.

Tomé la salida de Mulholland y crucé por encima de la autovía, tomé después Woodrow Wilson en la encrucijada y subí por la ladera de la montaña. Mi casa estaba oscura. La única luz que vi cuando entré por la puerta de la cochera era el brillo rojo del contestador automático en la encimera de la cocina. Pulsé un interruptor y después el botón de reproducción de mensajes. Había dos. El primero era de Kiz Rider y ya me había hablado de él. El segundo era de Lawton Cross. Otra vez se había reservado información. Decía que tenía algo y su voz crepitaba en el teléfono como la electricidad estática. Me imaginé a su mujer sosteniéndole el teléfono junto a la boca.

El mensaje lo había dejado dos horas antes. Se estaba haciendo tarde, pero le devolví la llamada. El hombre vivía en una silla. Yo no tenía ni idea de qué era tarde para él.

Contestó Danny Cross. Debía de tener identificador de llamadas porque su hola fue cortante y con un filo de malicia. O tal vez yo estaba interpretando demasiado.

—Danny, soy Harry. Me ha llamado tu marido.

—Está durmiendo.

—¿Puedes despertarle, por favor? Sonaba importante.

—Puedo decírtelo yo.

—Vale.

—Quería decirte que cuando trabajaba tenía la costumbre de guardar copias de sus archivos activos. Los guardaba aquí en su oficina de casa.

No recordaba haber visto una oficina en la casa.

—¿Copias completas?

—No lo sé. Tenía un armario archivador y estaba lleno.

—¿Tenía?

—El despacho estaba donde está ahora su silla. Tuve que moverlo todo. Ahora está en el garaje.

Me di cuenta de que necesitaba detener el flujo de información. Ya se había dicho demasiado por teléfono. La paranoia volvía a asomar su espantosa cabeza.

—Voy a ir esta noche —dije.

—No, es demasiado tarde. Yo me acuesto temprano.

—Estaré allí dentro de media hora, Danny. Espérame levantada.

Colgué el teléfono antes de que pudiera oponerse. Sin haber entrado en la casa más allá de la cocina, me volví y me fui, esta vez dejando la luz encendida.

Había empezado a caer una lluvia fina en el valle de San Fernando. El aceite formaba una capa resbaladiza en la autovía y hacía más lenta la circulación. Tardé algo más de media hora en llegar a Melba y al poco de aparcar en el sendero de entrada, la puerta del garaje empezó a abrirse. Danny Cross me había estado observando. Salí del Mercedes y me metí en el garaje.

Era un garaje de dos plazas y estaba repleto de cajas y muebles. Había un viejo Chevy Malibu con el capó levantado, como si alguien hubiera estado trabajando en el motor y acabara de bajarlo sin cerrarlo del todo mientras se tomaba un descanso. Creo que recordé una imagen de Lawton Cross conduciendo un coche clásico de los sesenta como vehículo privado. Había una gruesa capa de polvo en el coche y cajas apiladas encima del techo. Una cosa estaba clara, él nunca más iba a volver a trabajar en él ni a conducirlo.

Se abrió una puerta que conectaba con la casa y apareció Danny. Llevaba una bata larga con un cinturón bien apretado en torno a su delgada cintura. Tenía la misma expresión desaprobatoria de siempre y a la que ya me había acostumbrado. Toda una lástima. Era una mujer hermosa, o al menos lo había sido.

—Danny —dije—. No tardaré mucho. Si puedes decirme dónde...

—Está todo allí, al lado de la lavadora, en los archivadores.

Señaló a un lugar situado delante del Malibu donde había un lavadero. Rodeé el coche y encontré dos armarios archivadores de dos cajones junto a la lavadora-secadora. Los armarios habían tenido llave, pero en ambos faltaban las cerraduras. Cross probablemente los había comprado de segunda mano en una venta de garaje.

Ninguno de los cuatro cajones tenía etiqueta que pudiera ayudarme en mi búsqueda, de manera que me agaché y abrí el primero de la izquierda. No había allí archivos, sino lo que parecía el contenido de una mesa de escritorio: un calendario Rolodex con las tarjetas amarillentas, una foto enmarcada de Danny y Lawton Cross en algún momento más feliz, y bandejas de entrada y salida de dos pisos. Lo único que había en la bandeja de entrada era un mapa plegado de Griffith Park.

El siguiente cajón contenía los archivos de Cross. Pasé las lengüetas con el pulgar mirando los nombres y buscando conexiones con lo que estaba investigando. Nada. Pasé al cajón superior del segundo archivador, donde encontré más expedientes. Finalmente hallé uno con el nombre de Eidolon Productions. Lo saqué y lo puse encima del armario. Volví a examinar los ficheros, consciente de que en ocasiones los casos se expanden en varias carpetas.

Encontré una carpeta con el nombre de Antonio Markwell y recordé el caso porque había tenido una gran repercusión en los medios hacía cinco o seis años. Markwell era un niño de nueve años que había desaparecido del patio de su casa en Chatsworth. Robos y homicidios investigó el caso junto con el FBI. Al cabo de una semana encontraron a un sospechoso, un pedófilo con una autocaravana. Éste condujo a Lawton Cross y a su compañero, Jack Dorsey, hasta el cadáver del niño, en Griffith Park. Lo había enterrado junto a las cuevas del cañón de Bronson. Nunca lo habrían encontrado si no hubieran convencido al asesino. Había demasiados lugares para esconder el cadáver de un niño en aquellas colinas.

Había sido un caso sonado, de los que te valen un nombre en el departamento. Supuse que después de aquello Cross y Dorsey pensaban que tenían la suerte de cara. No tenían ni idea de lo que les deparaba el futuro.

Cerré el cajón. A primera vista no había ningún otro archivo relacionado con mi investigación. El cajón de abajo, el último, estaba vacío. Cogí el expediente que había sacado y lo abrí sobre el capó del Malibu. Podría simplemente habérmelo llevado bajo el brazo, pero estaba excitado. Estaba anticipando algo. Una nueva pista, una oportunidad. Quería saber qué guardaba Lawton Cross en el archivo.

En cuanto lo abrí supe que el archivo estaba incompleto. Cross había copiado algunos de los documentos de trabajo del caso para usarlos en casa o en la carretera. Faltaban los informes básicos y no había ninguno que se relacionara específicamente con la investigación del asesinato de Angella Benton. El archivo contenía sobre todo informes relacionados con el golpe del rodaje y la huida entre disparos. Había declaraciones de testigos —yo incluido— y análisis forenses. Había una comparación de ADN entre la sangre encontrada en la furgoneta robada para el atraco y el semen hallado en el cadáver de Angella Benton: no correspondían a la misma persona. Había resúmenes de entrevistas y un T&L, una hoja de tiempos y lugares, un documento con las localizaciones de los implicados en el caso en diferentes momentos importantes del mismo. Estos informes también se conocían como hojas de coartadas. Era una manera de barajar distintos implicados en un caso y posiblemente conseguir un sospechoso.

Pasé rápidamente las páginas de este informe y determiné que Cross y Dorsey habían llevado a cabo un seguimiento de once personas distintas y no todos los nombres me resultaban familiares. El informe de tiempos y lugares era un buen hallazgo. Puse el documento a un lado porque iba a colocarlo encima de todo del archivo cuando hubiera acabado con mi revisión.

Continué, y acababa de coger una copia del informe que contenía los números de serie de una selección aleatoria de los billetes posteriormente robados, cuando escuché la voz de Danny detrás de mí. Se había quedado observando desde el umbral de la casa y yo no me había dado cuenta.

—¿Has encontrado lo que estabas buscando?

Me volví y la miré. Lo primero en lo que me fijé fue en que se había aflojado el cinturón y la bata se había abierto para revelar el camisón azul pálido de debajo.

—Ah, sí, está aquí. Estaba echando un vistazo. Ya puedo irme si quieres.

—¿Qué prisa tienes? Lawton todavía está dormido y no se despertará hasta la mañana.

Me sostuvo la mirada al decir la última frase. Yo estaba tratando de interpretar lo que había dicho y lo que significaba, pero antes de que pudiera responder, el sonido y las luces de un coche que aparcaba rápidamente en el sendero de entrada rompieron el momento.

Me volví y vi un coche estándar del gobierno —un Crown Victoria— aparcando en la zona iluminada por la luz del garaje. Había dos hombres en el coche y reconocí al que iba sentado en el asiento del pasajero. Con el menor movimiento de que fui capaz metí el informe de los números de serie en el T&L. Después cogí ambos y los deslicé por la grieta que dejaba el capó entreabierto. Oí que las hojas caían por la ranura hasta el motor. Rápidamente me alejé del coche, dejando el resto del expediente abierto en el capó, y volví a salir al umbral del garaje.

Un segundo Crown Vic se metió en el sendero de entrada. Los dos hombres del primer coche ya habían bajado y entrado en el garaje.

—FBI —dijo el hombre al que reconocí como Parenting Today.

Mostró una tarjeta de identificación con una placa adherida a ésta. Y casi con la misma rapidez la cerró y se la guardó.

—¿Cómo está el niño? —le pregunté.

Pareció confundido por un momento y pausó su ritmo, pero enseguida continuó y se colocó delante de mí mientras su compañero, que no había mostrado placa, se quedaba a unos pasos a mi derecha.

—Señor Bosch, vamos a necesitar que nos acompañe —dijo Parenting Today.

—Bueno, ahora mismo estoy muy ocupado. Estoy tratando de ordenar este garaje.

El agente miró por encima de mi hombro a Danny Cross.

—Señora, ¿puede volver a entrar y cerrar la puerta? Enseguida nos marcharemos.

—Éste es mi garaje. Es mi casa —respondió Danny.

Sabía que su protesta era inútil, pero de todas formas me gustó que lo intentara.

—Señora, es un asunto del FBI. No le concierne. Por favor entre en la casa.

—Si es en mi garaje, me concierne.

—Señora, no voy a volver a pedírselo.

Hubo una pausa. Yo mantuve la mirada en el agente. Oí que la puerta se cerraba detrás de mí y supe que mi testigo se había ido. En el mismo momento, el agente que tenía a mi derecha levantó las dos manos y cargó contra mí, empujándome contra la puerta lateral del Malibu. Mi codo resbaló por el techo y golpeó una caja que cayó en el suelo al otro lado del coche. Sonó como si contuviera una cristalería.

El agente tenía mucha práctica y yo no opuse resistencia. Sabía que eso habría sido un error. Era lo que esperaban. Con dureza, el federal apoyó mi pecho en el coche y me esposó las manos a la espalda. Sentí que las esposas se ceñían con fuerza en torno a mis muñecas y acto seguido sus manos me cachearon en busca de armas e invadieron mis bolsillos en un registro de rutina.

—¿Qué están haciendo? ¿Qué pasa?

Era Danny, que había oído el golpe.

—Señora —dijo Parenting Today con voz ruda—, vuelva a entrar y cierre la puerta.

El otro agente me apartó del coche de un tirón y me empujó fuera del garaje, hacia el segundo vehículo. Miré a Danny Cross justo cuando ella estaba cerrando la puerta. Una expresión de preocupación había sustituido la cara de desaprobación a la que tanto me había acostumbrado. También me fijé en que había vuelto a apretarse el cinturón de la bata.

El agente silencioso abrió la puerta de atrás del segundo coche y empezó a empujarme para que entrara.

—Cuidado con la cabeza —dijo justo cuando me ponía la mano en el cuello y me empujaba por el marco de la puerta.

Caí de bruces en el asiento de atrás. Él cerró de golpe y estuvo a punto de pillarme el tobillo. Casi pude oír un lamento a través del cristal.

El agente golpeó con el puño el techo del coche y el conductor puso la marcha atrás y aceleró. El Crown Victoria brincó hacia atrás y el movimiento repentino me hizo caer al suelo desde el asiento. No pude frenar mi caída y mi mejilla impactó en el suelo pegajoso. Con las manos a la espalda intenté volver a colocarme en el asiento. Lo hice con rapidez, impulsado por la rabia y la vergüenza. Quedé sentado cuando el coche brincó hacia adelante y fui propulsado al asiento. El coche se alejó acelerando de la casa y por la ventanilla de atrás vi a Parenting Today de pie en el garaje y mirándome. Sostenía el informe de Lawton Cross en un costado.

Respiré pesadamente y observé al agente que empequeñecía en la ventana. Sentía en el rostro la porquería de la alfombrilla, pero no podía hacer nada al respecto. Me ardía la cara. No era dolor ni tampoco rabia ni vergüenza. Lo que me quemaba era pura impotencia.

19

A mitad de camino de Westwood dejé de hablar con ellos. Era inútil y lo sabía, pero había pasado veinte minutos azuzándolos primero con preguntas y luego con amenazas veladas. Dijera lo que dijera no había respuesta. Cuando finalmente llegamos al edificio federal, aparcaron en el garaje subterráneo y a mí me sacaron del coche y me metieron en un ascensor en el que ponía «Exclusivo Transporte de Seguridad». Uno de los agentes puso una tarjeta en la ranura del panel de control y pulsó el botón número 9. Cuando el cubo de acero inoxidable se elevó, pensé en lo bajo que había caído desde el momento en que ya no llevaba una placa. No tenía ningún derecho para esos hombres. Ellos eran agentes y yo no era nada. Podían hacer conmigo lo que quisieran y todos lo sabíamos.

—No siento los dedos —me quejé—. Las esposas están demasiado apretadas.

—¡Qué bien! —dijo uno de los agentes, sus primeras palabras de la tarde para mí.

Las puertas se abrieron y cada uno de ellos me agarró por un brazo antes de empujarme por el pasillo. Llegamos a una puerta que un agente abrió con la tarjeta magnética, y después recorrimos un pasillo hasta otra puerta, ésta con una cerradura de combinación.

—Date la vuelta —dijo un agente.

—¿Qué?

—De espaldas a la puerta.

Seguí las instrucciones y me dieron la vuelta mientras otro agente tecleaba la combinación. Pasamos y me condujeron a un pasillo escasamente iluminado lleno de puertas con pequeñas ventanas cuadradas a la altura de la cabeza. Primero pensé que eran salas de interrogatorios, pero entonces me di cuenta de que había demasiadas. Eran celdas. Volví la cabeza para mirar por algunas de esas ventanas mientras pasábamos y en dos de ellas vi a hombres que me devolvían la mirada. Tenían la piel oscura y parecían originarios de Oriente Próximo. Llevaban barbas descuidadas. En una tercera ventana vi a un hombre pequeño, cuyos ojos apenas llegaban a la parte inferior de la ventanilla. Tenía el pelo rubio decolorado con medio centímetro negro en las raíces. Lo reconocí por la foto que había visto en el ordenador de la biblioteca: Mousouwa Aziz.

Nos detuvimos delante de una puerta con el número 29 y alguien que quedaba fuera de mi campo de visión la abrió electrónicamente. Uno de los agentes entró detrás de mí y oí que movía una llave en las esposas. Ya no era capaz de sentirlo. Enseguida mis muñecas estuvieron libres y yo coloqué las manos delante para poder frotarlas y recuperar la circulación sanguínea. Estaban blancas como el jabón, y tenía una circunferencia de color rojo intenso en cada una de las muñecas. Siempre había creído que esposar a un sospechoso demasiado fuerte era una estupidez. Lo mismo que golpear la cabeza de un custodiado en el marco de la puerta del coche. Fácil de hacer, fácil de escapar impune, pero no dejaba de ser un movimiento estúpido, un acto de matón propio de un chico al que le complace meterse con los niños más pequeños en el patio de la escuela.

Mientras la sensación de cosquilleo empezaba a abrirse camino en mis manos, una sensación ardiente de ira se levantaba detrás de mis ojos, nublando mi visión con una negrura aterciopelada. En esa oscuridad había una voz que me urgía a vengarme. Conseguí no escucharla. Todo es una cuestión de poder y de cuándo usarlo. Esos tipos todavía no lo sabían.

Una mano me empujó al interior de la celda y yo involuntariamente me resistí. No quería entrar ahí. Entonces recibí una fuerte patada debajo de mi rodilla izquierda que me dobló la pierna y fui impulsado por un brazo rígido en mi espalda. Atravesé la pequeña celda cuadrada hasta la pared opuesta y tuve que poner las manos para frenarme.

—Ponte cómodo, gilipollas —dijo el agente a mi espalda.

La puerta se cerró antes de que yo pudiera decir nada. Me quedé allí de pie, mirando al cuadrado de cristal y dándome cuenta de que los otros prisioneros que había visto en el pasillo se estaban mirando a sí mismos. El cristal era de espejo.

Instintivamente supe que el agente que me había dado una patada y me había empujado estaba en el otro lado, mirándome. Le saludé con la cabeza, enviándole el mensaje de que no lo olvidaría. Probablemente él se estaba riendo en el otro lado.

La luz de la habitación permanecía encendida. Finalmente me alejé de la puerta y miré en torno a mí. Había un colchón de dos centímetros de grosor en lo que parecía un estante que sobresalía de la pared. En la pared opuesta había una combinación de lavabo e inodoro. Nada más, salvo una caja de acero en una de las esquinas superiores con un cuadrado de cinco centímetros, detrás de la cual vi la lente de una cámara. Me estaban observando. Aunque usara el inodoro me iban a estar observando.

Miré mi reloj, pero no había reloj. De algún modo me lo habían quitado, probablemente cuando me quitaron las esposas, y tenía las muñecas tan entumecidas que no me di cuenta del robo.

Ocupé lo que creí que fue la primera hora de mi encarcelamiento paseando por el reducido espacio y tratando de mantener mi rabia aguda, pero bajo control. Caminaba sin seguir otra pauta que la de usar todo el espacio, y cuando llegaba a la esquina donde estaba la cámara levantaba el dedo corazón de la mano izquierda. Cada vez.

En la segunda hora me senté en el colchón, decidido a no agotarme con el paseo y tratando de no perder la noción del tiempo. Ocasionalmente todavía alzaba el dedo a la cámara, normalmente sin siquiera molestarme en mirar mientras lo hacía. Empecé a pensar en historias de salas de interrogatorios para pasar el rato. Recordé a un tipo al que habíamos llevado como sospechoso en un caso que incluía un robo de droga. Nuestro plan era que sudara un poco antes de entrar en la sala para tratar de que confesara. Pero al poco de que lo metimos en la sala se quitó los pantalones, se anudó las perneras en el cuello y trató de colgarse del aplique de luz del techo. Llegaron a tiempo de salvarlo. Protestó diciendo que prefería ahorcarse a quedarse una hora más en la sala. Sólo llevaba allí veinte minutos.

Empecé a reírme para mis adentros y entonces recordé otra historia que no tenía ninguna gracia. Un hombre que era un testigo periférico de un asalto a mano armada fue puesto en la sala e interrogado acerca de lo que había visto. Era un viernes muy tarde. El testigo era un ilegal y estaba aterrorizado, pero no era un sospechoso y enviarlo de vuelta a México habría supuesto demasiadas llamadas de teléfono y demasiada burocracia. Lo único que quería el detective era información. Sin embargo, antes de obtenerla llamaron al detective y éste salió de la sala. Le dijo al hombre que se quedara allí que enseguida volvía. Pero nunca volvió. Nuevos acontecimientos del caso lo llevaron a la calle y no tardó en olvidarse del testigo. El domingo por la mañana otro detective que había entrado para ponerse al día con la burocracia oyó un ruido y al abrir la sala de interrogatorios se encontró con que el testigo seguía allí. Había sacado vasos vacíos de plástico de la papelera y los había llenado con orina durante el fin de semana. Pero tal y como le habían dicho nunca salió de la sala de interrogatorios.

Recordarlo me deprimió. Al cabo de un rato, me quité la cazadora y me tendí en el colchón. Me tapé la cara con la cazadora para tratar de bloquear la luz. Intenté dar la impresión de que estaba durmiendo, de que no me importaba lo que me estaban haciendo. Pero no estaba durmiendo y probablemente ellos lo sabían. Lo había visto todo antes, cuando estaba al otro lado del cristal.

Al final, traté de concentrarme en el caso, revisando mentalmente los últimos hechos y tratando de ver cómo encajaban. ¿Por qué había intervenido el FBI? ¿Porque me había hecho con una copia del expediente de Lawton Cross? Me parecía improbable. Decidí que había pinchado en hueso en la biblioteca al mirar los artículos de Mousouwa Aziz. Habían hablado con la bibliotecaria o revisado el ordenador; las nuevas leyes les autorizaban a hacerlo. Eso fue lo que los hizo saltar. Eso era lo que querían saber de mí.

Después de lo que supuse que eran cuatro horas en la jaula, la puerta se abrió con un zumbido electrónico. Me quité la cazadora de la cara y me incorporé justo cuando entraba un agente al que no había visto antes. Llevaba una carpeta y una taza de café. El agente al que conocía como Parenting Today estaba de pie detrás de él, con una silla de aluminio.

—No se levante —dijo el primer agente.

Me levanté de todos modos.

—¿Qué coño es...?

—He dicho que no se levante. Siéntese o me voy y volvemos a intentarlo mañana.

Dudé un momento, sosteniendo mi pose de hombre enfadado, pero enseguida me senté en el colchón. Parenting Today dejó la silla justo en el interior de la celda y luego salió y cerró la puerta. El agente que quedaba se sentó y dejó su café humeante en el suelo. El aroma llenó la sala.

—Soy el agente especial John Peoples del FBI.

—Me alegro por usted. ¿Qué estoy haciendo aquí?

—Está aquí porque no escucha.

Me miró para asegurarse de que hacía precisamente lo que él decía que no hacía. Tenía mi edad, quizá un poco más. Conservaba todo el pelo y lo llevaba ligeramente largo para los criterios del FBI. Supuse que no era una elección de estilo, sino que estaba demasiado ocupado para cortárselo.

La clave eran sus ojos. Cada rostro tiene un rasgo magnético, algo que te atrae. Una nariz, una cicatriz, una barbilla partida. Con Peoples todo te atraía a aquellos ojos hundidos y oscuros. Eran ojos de preocupación, guardaban un pesado secreto.

—Le advirtieron que no se metiera, señor Bosch —dijo—. Le dijeron de manera muy explícita que se olvidara de este asunto y aun así aquí estamos.

—¿Puede responderme a una pregunta?

—Puedo intentarlo. Si no está clasificada.

—¿Mi reloj está clasificado? ¿Dónde está mi reloj? Me lo regalaron cuando me retiré y quiero recuperarlo.

—Señor Bosch, olvídese de su reloj por el momento. Estoy tratando de meterle algo en esa cabeza dura suya, pero usted se resiste, ¿no?

Extendió el brazo para coger el café y tomó un sorbo. Hizo una mueca cuando le quemó en la boca. Volvió a dejar la taza en el suelo.

—Aquí hay en juego cosas más importantes que su pequeña investigación y su reloj de cien dólares.

Puse cara de sorpresa.

—¿De verdad cree que eso es todo lo que se gastaron después de tantos años?

Peoples puso ceño y negó con la cabeza.

—No nos está ayudando, señor Bosch. Está comprometiendo una investigación que es vitalmente significativa para este país y lo único que quiere es mostrar lo listo que es.

—Es la perorata de la seguridad nacional, ¿no? ¿Es eso? Bueno, agente especial Peoples, la próxima vez puede ahorrársela. Yo no considero que una investigación de asesinato no sea importante. Cuando se trata de un asesinato no hay compromisos.

Peoples se levantó y caminó hacia mí hasta que me estuvo mirando desde arriba. Se inclinó sobre la cama, y puso la mano en la pared para apoyarse.

—Hyeronimus Bosch —gritó, de hecho pronunciándolo correctamente—. ¡Se está entrometiendo! ¡Está conduciendo en dirección contraria! ¿Lo entiende?

Después se volvió y se sentó de nuevo en su silla. Casi me reí de la actuación y por un momento pensé que no se daba cuenta de que había pasado veinticinco años trabajando en salas como ésa.

—¿Me está entendiendo? —dijo Peoples de nuevo con voz calmada—. Usted no es policía. No lleva placa. No tiene ningún respaldo, ningún caso. No tiene autoridad.

—Esto era un país libre. Antes era autoridad suficiente.

—Ya no es el mismo país. Las cosas han cambiado. —Presentó el expediente que tenía en la mano—. El asesinato de esta mujer es importante. Por supuesto que lo es. Pero hay otras cosas en juego. Cuestiones más importantes. Debe apartarse, señor Bosch. Ésta es la última advertencia. Déjelo. O nos encargaremos nosotros. Y no le va a gustar.

—Apuesto a que terminaría aquí. ¿Sí? Con Mouse y los demás. Los otros combatientes enemigos. ¿No es así como los llaman? ¿Alguien sabe que existe este sitio, agente Peoples? ¿Alguien de fuera de su pequeña brigada TV?

Pareció momentáneamente desconcertado por el hecho de que conociera el término y lo usara.

—He reconocido a Mouse al entrar. Estaba mirando escaparates.

—¿Y a partir de eso sabe lo que ocurre aquí?

—Usted es el jefe. Es obvio y está bien. Pero ¿qué pasa si fue él quien mató a Angella Benton? ¿Y si mató al vigilante de seguridad del banco? ¿Y si también mató a una agente del FBI? ¿No le preocupa lo que le ocurrió a Martha Gessler? Era una de los suyos. ¿Tanto ha cambiado el mundo? ¿Una agente especial ya no es especial con estas nuevas normas suyas? ¿O el argumento cambia según conviene? ¿Soy un combatiente enemigo, agente Peoples?

Vi que esto le dolió. Mis palabras abrieron una vieja herida, o un viejo debate. Pero enseguida puso cara de determinación. Abrió el expediente que tenía en las manos y sacó el texto que había imprimido en la biblioteca. Vi la cara de Aziz.

—¿Cómo supo de esto? ¿Cómo hizo esta conexión?

—Por ustedes.

—¿De qué está hablando? ¿Nadie de aquí le diría que...?

—No tuvieron que hacerlo. Vi a su hombre siguiéndome en la biblioteca. Tome nota, no es tan bueno. Dígale que la próxima vez pruebe con *Sports Illustrated*. Sabía que estaba pasando algo, así que busqué en los archivos del periódico y salió eso. Lo imprimí, porque sabía que les sonrojaría. Y lo hizo. Son muy previsibles.

»El caso es que después vi a Mouse cuando me estaban metiendo aquí y até cabos. El dinero del robo estaba bajo el asiento de su coche cuando lo detuvieron. Pero no les importó eso, ni tampoco los dos o tal vez tres asesinatos relacionados con eso. Lo único que querían era saber adónde iba el dinero. Y no querían que se entrometiera algo tan insignificante como la justicia para los muertos.

Peoples poco a poco volvió a poner el artículo impreso en la carpeta. Vi que le cambiaba la cara, que se le ponía más oscura en torno a los ojos. Había pinchado el nervio.

—No tiene ni idea de cómo es el mundo ni de lo que estamos haciendo aquí —dijo—. Puede estar sentado y ser petulante y hablar de sus ideas de justicia, pero no tiene ni idea de lo que pasa en el mundo.

Respondí con una sonrisa. Mis palabras salieron después.

—Puede guardarse ese discurso para los políticos que cambian las reglas para ustedes hasta que ya no hay más reglas. Hasta que algo como la justicia para una mujer asesinada y violada no añade nada a la ecuación. Eso es lo que pasa en el mundo.

Peoples se inclinó hacia delante. Estaba a punto de sincerarse y quería asegurarse bien de que lo entendía.

—¿Sabe adónde iba Aziz con ese dinero? No lo sabemos, pero puedo decirle adónde creo que iba. A un campo de entrenamiento. A un campo de entrenamiento terrorista. Y no estoy hablando de Afganistán. Estoy hablando de un lugar a menos de doscientos kilómetros de nuestra frontera. Un lugar donde entrenan a gente para que nos mate. En nuestros edificios, en nuestros aviones. Mientras dormimos. Los entrenan para cruzar esa frontera y matarnos con ciego desprecio por lo que somos y por lo que creemos. ¿Va a decirme que estoy equivocado, que no deberíamos hacer todo lo que podamos para descubrir un sitio así si existe? ¿Que no deberíamos tomar las medidas necesarias con ese hombre para obtener la información que necesitamos de él?

Me recosté en el colchón hasta que tuve la espalda apoyada en la pared. Si yo hubiera tenido una taza de café no me habría olvidado de ella de la forma en que Peoples se olvidaba de la suya.

—Yo no voy a decirle nada. Cada uno tiene que hacer lo que tiene que hacer.

—Maravilloso —dijo con sarcasmo—. Palabras de sabiduría. Voy a pedirme una placa para mi despacho y pediré que graben esas palabras.

—¿Sabe? Una vez estaba en un juicio y la abogada de la parte contraria dijo algo que siempre trato de recordar. Citó a un filósofo cuyo nombre he olvidado ahora. Lo tengo escrito en casa. Pero este tipo dijo que quien combate a los monstruos de nuestra sociedad debería asegurarse de que no se convierte él mismo en un monstruo. Porque si es así entonces está todo perdido. Ya no tendríamos sociedad. Siempre pensé que era una buena frase.

—Nietzsche, y casi lo ha citado bien.

—Conocer bien la cita no es lo importante. Lo importante es recordar lo que significa.

Peoples buscó en el bolsillo de su abrigo. Sacó mi reloj. Me lo lanzó y yo empecé a ponérmelo. Miré la esfera. Las manecillas del reloj estaban sobre una placa dorada de detective con la imagen del ayuntamiento en ella. Me fijé en la hora y vi que había estado en la jaula más tiempo del que pensaba. No tardaría en amanecer.

—Salga de aquí, Bosch —dijo—. Si vuelve a cruzarse en nuestro camino, volverá aquí más deprisa de lo que cree posible. Y nadie sabrá que está aquí.

La amenaza era obvia.

—Entonces estaré entre los desaparecidos, ¿eh?

—Como quiera llamarlo.

Peoples levantó la mano por encima de la cabeza para que la cámara lo viera. Giró un dedo en el aire y el cierre electrónico hizo clac y la puerta se abrió unos centímetros. Me levanté.

—Vamos —dijo Peoples—. Alguien le verá fuera. Le estoy dando una oportunidad, Bosch. Recuérdelo.

Me dirigí a la puerta, pero dudé cuando la estaba cruzando. Lo miré a él y al expediente que todavía sostenía.

—Supongo que me ha desplumado, se lleva mis expedientes. Y los de Lawton Cross.

—No los recuperará.

—Sí, lo entiendo. Seguridad nacional. Lo que iba a decirle era que mirara las fotos. Busque una de las fotos de Angella Benton en el suelo. Mire sus manos.

Me dirigí a la puerta abierta.

—¿Qué pasa con sus manos? —dijo desde detrás de mí.

—Sólo mírele las manos. Entonces sabrá de qué estoy hablando.

En el pasillo, Parenting Today me estaba esperando.

—Por ahí —dijo de manera cortante y supe que estaba decepcionado por el hecho de que me dejaran libre.

Por el pasillo busqué a Mousouwa Aziz en una de las ventanitas cuadradas, pero no lo vi. Me pregunté si por casualidad había mirado a la cara del asesino al que estaba buscando y si ése sería mi único atisbo, lo más cerca que estaría de él. Sabía que mientras permaneciera encerrado allí nunca llegaría hasta él, literal o legalmente. Había escapado de mí. Estaba entre los desaparecidos. El callejón sin salida definitivo.

Pasamos por dos puertas con dispositivo de cierre electrónico y después nos acercamos al ascensor. No había ningún botón que pulsar. Parenting Today miró a la cámara situada en la esquina del techo y giró un dedo extendido en el aire. Oí que el ascensor subía.

Cuando las puertas se abrieron, Parenting Today me escoltó al interior. Bajamos al sótano, pero no a un coche. Me hizo subir por la rampa después de gritarle a un empleado del garaje que abriera la puerta. Cuando ésta se abrió, el sol me dio en los ojos y me hizo bizquear.

—Supongo que no me va a acercar hasta mi coche.

—Suponga lo que quiera. Que pase un buen día.

Me dejó allí en lo alto de la rampa y se volvió para meterse por debajo de la puerta antes de que ésta volviera a cerrarse. Observé su desaparición mientras la cortina de acero caía. Traté de pensar en una pulla, pero estaba demasiado cansado y lo dejé estar.

20

El FBI había estado en mi domicilio. Eso era de esperar. Pero los agentes habían actuado con sutileza. La casa no estaba patas arriba. Lo habían registrado metódicamente y la mayoría de las cosas las habían dejado exactamente en el mismo sitio. La mesa del comedor, donde había dejado los archivos del asesinato de Angella Benton, estaba limpia. Hasta me pareció que la habían abrillantado. No me habían dejado nada. Mis notas, mis archivos, mis informes, todo había desaparecido y con ello el caso. No me torturé demasiado con eso. Miré mi reflejo en la superficie pulida de la mesa durante unos segundos y decidí que necesitaba dormir antes de dar el siguiente paso.

Cogí una botella de agua de la nevera y salí a la terraza a través de la puerta corredera para observar el sol que se alzaba por encima de la colina. El cojín del sofá tenía rocío de la mañana, así que le di la vuelta y me senté. Puse las piernas en alto y me acomodé. El aire era frío, pero todavía llevaba la cazadora puesta. Dejé la botella de agua en el brazo del sofá y hundí las manos en los bolsillos. Era agradable sentirse en casa después de una noche en la jaula.

El sol empezaba a auparse por las colinas al otro lado del paso de Cahuenga y sus rayos, al refractarse en los millones de partículas microscópicas que flotaban en el aire, salpicaban el cielo de luces difusas. Pronto iba a necesitar gafas de sol, pero estaba demasiado atrincherado para levantarme a buscarlas. Cerré los ojos y no tardé en quedarme dormido.

Soñé con Angella Benton, con sus manos, las manos de una mujer a la que nunca había conocido con vida pero que salía viva en mis sueños y me imploraba.

Me desperté al cabo de un par de horas, con el sol quemándome a través de las pestañas. Enseguida me di cuenta de que el latido que creía que estaba en mi cabeza en realidad provenía de la puerta de entrada. Al levantarme derribé la botella de agua sin abrir del brazo del sofá. Intenté cogerla al vuelo, pero fallé. Rodó por el suelo de la terraza y cayó a los matorrales que había debajo. Me acerqué a la barandilla y miré hacia abajo. Los pilares de hierro sostenían mi casa en voladizo sobre el cañón. No vi la botella.

Volvieron a golpear en la puerta y a continuación oí una versión amortiguada de mi nombre. Entré en la vivienda y llegué hasta el recibidor después de cruzar la sala. Estaban llamando a la puerta otra vez cuando finalmente abrí. Era Roy Lindell y no estaba sonriendo.

—¡Vamos, a espabilarse, Bosch!

Empezó a meterse en el recibidor, pero yo le puse una mano en el pecho para detenerlo. Negué con la cabeza, y él captó la idea. Señaló hacia la casa y puso un signo de interrogación en la mirada. Yo asentí con un gesto. Salí y cerré la puerta.

—Vamos en mi coche —dijo en voz baja.

—Bien, porque el mío está en Woodland Hills.

Su coche del FBI estaba aparcado en zona prohibida. Subimos a él y ascendimos por Woodrow Wilson hasta que esta avenida gira hacia Mulholland. No creía que me estuviera llevando a ninguna parte. Simplemente conducía.

—¿Qué te ha pasado? —preguntó—. He oído que anoche te pescaron.

—Eso es. Los de tu brigada TV. Son muy amables.

Lindell me miró y después volvió a concentrarse en la carretera.

—No tienes tan mal aspecto. Hasta te queda un poco de color en las mejillas.

—Gracias por fijarte, Roy. ¿Qué quieres ahora?

—¿Crees que tienes la casa pinchada?

—Probablemente. No he tenido tiempo de comprobarlo. ¿Qué quieres? ¿Adónde vamos?

Aunque supuse que lo sabía. Mulholland se enrosca en torno a una colina con vistas que, según el nivel de contaminación, van desde la bahía de Santa Mónica hasta las torres del centro.

Como esperaba, Lindell se metió en el pequeño aparcamiento y se detuvo junto a una furgoneta Volkswagen de hace tres décadas. El *smog* era pesado. Apenas se distinguía nada más allá de la torre del edificio de Capital Records.

—Quieres que vaya al grano, ¿eh? —dijo Lindell, volviéndose en su asiento hacia mí—. Muy bien, allá voy. ¿Qué está pasando con la investigación?

Lo miré durante unos segundos, tratando de determinar si había aparecido por Marty Gessler o lo había enviado el agente especial Peoples para comprobar si lo había dejado. Sin duda Lindell y Peoples eran animales diferentes de plantas diferentes del edificio federal. Pero los dos llevaban la misma placa. Y no había forma de saber a qué tipo de presión habían sometido a Lindell.

—Lo que pasa es que no hay investigación.

—¿Qué? ¿Me estás tomando el pelo?

—No, no te estoy tomando el pelo, podrías decir que he visto la luz. Me la han hecho ver.

—¿Y qué vas a hacer? ¿Piensas dejarlo sin más?

—Eso es. Voy a ir a buscar mi coche y me iré de vacaciones. A Las Vegas, creo. He empezado a ponerme moreno esta mañana, así que ahora puedo ir a perder mi dinero.

Lindell sonrió como si él fuera más listo.

—Vete a la mierda —dijo—. Sé lo que estás haciendo. Crees que me han enviado para ponerte a prueba, ¿verdad? Pues jódete.

—Muy bonito, Roy. ¿Puedes llevarme a casa? Necesito preparar una bolsa.

—No hasta que me digas qué es lo que de verdad está ocurriendo.

Abrí la puerta.

—Muy bien, iré andando. Me vendrá bien un poco de ejercicio.

Salí y empecé a caminar hacia Mulholland. Lindell abrió la puerta con fuerza y ésta golpeó el lateral de la vieja furgoneta. Salió corriendo tras de mí.

—Escucha, Bosch. Escúchame.

Me alcanzó y se plantó ante mí, muy cerca, obligándome a detenerme. Apretó los puños y los colocó delante del pecho, como si estuviera tratando de romper una cadena que lo estuviera aprisionando.

—Harry, he venido por mí. Nadie me ha enviado, ¿vale? No lo dejes. Esos tipos probablemente sólo querían asustarte, nada más.

—Díselo a la gente que tienen allí. No tengo ganas de desaparecer, Roy. ¿Sabes a qué me refiero?

—Mierda. No eres el tipo de tío que podría...

—¡Eh! ¡Capullo!

Me volví al oír la voz y vi que dos tíos salían en tropel por la puerta corredera de la furgoneta Volkswagen. Ambos llevaban barba y el pelo largo, más al estilo del dueño de una Harley que del de una furgoneta *hippy*.

—Me has abollado la puerta —gritó el segundo.

—¿Cómo coño lo sabes? —replicó Lindell.

Ya estamos, pensé. Miré más allá de los mastodontes que se aproximaban y vi una abolladura de diez centímetros en la puerta delantera derecha de la furgoneta Volkswagen. La puerta de Lindell seguía abierta y en contacto con ella, prueba innegable de culpabilidad.

—¿Te hace gracia? —dijo el primer *heavy*—. ¿Y si te abollamos la cara?

Lindell se llevó la mano a la espalda y en un rápido movimiento ésta surgió de debajo de su chaqueta empuñando una pistola. Con su mano libre se abalanzó sobre el primer *heavy*, lo agarró por la pechera de la camisa y lo empujó, arrancándole una porción de barba en la maniobra. La pistola surgió con el cañón apretado en el cuello del hombre más alto.

—¿Qué tal si tú y David Crosby os metéis en esa lata de mierda y os largáis con vuestro *flower power* a otra parte?

—Roy —dije—, tranquilo.

El olor a marihuana nos estaba empezando a llegar desde la furgoneta. Hubo un largo silencio mientras Lindell sostenía la mirada al primer *heavy*. El segundo estaba cerca, observando pero incapaz de hacer un movimiento a causa del arma.

—Vale, tío —dijo por fin el primero—. No pasa nada. Ya nos vamos.

Lindell lo empujó y bajó la pistola a un costado.

—Sí, hazlo, enano. Lárgate. Vete a fumar la pipa de la paz lejos de aquí.

Observamos en silencio mientras volvían a meterse en la furgoneta. Para poder meterse en el asiento del pasajero de la furgoneta el segundo tipo cerró enfadado la puerta del coche de Lindell. Oí el sonido del motor y la furgoneta dio marcha atrás y se metió en Mulholland. Tanto el conductor como el pasajero nos hicieron el gesto de rigor con el dedo corazón levantado y se alejaron. Pensé en lo que había hecho yo unas horas antes, dedicando el mismo saludo a la cámara de la celda. Sabía lo impotentes que se sentían los dos hombres de la furgoneta.

Lindell volvió a centrar su atención en mí.

—Has estado bien, Roy —dije—. Con habilidades como éstas me sorprende que no te hayan llamado para trabajar en la novena planta.

—Que se jodan esos tíos.

—Sí, así me sentía yo hace unas horas.

—Entonces, ¿qué va a pasar, Bosch?

Acababa de desenfundar una pistola ante dos desconocidos en una colisión casi violenta de altos niveles de testosterona y el subidón ya había remitido. La superficie estaba en calma. El incidente había sido borrado de la pantalla de su radar de un plumazo. Era un rasgo que había visto sobre todo en psicópatas. Quería darle a Lindell el beneficio de la duda, así que lo achaqué al tipo de arrogancia federal que también había visto antes como rasgo distintivo de los agentes del FBI.

—¿Te quedas o echas a correr? —preguntó.

La pregunta me enfadó, pero traté de que no se me notara. Esbocé una sonrisa.

—Ni una cosa ni otra —dije—. Me voy andando.

Le di la espalda y me alejé. Empecé a caminar cuesta arriba por Mulholland hacia Woodrow Wilson para regresar a casa. Me lanzó una andanada de maldiciones a mi espalda, pero eso no me frenó.

21

La puerta del garaje de la casa de Lawton Cross estaba abierta y parecía como si la hubiesen dejado así toda la noche. Le había pedido al taxi que me dejara al lado de mi Mercedes. El coche estaba donde lo había aparcado, aunque tenía que asumir que lo habían registrado. Lo había dejado sin cerrar y así continuaba. Puse la pequeña mochila que había preparado en el asiento de atrás. Después me situé al volante, arranqué y metí el coche en el lugar libre del garaje.

Después de salir fui a la puerta de la casa y pulsé un botón que o bien haría sonar un timbre en el interior de la vivienda o cerraría la puerta del garaje. Cerró la puerta. Me acerqué al Chevy, deslicé las manos por debajo del capó y busqué a tientas la palanca que lo desbloqueaba. Los muelles de acero protestaron sonoramente cuando levanté el capó. El motor estaba cubierto por una capa de polvo, pero limpio. Tenía un filtro de aire de cromo y un ventilador pintado de rojo. Lawton Cross obviamente había mimado el coche y había apreciado su belleza interior tanto como la exterior.

Los documentos del archivo de la investigación que yo había deslizado debajo del capó la noche anterior habían sobrevivido al registro del FBI. Habían caído y habían quedado enganchados en la maraña de cables del encendido que ocupaban el lado izquierdo del motor. Al recogerlos, me fijé en que habían desconectado la batería del motor y me pregunté cuándo lo habrían hecho. Era una decisión inteligente para un coche que no iba a utilizarse en mucho tiempo.

Lawton probablemente habría pensado en hacerlo, pero no había podido llevarlo a cabo. Tal vez le había explicado a Danny el procedimiento.

—¿Qué pasa? ¿Qué estás haciendo aquí, Harry?

Me volví. Danny Cross estaba en el umbral que daba a la casa.

—Hola, Danny. Sólo he venido a buscar unas cosas que olvidé. También necesito las herramientas de Lawton. Creo que hay un problema con mi coche.

Hice un ademán hacia el banco de trabajo y el tablero para colgar las herramientas fijado en la pared de al lado del Malibu. Había en exposición diversas herramientas y equipamiento. Ella negó con la cabeza como si yo hubiera olvidado explicar lo obvio.

—¿Qué pasó anoche? Se te llevaron. Vi las esposas. Los agentes que se quedaron dijeron que no ibas a volver.

—Tácticas de intimidación, Danny. Eso es todo. Como ves, he vuelto.

Bajé el capó con una mano, dejándolo parcialmente abierto, del modo en que lo había encontrado. Me acerqué al Mercedes y metí los documentos en su interior a través de la ventanilla abierta de la derecha. Después me lo pensé mejor y abrí la puerta, levanté la alfombrilla y los puse debajo. No era un gran escondite, pero serviría por el momento. Cerré la puerta y miré a Danny.

—¿Cómo está Law?

—No está bien.

—¿Qué pasa?

—Ayer por la noche estuvieron con él. No me dejaron entrar y apagaron el monitor, así que no pude escucharlo todo. Pero lo han asustado. Y a mí también. Quiero que te vayas, Harry. Quiero que te vayas y no vuelvas.

—¿Cómo te asustaron? ¿Qué te dijeron?

Ella dudó y supe que su vacilación respondía a la amenaza.

—Te dijeron que no hablaras de ello, ¿verdad? ¿Que no me lo contaras?

—Eso es.

—Vale, Danny, no quiero meterte en problemas. ¿Y Law? ¿Puedo hablar con él?

—Dice que no quiere volver a verte. Que le ha causado demasiados problemas.

Asentí y miré hacia el banco de trabajo.

—Entonces déjame coger mi coche y me iré.

—¿Te han hecho daño, Harry?

La miré. Creí que de verdad le importaba la respuesta.

—No, estoy bien.

—De acuerdo.

—Eh, Danny, necesito algo de la habitación de Law. ¿Puedo ir a buscarlo o prefieres traérmelo?

—¿Qué es?

—El reloj.

—¿El reloj? ¿Por qué? Tú se lo regalaste.

—Lo sé, pero ahora lo necesito.

Una expresión de enfado se instaló en su rostro. Pensé que tal vez el reloj que quería llevarme había sido objeto de discusión entre ellos.

—Te lo traeré, pero le diré que has sido tú quien lo ha sacado de la pared.

Asentí con la cabeza. Ella entró en la casa y yo rodeé el Malibu y encontré una plataforma rodante apoyada en el banco de trabajo. Cogí unas tenazas y un destornillador del tablero para herramientas y me acerqué al Mercedes.

Después de echar la cazadora en el interior del coche, me tumbé en la plataforma rodante y me deslicé debajo del coche. Tardé menos de un minuto en encontrar la caja negra: un localizador por satélite del tamaño de un libro adherido al depósito de gasolina mediante dos potentes imanes. Había un ingenio en el dispositivo que no había visto antes. Un cable se extendía desde la caja hasta el tubo de escape, donde se conectaba a un sensor térmico. Cuando el tubo se calentaba, el sensor conectaba el localizador, manteniendo de esta forma la batería de la unidad cuando el vehículo no estaba en movimiento. Los chicos de la novena planta no reparaban en gastos.

Decidí dejar la caja en su sitio y salí de debajo del coche. Danny estaba allí de pie, con el reloj en la mano. Había retirado la tapa, dejando al descubierto la cámara.

—Pensé que era demasiado pesado para ser un simple reloj de pared —dijo.

Empecé a levantarme.

—Oye, Danny...

—Nos estabas espiando. No me creíste, ¿verdad?

—Danny, no era para eso que la quería. Esos tipos que estuvieron allí anoche...

—Pero sí era para eso por lo que la pusiste en la pared. ¿Dónde está la cinta?

—¿Qué?

—La cinta. ¿Dónde miras esto?

—No lo miro. Es digital. Está todo ahí, en el reloj.

Eso fue un error. Cuando fui a coger el reloj, ella lo levantó por encima de su cabeza y lo arrojó contra el suelo de hormigón. El cristal se hizo añicos y la cámara se desprendió de la carcasa del reloj y resbaló hasta quedar debajo del Mercedes.

—Maldita sea, Danny. No es mía.

—No me importa de quién sea. No tenías ningún derecho a hacer esto.

—Oye, Law me dijo que no lo tratabas bien. ¿Qué se supone que tenía que hacer? ¿Limitarme a confiar en tu palabra?

Me agaché y miré debajo del coche. La cámara estaba al alcance de mi mano y la cogí. La caja estaba completamente rascada, pero no sabía cómo estaría el mecanismo interior. Saqué la tarjeta de memoria siguiendo las instrucciones que me había dado Andre Biggar y parecía en buen estado. Me levanté y se la mostré a Danny.

—Esto podría ser lo único que impida que esos hombres vuelvan. Reza para que esté bien.

—No me importa. Y espero que disfrutes lo que vas a ver. Supongo que estarás orgulloso cuando lo veas.

No tenía respuesta.

—No se te ocurra volver nunca más.

Danny Cross me dio la espalda y, tras pulsar el botón de la pared y abrir de esta forma la puerta del garaje, entró en la vivienda. Cerró la puerta de la casa sin volverse a mirarme. Yo esperé un momento por si reaparecía y me lanzaba otra andanada verbal. Pero no lo hizo. Me guardé la tarjeta de memoria en el bolsillo y después me agaché para recoger los fragmentos del reloj roto.

22

En el aeropuerto de Burbank aparqué en el estacionamiento de larga estancia, saqué mi bolsa y cogí el transporte hasta la terminal. En el mostrador de Southwest compré con tarjeta de crédito un billete de ida y vuelta a Las Vegas en un vuelo que partía al cabo de menos de una hora. Dejé el vuelo de regreso abierto. Después hice la cola del control de seguridad, como todo el mundo. Puse la bolsa en la cinta y dejé el reloj, las llaves del coche y la tarjeta de memoria de la cámara en un cajón de plástico para que no saltara el detector de metales. Me di cuenta de que había dejado el móvil en el Mercedes, pero no lo lamenté porque podrían utilizarlo para triangular mi posición.

Cerca de la puerta de embarque, me detuve y compré una tarjeta telefónica de diez dólares que me llevé a una cabina. Leí dos veces las instrucciones de la tarjeta. No porque fueran complicadas, sino porque estaba vacilante. Finalmente, cogí el receptor e hice una llamada de larga distancia. Era un número que me sabía de memoria, aunque hacía casi un año que no lo marcaba.

Ella contestó al cabo de sólo dos tonos, pero supe que la había despertado. Estuve a punto de colgar, consciente de que si tenía identificador de llamadas no tendría forma de saber que había sido yo. Pero después del segundo hola hablé.

—Eleanor, soy yo, Harry. ¿Te he despertado?

—No pasa nada. ¿Estás bien?

—Sí, estoy bien. ¿Has estado jugando hasta tarde?

—Hasta eso de las cinco y después fuimos a desayunar. Me siento como si acabara de acostarme. ¿Qué hora es?

Le dije que eran más de las diez y ella gruñó. Sentí que perdía confianza en mi plan. También me quedé enganchado pensando con quién había ido a desayunar, pero no se lo pregunté. Se suponía que ya había superado eso hacía mucho.

—Harry, ¿qué pasa? —dijo en el silencio—. ¿Seguro que estás bien?

—Sí, estoy bien. Yo tampoco me fui a dormir hasta más o menos la misma hora.

En la línea se deslizó más silencio. Vi que estaban embarcando mi vuelo.

—¿Para eso me has llamado? ¿Para contarme tus hábitos de sueño?

—No, yo, eh..., bueno, necesito ayuda. En Las Vegas.

—¿Ayuda? ¿A qué te refieres? ¿Estás hablando de un caso? Me dijiste que te habías retirado.

—Sí, estoy retirado. Pero estoy trabajando en un asunto y... La cuestión es que me preguntaba si podrías recogerme en el aeropuerto dentro de una hora. Voy a subir a un avión ahora.

Se produjo un silencio mientras Eleanor asimilaba mi petición y todo lo que podría significar. Durante la tensa espera me descubrí pensando en la teoría de la bala única hasta que ella habló por fin.

—Allí estaré. ¿Dónde nos encontramos?

Me di cuenta de que había estado aguantando la respiración. Solté el aire. En lo más profundo de los pliegues aterciopelados de mi corazón sabía que ésa sería su respuesta, pero oírsela decir en voz alta, la confirmación, me llenó con mi propia confirmación de los sentimientos que todavía albergaba por ella. Traté de imaginarla al otro lado de la línea telefónica. Estaba en la cama, con el teléfono en la mesilla, el pelo desordenado de una forma que siempre me había excitado, que me hacía desear estar en la cama con ella. Entonces recordé que era su móvil. Ella no tenía teléfono fijo, al menos yo no tenía el número. Y entonces el plural del desayuno volvió a entrometerse como en un cruce telefónico. ¿En qué cama estaba?

—Harry, ¿sigues ahí?

—Sí, estoy aquí. Eh, quedemos en un mostrador de alquiler de coches. En Avis.

—Harry, hay autobuses desde el aeropuerto cada cinco minutos. ¿Para qué me necesitas? ¿Qué está pasando?

—Oye, te lo explicaré cuando llegue. Están embarcando mi vuelo. ¿Podrás esperarme allí, Eleanor?

—Te he dicho que estaré allí —soltó en un tono al que estaba demasiado acostumbrado, como si transigiera y al mismo tiempo estuviera reacia.

No me quedé enganchado en eso. Tenía lo que necesitaba. Lo dejé así.

—Gracias. ¿Qué te parece justo a la salida de Southwest? ¿Sigues teniendo el mismo Taurus?

—No, Harry, ahora tengo un Lexus plateado. Cuatro puertas. Y tendré los faros encendidos. Te haré luces si te veo yo primero.

—Vale, nos vemos. Gracias, Eleanor.

Colgué y me dirigí a la puerta de embarque. Un Lexus, pensé mientras caminaba. Había preguntado el precio antes de comprarme el Mercedes de segunda mano. No eran lujosos, pero tampoco baratos. Las cosas debían de estar cambiando para ella, y yo estaba casi seguro de que me alegraba por eso.

Cuando llegué al avión no había sitio en los compartimentos superiores para mi bolsa y sólo quedaban asientos del centro. Me apreté entre un hombre con camisa hawaiana y gruesa cadena de oro y una mujer tan pálida que pensé que podía encenderse como una cerilla en cuanto le alcanzara el sol de Nevada. Me aislé, pegué los codos al cuerpo, aunque el tipo de la camisa hawaiana no lo hizo, y me las arreglé para cerrar los ojos y casi dormir la mayor parte del breve trayecto. Sabía que había mucho en lo que pensar y la tarjeta de memoria casi me estaba perforando el bolsillo mientras me preguntaba por su contenido, pero también sabía instintivamente que tenía que descansar mientras pudiera hacerlo. Seguramente no dispondría de mucho tiempo cuando volviera a Los Ángeles.

Menos de una hora después de despegar salí caminando por las puertas automáticas de la terminal de McCarran y sentí el fogonazo seco como al abrir un horno que señalaba la llegada a Las Vegas. No me perturbó. Mis ojos buscaron con avidez los vehículos amontonados en las filas de recogida hasta que vi un coche plateado con las luces encendidas. El techo solar estaba abierto y la mano del conductor asomaba a través de él y me hacía señas. También me hacía luces. Era Eleanor. La saludé y corrí hacia el coche. Abrí la puerta, tiré el bolso por encima del asiento y entré.

—Hola —dije—. Gracias.

Después de un instante de vacilación ambos nos inclinamos hacia el centro y nos besamos. Fue breve, pero agradable. No la había visto en mucho tiempo y me sentí desconcertado al darme cuenta de lo rápidamente que el tiempo puede escurrirse entre dos personas. Aunque hablábamos cada año por los cumpleaños y las Navidades, hacía casi tres años que no la veía, que no la tocaba, que no estaba con ella. Y de inmediato fue embriagador y deprimente al mismo tiempo. Porque tenía que irme. La visita sería más fugaz que esas llamadas de cumpleaños que nos hacíamos cada año.

—Tienes el pelo distinto —dije—. Te queda bien.

Lo llevaba más corto de lo que se lo había visto nunca, cortado limpiamente en la mitad del cuello. Pero no era un halago falso. Estaba guapa. Aunque, claro, me habría gustado con el pelo por los tobillos o más corto que el mío.

Se volvió para mirar el tráfico por encima del hombro. Le vi la nuca. Se metió en el carril central y arrancamos. Mientras conducía levantó el brazo y pulsó el botón que cerraba el techo solar.

—Gracias, Harry. Tú no has cambiado tanto. Pero sigues teniendo buen aspecto.

Le di las gracias y traté de no sonreír demasiado mientras sacaba la cartera.

—Bueno —dijo—, ¿cuál es ese gran misterio que no me podías contar por teléfono?

—Ningún misterio, sólo quería que alguna gente creyera que estoy en Las Vegas.

—Estás en Las Vegas.

—Pero no por mucho tiempo. En cuanto alquile un coche, me vuelvo.

Eleanor asintió como si lo entendiera. Saqué mi tarjeta del cajero automático y la American Express de la cartera. Me guardé la Visa para pagar el alquiler del coche y cualquier otra cosa que pudiera surgir.

—Quiero que te quedes estas tarjetas y que las uses en los próximos dos días. El código del cajero es uno tres cero seis. Debería ser fácil de recordar.

El trece de junio había sido el día de nuestra boda.

—Es curioso —dijo—. Este año cae en viernes. Lo miré. Eso es mala suerte, Harry.

Un viernes trece de algún modo me parecía apropiado. Por un momento me pregunté si significaba que ella estaba comprobando cuándo caían nuestros próximos aniversarios en el calendario. Lo dejé estar y volví al presente.

—Bueno, sencillamente úsala en los próximos días. Ya sabes, vete a cenar o lo que quieras. Si estuviera aquí seguramente te compraría un regalo por dejarme estar contigo. Así que ve al cajero, saca dinero y cómprate algo que te guste. La American todavía lleva mi nombre completo. No deberías tener problema.

La mayoría de la gente no sabe de qué género es mi nombre de pila, Hyeronimus. Cuando estuvimos casados, Eleanor utilizaba mis tarjetas de crédito sin problema. La única dificultad podía surgir si le pedían una identificación en el punto de venta. Pero eso rara vez ocurría en los restaurantes y menos en Las Vegas, un lugar donde primero cogen tu dinero y luego hacen las preguntas.

Le pasé mis tarjetas, pero ella no las cogió.

—Harry, ¿qué es esto? ¿Qué está pasando contigo?

—Ya te lo he dicho. Quiero que cierta gente crea que estoy aquí en Las Vegas.

—¿Y es gente que puede controlar las compras por tarjeta de crédito y los reintegros en los cajeros automáticos?

—Si quieren. No sé si lo harán. Es sólo una precau...

—Entonces estás hablando de los polis o del FBI. ¿De quién?

Me reí en silencio.

—Bueno, podrían ser los dos. Pero por lo que sé, los más interesados son del FBI.

—Oh, Harry...

Lo dijo con un tono de ya estamos otra vez. Pensé en contarle que tenía que ver con Marty Gessler, pero decidí que no debía implicarla más de lo que ya lo había hecho.

—Oye, no es gran cosa. Sólo estoy trabajando en uno de mis viejos casos y un agente se ha mosqueado. Quiero que piense que me ha asustado. ¿Vale, Eleanor? ¿Puedes hacerlo, por favor?

Volví a tenderle las tarjetas. Después de un instante interminable, ella estiró el brazo y las cogió sin decir palabra. Estábamos en una carretera del aeropuerto, donde se alineaban las empresas de alquiler de vehículos. Quería decir algo más. Algo acerca de nosotros y acerca de cuánto deseaba volver cuando este asunto repugnante hubiera concluido. Si ella quería. Pero ella entró en el aparcamiento de Avis y bajó la ventanilla para decirle al vigilante que sólo iba a estar un momento.

La interrupción estropeó el flujo de la conversación, si es que había conversación. Perdí mi impulso y abandoné cualquier idea de decir algo más de nosotros.

Ella se detuvo ante la oficina de recogida de vehículos de Avis. Era el momento de bajarme, pero no lo hice. Me quedé sentado mirándola hasta que ella finalmente se volvió y me miró.

—Gracias por hacer esto, Eleanor.

—No hay problema. Ya te llegará la factura.

Sonreí.

—¿Alguna vez vas a Los Ángeles? A jugar a cartas o así.

Ella negó con la cabeza.

—No desde hace mucho tiempo. Ya no me gusta viajar.

Asentí. No parecía que hubiera nada más que decir. Me incliné para besarla, esta vez sólo en la mejilla.

—Te llamaré mañana o pasado, ¿de acuerdo?

—Vale, Harry. Ten cuidado. Adiós.

—Lo tendré. Adiós, Eleanor.

Salí y observé cómo se alejaba. Deseé poder pasar más tiempo con ella y me pregunté si ella me lo habría permitido. Enseguida me desembaracé de esos pensamientos y entré en Avis. Mostré mi licencia de conducir y tarjeta de crédito y cogí la llave de mi coche alquilado. Era un Ford Taurus y tuve que acostumbrarme a conducir de nuevo cerca del suelo. En mi camino de salida de la fila de alquiler de coches vi un letrero con una flecha que señalaba a Paradise Road. Pensé que todo el mundo necesitaba una señal como ésa. Ojalá fuera tan sencillo.

23

Después de cuatro horas ininterrumpidas de conducir a través del desierto estaba en el laboratorio técnico de Biggar & Biggar. Saqué la tarjeta de memoria del bolsillo y se la entregué a Andre. Éste la sostuvo y la observó y luego se me quedó mirando como si le hubiera puesto un chicle masticado en la mano.

—¿Dónde está la caja?

—¿La caja? ¿Te refieres al reloj? Todavía está en la pared.

Todavía no se me había ocurrido una forma de decirle que el reloj estaba roto y que probablemente la cámara también lo estaría.

—No, la funda de plástico de la tarjeta. Puso la tarjeta extra que le di cuando se llevó ésta, ¿verdad?

—Sí.

—Bueno, tendría que haber puesto ésta en la caja vacía. Es un material delicado. Llevarla en el bolsillo con las monedas y las pelusas no es la mejor manera de...

—Andre —le interrumpió Burnett Biggar—, ¿por qué no miramos si funciona? Fue error mío no explicarle a Harry cómo había que cuidar y mantener el material. Olvidé que es antediluviano.

Andre sacudió la cabeza y se acercó a una mesa de trabajo en la que había un ordenador instalado. Miré a Burnett y con un gesto le di las gracias por venir a rescatarme. Él me hizo un guiño y seguimos a Andre.

El hijo se valió de una pistola de aire comprimido que

parecía sacada de la consulta de un dentista para arrancar el polvo y la porquería de la tarjeta de memoria, y después la conectó a un receptáculo que a su vez estaba conectado al ordenador. Tecleó unos cuantos comandos y enseguida las imágenes de la habitación de Lawton Cross empezaron a reproducirse en la pantalla del ordenador.

—Recuerde —dijo Andre— que estábamos utilizando el sensor de movimiento, así que va a dar algunos saltos. Observe el reloj de la parte inferior para no despistarse.

La primera imagen de la pantalla era mi propio rostro. Estaba mirando a la cámara mientras ajustaba la hora del reloj. Después me aparté, dejando a la vista a Lawton Cross en su silla detrás de mí.

—Oh, Dios —dijo Burnett al ver el estado y la situación de su antiguo colega—. No sé si quiero ver esto.

—La cosa va a peor —dije, confiado en lo que pensaba que depararía el vídeo de vigilancia.

La voz de Cross se resquebrajó desde los altavoces del ordenador.

—¿Harry?

—¿Qué? —me escuché decir.

—¿Me has traído un poco?

—Un poco.

En la pantalla abrí la caja de herramientas para sacar la petaca.

En el laboratorio dije:

—Puedes pasar esto a velocidad rápida.

Andre pulsó el botón de avance rápido. La pantalla se puso negra un momento, indicando que la cámara se había apagado por ausencia de movimiento. Después volvió a encenderse cuando Danny Cross entró en la habitación. Andre volvió a poner la reproducción a velocidad normal. Miré la hora y vi que apenas habían transcurrido unos pocos minutos desde mi salida de la habitación. Danny se quedó con los brazos cruzados ante el pecho y miró a su marido inválido como si estuviera riñendo a un niño. Empezó a hablar y costaba entenderla a causa del sonido de la televisión.

—¿A quién se le ocurre poner la cámara al lado de la tele? —dijo Andre.

Tenía razón. No lo había pensado. El micrófono de la cámara captaba mejor las voces de la televisión que las de la habitación.

—Andre —dijo Burnett, atemperando la queja de su hijo—. Veamos si puedes limpiarlo un poco.

Andre usó el ratón otra vez para manipular el sonido. Retrocedió la imagen y volvió a reproducirla. El sonido de la televisión todavía molestaba, pero al menos se entendía la conversación de la habitación.

Danny Cross le habló con un tono cortante.

—No quiero que vuelva —dijo—. No es bueno para ti.

—Sí, sí lo es. Se preocupa.

—Te está utilizando. Te da licor para que le des la información que necesita.

—¿Y qué hay de malo en eso? Me parece un buen trato.

—Sí, hasta la mañana, cuando empieza el dolor.

—Danny, si uno de mis amigos viene a verme, déjalo pasar.

—¿Qué le has dicho esta vez? ¿Que te hago pasar hambre? ¿Que te abandono por la noche? ¿Qué mentira le has contado esta vez?

—Ahora no quiero hablar.

—Bien. No hables.

—Quiero soñar.

—Adelante. Al menos uno de nosotros todavía puede hacerlo.

Ella se volvió y salió de la habitación y la imagen se centró en el cuerpo inmóvil de Lawton. Enseguida se le cerraron los ojos.

—Hay un lapso de sesenta segundos —explicó Andre—. La cámara permanece encendida un minuto después de que el movimiento cesa.

—Pásalo deprisa —dije.

Ocupamos los siguientes diez minutos viendo la grabación a velocidad rápida y luego deteniéndola para observar escenas mundanas aunque desgarradoras de Danny dando de comer y limpiando a Lawton. Al final de la primera noche, la mujer del policía se llevó a éste en la silla de ruedas y la cámara se apagó durante casi ocho horas antes de que Danny volviera a entrar a Lawton en la habitación. Empezó una nueva tanda de alimentaciones y limpiezas.

Era horrible mirarlo, más todavía porque la cámara estaba situada justo a la izquierda de la televisión. Lawton Cross se pasaba el tiempo viendo la tele, pero por la posición de la cámara daba la sensación de que nos estaba mirando a nosotros.

—Esto es lamentable —dijo al final Andre—. Y ahí no hay nada. Ella lo trata bien, mejor de como lo haría yo.

—¿Quieres verlo todo, Harry? —preguntó Burnett.

Asentí.

—Creo que tienes razón, ella está limpia. Pero va a venir algo. Esa noche tuvo visita. Quiero ver eso. Puedes pasarlo deprisa si quieres. Fue cerca de la medianoche.

Andre trabajó con los controles y, efectivamente, cuando eran las 0.10 horas en el reloj de la cámara de vigilancia, dos hombres entraron en la habitación. Reconocí a Parenting Today y a su compañero. Lo primero que hizo Parenting Today fue colocarse detrás de Lawton para apagar el monitor de bebé que había en la cómoda. Después le indicó a su compañero que cerrara la puerta. Los ojos de Lawton estaban abiertos y alerta, sin duda estaba despierto antes de que ellos entraran en la habitación y la cámara se activara. Sus ojos vagaron en sus cuencas hundidas mientras trataba de seguir al agente que se movía detrás de él.

—Señor Cross, necesitamos hablar un poquito —dijo Parenting Today.

Avanzó por delante de la silla de Cross y estiró el brazo para apagar la televisión.

—Gracias a Dios —dijo Andre.

—¿Quiénes son ustedes? —preguntó Cross con voz rasposa desde la pantalla.

Parenting Today se volvió y lo miró.

—Somos del FBI, señor Cross. ¿Quién coño eres tú?

—¿Qué quiere decir? Yo no...

—Quiero decir qué quién coño te crees que eres para comprometer nuestra investigación.

—Yo no... ¿Qué es esto?

—¿Qué le has dicho a Bosch que le ha puesto el petardo en el culo?

—No sé de qué está hablando. Vino él, yo no fui a buscarlo.

—No parece que puedas ir a ninguna parte, ¿no?

Hubo un breve silencio y vi que los ojos de Lawton trabajaban. El hombre no podía mover ni un solo miembro, pero sus ojos mostraban todo el lenguaje corporal necesario.

—No son del FBI —dijo con gallardía—. Déjenme ver las placas y las identificaciones.

Parenting Today dio dos pasos hacia Cross, bloqueando con su espalda nuestra visión del hombre que estaba en la silla.

—¿Placas? —dijo con desprecio—. No necesitamos ninguna placa.

—Salgan de aquí —dijo Cross, con la voz más clara y firme que le había escuchado desde la primera vez que fui a visitarlo—. Cuando le cuente esto a Harry Bosch, será mejor que empiecen a rezar.

Parenting Today se puso de perfil para sonreír a su compañero.

—¿Harry Bosch? No te preocupes por Harry Bosch. Ya nos estamos ocupando de él. Preocúpate por ti, señor Cross.

Se inclinó hacia adelante, poniendo la cara cerca de la de Cross. Podíamos ver los ojos de Lawton cuando miraban a los del agente.

—Porque no estás a salvo. Estás entrometiéndote en un caso federal. Es un caso federal con efe mayúscula. ¿Lo entiendes?

—Que le follen. Y es follen con efe mayúscula. ¿Lo entiende?

No pude reprimir la sonrisa. Lawton se estaba esforzando para enfrentarse a él. La bala le había dejado sin movilidad, pero aún tenía pelotas.

En la pantalla, Parenting Today se alejó hacia la izquierda de la silla. La cámara captó su rostro y vi la rabia en sus ojos. Se inclinó hacia la cómoda, justo fuera del campo visual de Cross.

—Tu héroe, Harry Bosch, se ha ido y puede que no vuelva —dijo—. La cuestión es si quieres ir al sitio al que ha ido él. Un tipo como tú, en tu estado. No sé. ¿Sabes lo que hacen con tipos como tú en prisión? Ponen su silla en una esquina y los tienen haciendo mamadas todo el día. No pueden hacer otra cosa que sentarse allí y tragar. ¿Te va eso, Cross? ¿Es lo que quieres?

Cross cerró los ojos un momento, pero volvió a abrirlos con fuerza.

—¿Cree que puede detenerme? Adelante, inténtelo, gran hombre.

—¿Sí?

Parenting Today se apartó de la cómoda y se colocó delante de Cross. Se inclinó por encima de su hombro derecho como si fuera a susurrarle algo al oído. Pero no lo hizo.

—¿Y si lo intento aquí? ¿Eh? ¿Qué te parece?

El agente levantó las manos a ambos lados del rostro de Cross. Agarró los tubos de plástico que entraban por las fosas nasales del policía. Con los dedos apretó los tubos para cortar la afluencia de aire.

—Eh, Milton... —dijo el otro agente.

—Cállate, Carney. Este tío se cree muy listo. Se cree que no tiene que cooperar con el gobierno federal.

Los ojos de Cross se abrieron como platos y abrió la boca para buscar aire. Estaba sin oxígeno.

—Hijo de puta —dijo Burnett Biggar—. ¿Quién es este tío?

No dije nada. Observé en silencio, con la rabia creciendo en mi interior. Biggar tenía razón. En el vocabulario de los polis, «hijo de puta» era el insulto definitivo, el que se reservaba al peor criminal, a tu peor enemigo. Sentí ganas de decirlo, pero no me salió la voz. Estaba demasiado consumido por lo que había visto en pantalla. Lo que me habían hecho a mí no era nada comparado con la humillación de Lawton Cross.

En la pantalla, Cross estaba tratando de hablar, pero sin aire en los pulmones no podía articular palabra. El rostro del agente, que ahora sabía que se llamaba Milton, mostraba una mueca despectiva.

—¿Qué? —preguntó—. ¿Qué es eso? ¿Qué me quieres decir?

Cross lo intentó otra vez, pero no pudo.

—Di que sí con la cabeza si quieres decirme algo. Ah, es verdad, no puedes mover la cabeza.

Al final el federal soltó los tubos y Cross empezó a inspirar aire como un hombre que acaba de salir a la superficie después de una inmersión a quince metros de profundidad. Su pecho se hinchaba y las ventanillas de la nariz se le ensanchaban mientras trataba de recuperarse.

Milton se colocó delante de la silla, miró a su víctima y sonrió.

—¿Lo ves? ¿Ves qué fácil es? ¿Ahora quieres cooperar?

—¿Qué quiere?

—¿Qué le dijiste a Harry Bosch?

Los ojos de Cross se dirigieron a la cámara por un instante antes de volver a Milton. En ese momento no creo que estuviera mirando la hora. De pronto pensé que quizá Lawton conocía la existencia de la cámara. Había sido un buen poli. Tal vez había sabido en todo momento lo que yo había estado haciendo.

—Le hablé del caso. Nada más. Vino y yo le dije lo que sabía. No lo recuerdo todo. Me hirieron, ¿sabe? Me hirieron y mi memoria no es tan buena. Las cosas empiezan a volverme. Yo...

—¿Por qué vino aquí esta noche?

—Porque olvidé que tenía algunos archivos. Mi mujer lo llamó y le dejó un mensaje. Vino a buscar los archivos.

—¿Qué más?

—Nada más. ¿Qué quieren?

—¿Qué sabes del dinero que se llevaron?

—Nada. Nunca llegamos tan lejos.

Milton se adelantó y puso los dedos en torno a los tubos de oxígeno. Esta vez no los apretó. Bastó con la amenaza.

—Le estoy diciendo la verdad —protestó Cross.

—Será mejor que lo hagas.

El agente soltó los tubos.

—Has terminado de hablar con Bosch, ¿entendido?

—Sí.

—Sí, ¿qué?

—Sí, he terminado de hablar con Bosch.

—Gracias por tu cooperación.

Cuando Milton se apartó de la silla, vi que Cross tenía la mirada baja. Al salir los agentes, uno de ellos —probablemente Milton— apretó el interruptor y la habitación quedó a oscuras.

Nos quedamos allí mirando la pantalla y en el minuto que transcurrió antes de que la cámara se apagara pudimos oír —pero no ver— a Lawton Cross llorando. Eran los sollozos profundos de un animal herido y desamparado. No miré a los dos hombres que estaban conmigo y ellos no me miraron a mí. Nos limitamos a clavar la vista en la pantalla negra y escuchar.

La cámara por fin —afortunadamente— se apagó al final del minuto, pero entonces la pantalla cobró vida de nuevo cuando se encendió la luz de la habitación y entró Danny. Me fijé en la hora sobreimpresa y vi que sólo habían transcurrido tres minutos desde que los agentes federales habían abandonado la habitación. El rostro del ex policía estaba arrasado en lágrimas. Y no podía hacer nada para ocultarlas.

Danny Cross cruzó la habitación y sin decir una palabra se subió en la silla y se colocó a horcajadas sobre los delgados muslos de su marido. Se abrió la bata y atrajo la cara de Lawton a sus pechos. Lo sostuvo ahí, y él lloró otra vez. Al principio ninguno de los dos pronunció una sola palabra.

Ella en voz baja y con ternura le pidió que se callara, y entonces empezó a cantarle.

Yo conocía el tema y Danny lo cantaba bien. La suya era una voz suave como la brisa, mientras que la del vocalista original tenía la aspereza de toda la angustia del mundo. Nunca pensé que alguien pudiera interpretar bien a Louis Armstrong, pero Danny Cross, sin duda lo hizo.

Vi cielos azules
y nubes blancas.
El día bendito, brillante,
la noche sagrada, oscura,
y pensé para mí
qué mundo maravilloso.

Y ésa fue la parte más dura de observar del vídeo de vigilancia. Era la parte que más me hizo sentirme como un intruso, como si hubiera cruzado una línea de decencia en mi interior.

—Apágalo —dije por fin.

24

El momento que más marcó mi carrera como oficial de policía no ocurrió en la calle, ni trabajando en un caso. Ocurrió el 5 de marzo de 1991. Fue por la tarde y yo estaba en la sala de la brigada en la División de Hollywood, ordenando papeles. Pero como todos los demás componentes de la brigada, estaba esperando. Cuando todos empezaron a abandonar sus escritorios para reunirse en torno a los televisores, yo también me levanté. Había uno instalado en el despacho del teniente y otro montado en la pared, encima de la mesa de robos. Yo no me llevaba bien con el teniente por aquel entonces, así que me fui con los chicos de robos. Ya habíamos oído hablar de la cinta, pero poca gente la había visto. Y allí estaba. En blanco y negro y con mucho grano, pero aun así lo suficientemente clara para darnos cuenta de que las cosas iban a cambiar. Cuatro agentes de policía uniformados rodeaban a un hombre desplomado en el suelo. Rodney King era un ex presidiario que se había dado a la fuga después de una infracción de tráfico. Dos de los policías le estaban golpeando con las porras. Un tercero le pegaba patadas mientras el cuarto controlaba la pistola de descargas. Un segundo anillo de agentes observaba desde un poco más lejos. En la sala de la brigada muchos se quedaron boquiabiertos y sintieron que el corazón se les encogía. Nos sentíamos traicionados de algún modo. Hasta el último hombre y la última mujer, todos sabíamos que el departamento no resistiría a esa cinta. Iba a cambiar. El trabajo policial en Los Ángeles iba a cambiar.

Por supuesto no sabíamos cómo, ni si el cambio sería para bien o para mal. Entonces desconocíamos que las motivaciones políticas y las emociones raciales iban a alzarse como un maremoto sobre el departamento, que después habría decenas de víctimas en unos disturbios y que el tejido social de la ciudad quedaría desgarrado por completo. Pero mientras veíamos aquella cinta de vídeo casero todos sabíamos que iba a ocurrir algo. Todo a causa de ese momento de rabia y frustración representado bajo una farola en el valle de San Fernando.

Mientras estaba sentado en la sala de espera de un bufete de abogados del centro de la ciudad pensé en ello por un momento. Recordé la rabia que sentí y me di cuenta de que había vuelto a través del tiempo. La grabación del maltrato de Lawton Cross no era la cinta de King. No haría retroceder décadas las relaciones entre las fuerzas del orden y la comunidad. No cambiaría la forma en que la gente veía a la policía ni por qué decidía si debía cooperar con ella o no. Aun así, tenía una clara similitud en su enfermizamente pura descripción del abuso de poder. No poseía la fuerza para cambiar una ciudad, pero podía cambiar una burocracia como el FBI. Si yo quería hacerlo.

Pero no quería. Lo que pretendía era otra cosa, y pensaba usar la grabación para obtenerla. Al menos a corto plazo. Todavía no estaba pensando en lo que ocurriría con la grabación o conmigo más adelante.

La biblioteca en la que estaba sentado una hora después de irme de Biggar & Biggar estaba recubierta de paneles de madera de cerezo y estantes llenos de volúmenes encuadernados de libros de derecho. En los escasos huecos que había en las paredes colgaban cuadros al óleo de los socios de la firma. Me hallaba delante de una de las pinturas, examinando el fino trabajo de pincel. Mostraba a un hombre atractivo, alto, de pelo castaño y profundos ojos verdes que realzaban el bronceado del rostro. La placa dorada que había sobre el marco de caoba decía que su nombre era James Foreman. Tenía todo el aspecto de un hombre triunfador.

—¿Señor Bosch?

Me volví. La mujer con aspecto de matrona que antes me había acompañado a la biblioteca me llamó desde la puerta para a continuación acompañarme por un pasillo cuya gruesa alfombra de color verde claro susurraba la palabra dinero a cada paso que daba. Me invitó a entrar en un despacho donde una mujer a la que no conocía me esperaba detrás de una mesa. La mujer se levantó y me tendió la mano.

—Hola, señor Bosch, soy Roxanne, la ayudante de la señora Langwiser. ¿Desea una botella de agua o un café?

—Oh, no, gracias.

—Entonces puede pasar. Le está esperando.

Me indicó una puerta cerrada situada al lado de su escritorio y yo me acerqué. Llamé una vez y entré. Llevaba un maletín que me había prestado Burnett Biggar.

Janis Langwiser estaba sentada detrás de un escritorio que me hizo pensar en un garaje de dos plazas. Tampoco faltaba el techo a tres metros y medio ni los paneles de madera de cerezo ni la biblioteca. No era una mujer pequeña, al contrario, Langwiser era alta y delgada. Sin embargo, el despacho hacía que pareciera diminuta. Me sonrió al verme, y yo hice lo mismo.

—Nunca me preguntaron si quería una botella de agua o café cuando iba a verte a la oficina del fiscal.

—Ya lo sé, Harry. Sin duda los tiempos han cambiado.

Langwiser se levantó y me tendió la mano por encima del escritorio. Tuvo que inclinarse para hacerlo. Nos saludamos. La había conocido cuando ella era una novata que presentaba cargos en los tribunales penales del centro de la ciudad. Había sido testigo de su progresión y la había visto ocuparse de algunos de los casos más complicados. Fue una buena fiscal. Y estaba tratando de ser una buena abogada defensora. Eran pocos los fiscales que acababan su carrera en la fiscalía. El dinero era demasiado goloso en el otro lado. Y a juzgar por el despacho en el que me encontraba, Janis Langwiser estaba bien acomodada en ese otro lado.

—Siéntate —dijo—. ¿Sabes que he estado tratando de localizarte? Es fantástico que hayas aparecido así hoy.

Estaba perplejo.

—¿Localizarme para qué? No representarás a alguno de los que metí en la cárcel, ¿verdad?

—No, no, nada de eso. Quería hablarte de un trabajo.

Alcé las cejas. Ella sonrió como si me estuviera ofreciendo las llaves de la ciudad.

—No sé lo que tú sabes de nosotros, Harry.

—Sé que sois muy difíciles de encontrar. No estás en la guía telefónica. Tuve que llamar a un amigo mío de la fiscalía y él me dio tu número.

Langwiser asintió con la cabeza.

—Es verdad. No salimos en la guía. No lo necesitamos. Tenemos muy pocos clientes y nos ocupamos de todos los detalles legales que se cruzan en sus vidas.

—Y tú llevas los detalles criminales.

Ella vaciló. Estaba tratando de determinar desde qué ángulo la estaba abordando.

—Eso es. Yo soy la experta penal de la firma. Por eso quería llamarte. Cuando me enteré de que te habías retirado pensé que sería perfecto. No a jornada completa, pero algunas veces (depende del caso) la situación se pone complicada. Nos vendría bien alguien con tu preparación, Harry.

Me tomé un momento para componer mi respuesta. No quería ofenderla. Quería contratarla. Así que decidí no decirle que lo que estaba diciendo era imposible. Que yo nunca me iba a cambiar de campo, no importaba el dinero que me ofrecieran. No era mi estilo. Retirado o no, yo tenía una misión en la vida. Y trabajar para una abogada defensora no formaba parte de ella.

—Janis —dije—, no estoy buscando un trabajo. Podría decir que tengo uno. He venido porque quiero contratarte.

Se rió por lo bajo.

—¿Estás de broma? —dijo—. ¿Te has metido en un lío?

—Probablemente. Pero no quiero contratarte por eso. Necesito un abogado en el que pueda confiar para que me guarde algo y tome las medidas apropiadas si es necesario.

Langwiser se inclinó sobre el escritorio. Todavía estaba a dos metros de mí.

—Harry, esto se pone misterioso. ¿Qué está pasando?

—En primer lugar, ¿cuál es tu tarifa habitual? Empecemos por aclarar la cuestión económica.

—Harry, nuestra minuta mínima es de veinticinco mil dólares, así que olvídate de eso. Estoy en deuda contigo por los muchos casos a toda prueba que me proporcionaste. Considérate un cliente.

Me sacudí la sorpresa del rostro.

—¿De veras? ¿Veinticinco mil sólo por abrir un expediente?

—Eso es.

—Bueno, tienen a la persona adecuada.

—Gracias, Harry. Veamos, ¿qué es eso que quieres que haga?

Abrí el maletín que me había dado Burnett Biggar para llevar el segundo equipo de material que me había prestado junto con la tarjeta de memoria y los tres cedés que contenían copias de la cinta de vigilancia. Andre había hecho las copias. Puse la tarjeta de memoria y los cedés en el escritorio de Langwiser.

—Esto es una vigilancia que hice. Quiero que guardes el original (la tarjeta de memoria) en un lugar seguro. Quiero que guardes un sobre con uno de los cedés y una carta mía. Quiero el número privado de tu despacho. Voy a llamar todos los días a medianoche para decirte que estoy bien. Por la mañana cuando llegues, si escuchas el mensaje es que todo va bien. Si llegas y no hay mensaje, entonces entregas el sobre a un periodista del *Times* llamado Josh Meyer.

—Josh Meyer. Me suena el nombre. ¿Trabaja en judicial?

—Creo que antes se ocupaba de casos de delincuencia local. Ahora está en terrorismo. Trabaja desde Washington.

—¿Terrorismo, Harry?

—Es una larga historia.

Miró su reloj.

—Tengo tiempo. Y también tengo un ordenador.

Primero me tomé quince minutos para hablarle de mi investigación privada y de todo lo que había sucedido desde que Lawton Cross me había llamado cuando menos lo esperaba y yo había bajado del estante el archivador de los viejos casos. Entonces dejé que pusiera el cedé en su ordenador y observara el vídeo de la vigilancia. No reconoció a Lawton Cross hasta que le dije quién era. Reaccionó con la indignación apropiada cuando vio la parte en la que aparecían los agentes Milton y Carney. Le pedí que lo apagara antes de que Danny Cross entrara en la habitación para consolar a su marido.

—La primera pregunta, ¿eran agentes de verdad? —preguntó cuando el ordenador expulsó el disco.

—Sí, forman parte de la brigada antiterrorista que trabaja desde Westwood.

Sacudió la cabeza, consternada.

—Si esto llega al *Times* y después a la tele, entonces...

—No quiero ir tan lejos. Ahora mismo, ése es el peor de los escenarios.

—¿Por qué no, Harry? Son agentes sin ley. Al menos ese Milton lo es. Y el otro es igual de culpable por quedarse ahí sin hacer nada por impedirlo.

Langwiser hizo un ademán hacia su ordenador, donde el vídeo de vigilancia había sido sustituido por un salvapantallas que mostraba una bucólica escena de una casa sobre un acantilado con vistas al océano y las olas llegando incesantemente a la orilla.

—¿Crees que eso es lo que el fiscal general y el Congreso de Estados Unidos querían cuando aprobaron la legislación que cambió y dinamizó las normas del FBI después del Once de Septiembre?

—No, no lo creo —respondí—, pero deberían haber sabido lo que podía ocurrir. ¿Qué es lo que se dice, que el poder absoluto se corrompe absolutamente? Algo así. De todos modos, estaba cantado que este tipo de cosas iban a ocurrir. Deberían haberlo previsto. La diferencia es que ahí no tenemos a un lumpen de Oriente Próximo, sino a un ciudadano de Estados Unidos, un ex policía tetrapléjico porque le dispararon en acto de servicio.

Langwiser asintió con gravedad.

—Por eso mismo deberías hacerlo público. La gente tiene que ver que...

—Janis, ¿vas a trabajar para mí o debería recoger todo esto y buscar a otra persona?

Ella alzó las manos en ademán de rendición.

—Sí, trabajo para ti, Harry. Sólo estaba diciendo que no deberíamos permitir que esto pasara.

—No estoy hablando de dejarlo estar. Simplemente no quiero hacerlo público todavía. Primero necesito usarlo como palanca. Primero quiero conseguir lo que necesito.

—¿Qué es?

—Iba a llegar a eso, pero empezaste a ponerte en plan Ralph Nader.

—Vale, lo siento. Ahora ya me he calmado. Cuéntame tu plan, Harry.

Y eso hice.

25

Kate Mantilini's, en Wilshire Boulevard, tenía una fila de reservados que permitían a sus ocupantes más intimidad que las cabinas privadas de los numerosos clubes de estriptis de la ciudad. Por eso había elegido el restaurante para la cita. Ofrecía mucha intimidad y al mismo tiempo era un lugar muy público. Llegué allí quince minutos antes de la hora convenida, elegí un reservado con ventana que daba a Wilshire y esperé. El agente especial Peoples también llegó antes de la hora. Tuvo que recorrer todo el pasillo y mirar en cada uno de los reservados antes de encontrarme y deslizarse en silencio y con aire taciturno en el asiento que quedaba enfrente del mío.

—Agente Peoples, me alegro de que haya podido venir.

—No me parece que tuviera elección.

—Supongo que no.

Abrió uno de los menús que había en la mesa.

—Nunca había estado aquí antes. ¿Se come bien?

—No está mal. Los jueves hay un buen pastel de pollo.

—Hoy no es jueves.

—Y usted no ha venido a comer.

Levantó la mirada del menú y me dedicó su mejor mirada asesina, pero esta vez él no controlaba la situación. Los dos sabíamos que en esta ocasión yo llevaba la mejor mano. Miré por la ventana y observé a ambos lados de Wilshire.

—¿Ha desplegado a su gente en la calle, agente Peoples? ¿Me están esperando?

—He venido solo, como me instruyó su abogada.

—Muy bien. Si su gente vuelve a cogerme o hace algún movimiento contra mi abogada, la consecuencia será que esa grabación de vigilancia que le envié por correo electrónico llegará a los medios a través de Internet. Hay gente que lo sabrá si desaparezco. La harán pública sin pensárselo dos veces.

Peoples negó con la cabeza.

—No para de decir esa palabra, «desaparecer». Esto no es Suramérica, Bosch. Y nosotros no somos nazis.

Asentí con la cabeza.

—Sentados en este bonito restaurante está claro que no lo parece. Pero cuando estuve en aquella celda de la novena planta y nadie sabía dónde estaba, eso ya era otra historia. *Mouse* Aziz y esos otros tipos que están allí probablemente no ven ahora mismo ninguna diferencia entre California y Chile.

—¿Y ahora los está defendiendo? A los hombres que quieren ver a este país arrasado.

—Yo no estoy defen...

Me detuve cuando la camarera entró en el reservado. Dijo que se llamaba Kathy y preguntó si ya sabíamos qué queríamos. Peoples pidió café y yo también pedí café y un helado con fruta sin nata montada. Después de que Kathy se hubo marchado, Peoples me miró divertido.

—Estoy retirado, puedo comerme un helado.

—Menudo retiro.

—Aquí hacen buenos helados, y cierran tarde. Es una buena combinación.

—Lo recordaré.

—¿Ha visto la película *Heat*? Éste es el sitio donde el poli Pacino se reúne con el ladrón De Niro. Es donde los dos se dicen que no dudarán en acabar con el otro si se da el caso.

Peoples asintió y ambos nos sostuvimos la mirada un momento. Mensaje comunicado. Decidí ir al grano.

—¿Qué le parece mi cámara de vigilancia?

La fachada cayó y Peoples de repente pareció herido. Tenía aspecto de que lo hubieran arrojado a los leones. Sabía lo que le deparaba el futuro si esa cinta se hacía pública. Milton trabajaba para él; así que lo arrastraría en su caída. La grabación de Rodney King arrasó el Departamento de Policía de Los Ángeles hasta llegar a la cúpula. Peoples era lo bastante listo para saber que caería si no contenía el problema.

—Sentí repulsión por lo que vi. En primer lugar le pido disculpas y tengo intención de ir a ver a ese hombre, Lawton Cross, y pedirle disculpas también.

—Es un detalle.

—No crea ni por un momento que es así como trabajamos. Que ése es el statu quo ni que lo apruebo. El agente Milton es historia. Está en la calle. Lo supe en el mismo momento en que vi la grabación. No le prometo que vaya a ser acusado ante un fiscal, pero no volverá a llevar placa en mucho tiempo. No una placa del FBI. De eso me ocuparé.

Asentí.

—Sí, se ocupará de eso.

Lo dije con sarcasmo de alto voltaje y vi que eso le ponía cierto color en las mejillas. El rubor de la rabia.

—Usted ha convocado la reunión, Bosch. ¿Qué quiere?

La pregunta que estaba esperando.

—Ya sabe lo que quiero. Quiero que me dejen en paz. Quiero que me devuelvan mis archivos y mis notas. Quiero que me devuelvan el archivo de Lawton Cross. Quiero una copia del expediente del caso de asesinato del departamento de policía (que sé que lo tienen) y quiero disponer de acceso a Aziz y a la información que tienen de él.

—Lo que tenemos de él es clasificado. Es un asunto de seguridad nacional. No podemos...

—Desclasifíquelo. Quiero saber si la conexión con el golpe del rodaje es sólida. Quiero saber lo que tienen de sus coartadas en dos noches. Toda esa inteligencia federal tiene que servir para algo y lo quiero. Y después quiero hablar con él.

—¿Con quién? ¿Con Aziz? Eso no va a suceder.

Me incliné sobre la mesa.

—Ya lo creo que sí. Porque la alternativa es que todo el mundo que tenga tele o acceso a Internet va a ver lo que su chico Milton le hizo a un hombre indefenso en silla de ruedas. Si añadimos que es un ex policía condecorado que perdió el uso de sus miembros cuando estaba en acto de servicio... ¿Cree que la cinta de Rodney King le hizo daño a la policía de Los Ángeles? Espere y verá lo que pasará con ésta. Le garantizo que Milton y usted y todo ese montaje TV de la novena planta se irá a la mierda por acción del FBI y del fiscal general y todo lo demás más deprisa de lo que puede decir acusación por derechos civiles. ¿Lo ha entendido, agente especial Peoples?

Le di un momento para responder, pero no lo hizo. Tenía la vista fija en la ventana que daba a Wilshire.

—Y si cree por un momento que no apretaré el gatillo en esto, es que no me ha investigado bien.

Esta vez esperé y al final sus ojos regresaron de la ventana y se fijaron en mí. La camarera llegó y sirvió nuestros cafés y me dijo que enseguida venía mi helado. Ni Peoples ni yo le dimos las gracias.

—Créame —dijo Peoples—. Sé que apretaría el gatillo. Usted es de esa clase de gente, Bosch. Conozco a los de su condición. Se pondría a usted y a sus intereses por delante de un bien mayor.

—No me venga con ese cuento del bien mayor. No se trata de eso. Me da lo que le he pedido y se deshace de Milton, entonces podrá seguir como si nada hubiera pasado. Nadie verá la grabación. ¿Qué le parece eso como bien mayor?

Peoples se inclinó para dar un sorbo a su café. Como había hecho en la celda de la novena planta, se quemó la lengua e hizo un gesto de dolor. Apartó la taza y el platillo y después se deslizó hasta el borde del reservado antes de volver a mirarme.

—Estaremos en contacto.

—Veinticuatro horas. Si no tengo noticias suyas antes de mañana a esta hora se acabó el trato. Lo haré público.

Se levantó y se quedó junto al reservado, mirándome y todavía con la servilleta en la mano.

—Deje que le pregunte una cosa —dijo—. Si está aquí, ¿quién usó su tarjeta de crédito anoche para pagar una cena en el Commander's Palace de Las Vegas?

Sonreí. Me habían investigado.

—Una amiga. ¿Es un buen sitio ese Commander's Palace?

—Uno de los mejores. He estado allí. Las gambas se te deshacen en la boca.

—Supongo que eso es fantástico.

—Sí, y también es caro. Su amiga cargó más de cien pavos en su American Express. Cena para dos, diría. —Dejó caer la servilleta en la mesa—. Estaremos en contacto.

Un momento después de que Peoples se marchara, la camarera me trajo el helado. Le pedí la cuenta y me dijo que la traería enseguida.

Metí la cucharilla en el *fudge* y en el helado, pero no lo probé. Me quedé sentado pensando en lo que Peoples acababa de decir. No sabía si había una amenaza implícita en lo que me había dicho de que alguien había usado mi tarjeta de crédito. Tal vez incluso sabía quién había sido. Pero en lo que más pensaba era en lo que había dicho de la cena para dos en el Commander's Palace. Otra vez ese plural. Me pasaba como con Eleanor, no podía olvidarlo.

26

Como la artimaña de Las Vegas ya se había destapado, volví conduciendo hasta el aeropuerto de Burbank, devolví mi coche de alquiler y cogí el enlace hasta el aparcamiento de larga estancia para recoger mi Mercedes. Le había cogido prestado el transportín a Lawton Cross y lo había guardado en el maletero del Mercedes. Antes de salir lo saqué y lo deslicé debajo del coche. Desconecté el buscador por satélite y el sensor térmico y conecté todo el equipo de vigilancia en los bajos de la furgoneta que estaba aparcada al lado. Volví a subir al Mercedes y al dar marcha atrás vi que la furgoneta tenía matrícula de Arizona. Si Peoples no mandaba a alguien a recoger el material del FBI, tendrían que ir a buscarlo al estado vecino. Todavía no se me había borrado la sonrisa cuando me acerqué a la cabina del aparcamiento para pagar.

—Veo que ha tenido un viaje agradable —comentó la mujer que cogió mi tiquet.

—Sí, supongo que sí. He vuelto vivo.

Fui a casa y llamé a Janis Langwiser desde el móvil en cuanto entré por la puerta. Ella había modificado ligeramente mi plan. No quería que le dejara un mensaje en su despacho cada noche e insistió en que la llamara directamente a su móvil.

—¿Cómo ha ido?

—Bueno, ha ido. Ahora sólo tengo que esperar. Le di hasta mañana por la noche. Supongo que entonces lo sabremos.

—¿Y cómo se lo ha tomado?

—Como esperaba. No bien. Pero creo que al final vio la luz. Creo que me llamará mañana.

—Eso espero.

—¿Está todo listo en tu lado?

—Eso creo. La tarjeta de memoria está en la caja de seguridad y esperaré a tener noticias tuyas. Si no las recibo, entonces ya sabré qué hacer.

—Bueno, Janis. Gracias.

—Buenas noches, Harry.

Colgué y pensé en un par de cosas. Todo parecía en orden. Era Peoples quien debía hacer el siguiente movimiento. Volví a levantar el teléfono y llamé a Eleanor. Contestó de inmediato, sin rastro de sueño en su voz.

—Lo siento, soy Harry. ¿Estás jugando?

—Sí y no. Estoy jugando, pero no me está yendo bien, así que me he tomado un descanso. Estoy en la puerta del Bellagio, viendo las fuentes.

Podía imaginármela en la barandilla, con las fuentes danzantes encendidas delante de ella. Oía la música y el chapoteo del agua a través de la línea telefónica.

—¿Qué tal fue en el Commander's Palace?

—¿Cómo lo sabes?

—Anoche tuve una visita del FBI.

—Qué rápido.

—Sí, he oído que es un buen restaurante. Las gambas se te deshacen en la boca. ¿Te gusta?

—Está bien. Me gusta más el de Nueva Orleans. La comida es la misma, pero el original siempre es el original.

—Sí. Además seguramente no es tan bueno comiendo sola.

Casi blasfemé en voz alta por lo patético y transparente que había sido mi comentario.

—No estaba sola. Fui con una amiga con la que juego. No me dijiste que hubiera límite de gasto, Harry.

—No, ya lo sé. No lo había.

Necesitaba cambiar de rumbo. Los dos sabíamos lo que

le había preguntado y la situación se estaba poniendo embarazosa, especialmente considerando que podría haber más gente escuchando.

—No te fijaste en que nadie te estuviera observando, ¿verdad?

Hubo una pausa.

—No, y espero que no me hayas metido en ningún lío, Harry.

—No, tranquila. Sólo te llamaba para decirte que la trampa se acabó. El FBI sabe que estoy aquí.

—Maldición, no he tenido ocasión de irme a comprar ese regalo que me prometiste.

Sonreí. Estaba bromeando y lo sabía.

—No pasa nada, todavía puedes hacerlo.

—¿Va todo bien, Harry?

—Sí, bien.

—¿Quieres hablar de eso?

«No en esta línea», pensé, pero no lo dije.

—Tal vez cuando vuelva a verte. Ahora mismo estoy demasiado cansado.

—Vale, entonces te dejo. ¿Qué quieres que haga con tus tarjetas? Y sabes que te dejaste la bolsa en el asiento de atrás de mi coche.

Lo soltó como si supiera que lo había hecho a propósito.

—Um, ¿por qué no me la guardas por ahora y cuando termine con este asunto vuelvo y me la das?

Pasaron unos segundos antes de que contestara.

—Pero avísame con un poco más de tiempo que hoy —dijo al fin—, para prepararme.

—Desde luego. Lo haré.

—Vale, Harry, he de volver a entrar. Tal vez haber hablado contigo me haya cambiado la suerte.

—Eso espero, Eleanor. Gracias por hacer esto por mí.

—De nada. Buenas noches.

—Buenas noches.

Ella colgó.

—Y buena suerte —dije a la línea desconectada.

Colgué el teléfono y traté de pensar en la conversación y en lo que ella quería decir. «Avísame con un poco más de tiempo que hoy, para prepararme.» Era como si quisiera que la avisara antes de ir. ¿Para que pudiera hacer qué? ¿Para qué tenía que prepararse?

Me di cuenta de que podría devanarme los sesos preocupándome con cada frase. Dejé a Eleanor y mis dudas a un lado y me llevé una cerveza de la nevera a la terraza de atrás. Era una noche fría y clara y las luces de la autovía parecían titilar como un collar de diamantes. El viento trajo la risa de una mujer colina arriba. Empecé a pensar en Danny Cross y en la canción que ella tan dulcemente le había cantado a su marido. En el amor y en la pérdida, la noche siempre es sagrada. El mundo es maravilloso sólo si puedes hacer que sea así. No hay carteles en las calles que señalen a Paradise Road.

Decidí que cuando todo lo que tenía entre manos hubiera concluido iría a Las Vegas y no volvería. Echaría los dados, iría a ver a Eleanor y jugaría mis cartas.

27

A la mañana siguiente extendí sobre la mesa los documentos que había rescatado del motor del Chevrolet de Lawton Cross. Fui a la cocina para prepararme una taza de café, pero se me había acabado. Podía bajar la colina para ir a comprar a la tienda, pero no quería separarme del teléfono. Estaba esperando que Janis Langwiser llamara temprano, así que me senté en la mesa con una botella de agua y empecé a estudiar los informes que Cross había copiado y se había llevado a su casa casi cuatro años antes.

Lo que tenía era una copia del informe de los números de serie preparado por el banco que había prestado el dinero a la productora, y las hojas de tiempo y localización que Lawton Cross y Jack Dorsey habían preparado antes de que sus horarios pudieran llenarse con otros casos.

El informe bancario, cuatro páginas de números de serie tomados al azar de los billetes de cien dólares contenidos en el envío para el rodaje, lo habían preparado dos personas llamadas Linus Simonson y Jocelyn Jones. Llevaba asimismo la firma del supervisor, un vicepresidente del banco llamado Gordon Scaggs.

Simonson era un nombre que conocía. Había sido uno de los empleados del banco que acudieron al escenario del rodaje el día del golpe. Resultó herido en el tiroteo. Ahora sabía por qué estaba allí; había ayudado a preparar el envío de dinero y probablemente estaba encargado de cuidar de él durante la filmación.

Scaggs también era un apellido familiar. Figuraba entre los nombres que me había dado Alexander Taylor cuando le había preguntado al productor de cine quién estaba al corriente de la entrega de efectivo en el escenario del rodaje. Aunque ya no tenía la lista de nueve nombres que había obtenido de Taylor porque el FBI se la había llevado durante el registro de mi casa, recordaba el nombre de Scaggs.

Consagrado al estudio de todo lo relativo al caso que pudiera tocar, examiné la lista de números de serie, pensando que tal vez algo llamaría mi atención. Pero nada me atrapó. Los números eran como un código indescifrable que encerraba el secreto del caso, simplemente cuatro páginas de cifras sin ningún orden concreto.

Finalmente, aparté el informe y cogí las hojas de coartadas. Primero busqué los nombres de Scaggs, Simonson y Jones y vi que Dorsey y Cross ya habían efectuado comprobaciones T&L de los tres empleados bancarios. Cross se había ocupado de Scaggs y Jones mientras que Dorsey se encargó de Simonson. Sus localizaciones se contrastaron con horas clave en el asesinato de Angella Benton y el posterior golpe en el rodaje.

Los tres contaban con coartadas que descartaban su implicación física en los crímenes. Simonson, por supuesto, estaba en la escena del golpe, pero se encontraba allí en representación del banco. El hecho de haber recibido el disparo de uno de los atracadores también tendía a añadir peso a su exculpación, aunque, por supuesto, no lo excluía de una posible implicación tangencial. Cualquiera de ellos podía haber sido el cerebro que había permanecido en la sombra mientras se desarrollaba el plan. O, al menos, cualquiera de ellos podía haber sido la fuente de información de la entrega del dinero en el rodaje.

Lo mismo ocurría con los otros ocho nombres del informe T&L. Todos habían sido excluidos mediante coartadas de su participación física en los crímenes. No obstante, yo no disponía de otros informes o archivos que indicaran qué se había hecho para determinar si tenían una relación de fondo con el crimen.

Me di cuenta de que me patinaban las ruedas. Estaba tratando de jugar un solitario con una baraja incompleta. Faltaban los ases y no había forma de que pudiera ganar. Tenía que conseguir todas las cartas. Tomé un trago de agua y lamenté que no fuera café. Empecé a pensar en lo importante que era mi jugada con Peoples. Si no funcionaba, estaba perdido. Las manos extendidas de Angella Benton me atormentarían durante el resto de mi vida, pero no habría nada que pudiera hacer al respecto.

Como si acabara de darle pie, sonó el teléfono. Entré en la cocina y lo descolgué. Era Janis Langwiser, aunque no se identificó.

—Soy yo —dijo—. Tenemos que hablar.

—Vale, estoy metido en algo. Te llamo ahora mismo.

—Vale.

Ella colgó sin protestar. Lo tomé como una señal de que creía lo que le había contado de mi casa y de que tenía el teléfono pinchado. También lo tomé como una señal de que Peoples estaba actuando de la forma que yo había previsto. Cogí las llaves de la encimera y salí a la calle.

Conduje colina abajo. En el punto donde Mulholland se enrosca por el otro lado de la colina y se encuentra con Woodrow Wilson y Cahuenga vi un Corvette esperando a que cambiara el semáforo. Conocía al conductor, más o menos. De cuando en cuando lo había visto corriendo, o conduciendo su Corvette, por mi casa. En alguna ocasión también había hablado con él en la comisaría. Era un detective privado que vivía al otro lado de la colina. Saqué el brazo por la ventana y lo saludé con la palma hacia abajo. Él me devolvió el saludo. Que navegues bien, hermano. Iba a necesitarlo. El semáforo se puso verde y él se dirigió a Cahuenga mientras yo seguía hacia el norte.

Compré café en una tienda abierta las veinticuatro horas y recurrí a un teléfono público situado junto a Poquito Más para llamar a Langwiser al móvil. Contestó enseguida.

—Entraron anoche —dijo—. Como habías predicho.

—¿Los grabaste?

—Sí. Es perfecto. Claro como el día. Era el mismo tipo de la primera vigilancia, Milton.

Asentí para mí. La llamada a mi casa la noche anterior —en la que Janis había dicho que había guardado la tarjeta de memoria en la caja de seguridad— había sido el anzuelo y Milton lo había mordido. Antes de irme de su oficina había instalado otra de las cámaras de Biggar & Biggar —la radio— en su escritorio y la había orientado hacia la estantería en la que se hallaba la caja fuerte.

—Dio algunas vueltas, pero al final la encontró. Sacó toda la caja de la pared y se la llevó.

Ella había vaciado la caja la noche anterior. Yo había puesto un trozo de papel doblado. Decía: «Que te Follen, con F mayúscula.» Me imaginé a Milton desdoblándolo y leyéndolo, si había conseguido abrir la caja.

—¿Algo más en las oficinas?

—Sacó un par o tres de cajones para que pareciera un robo normal.

—¿Alguien llamó a la policía para denunciarlo?

—Sí, pero todavía no se ha presentado nadie. Típico.

—No menciones el vídeo de vigilancia por el momento.

—Ya lo sé. Como quedamos. ¿Qué he de hacer ahora?

—¿Todavía tienes la dirección de correo electrónico de Peoples?

—Claro.

La noche anterior, ella había obtenido la dirección con bastante facilidad de una ex colega que trabajaba en la fiscalía federal.

—Muy bien, envíale otro mensaje. Adjunta el último vídeo de vigilancia y dile que he adelantado la hora límite al mediodía de hoy. Si no tengo noticias suyas antes, que vaya poniendo la CNN para ver el resultado. Envíaselo en cuanto puedas.

—Estoy conectada ahora mismo.

—Bien.

Tomé un sorbo de café mientras la escuchaba escribir. Andre Biggar había incluido en el maletín el dispositivo informático que Langwiser iba a necesitar para ver las imágenes de la tarjeta de memoria grabadas por la cámara de la radio. De este modo, podía adjuntar un fichero que contenía el vídeo de vigilancia a un mensaje de correo.

—Ya está —dijo finalmente—. Buena suerte, Harry.

—Probablemente la necesitaré.

—Recuerda llamarme esta medianoche o seguiré las instrucciones.

—Claro.

Colgué y volví a la tienda a por una segunda taza de café. Ya estaba acelerado con el informe de Langwiser, pero supuse que podría necesitar la cafeína antes de que terminara el día.

Cuando volví a casa estaba sonando el teléfono. Abrí la puerta y entré justo a tiempo para coger el teléfono de la encimera de la cocina.

—¿Sí?

—¿Señor Bosch? Soy John Peoples.

—Buenos días.

—Yo no diría eso. ¿Cuándo puede venir?

—Ahora mismo salgo.

28

El agente especial Peoples estaba esperándome en el vestíbulo de la primera planta del edificio federal de Westwood. Estaba de pie cuando entré. Tal vez había estado allí de pie todo el tiempo desde que me llamó.

—Sígame —dijo—. Vamos a hacer esto rápido.

—Mientras funcione...

Después de hacer una señal con la cabeza a un guardia uniformado me condujo a través de una puerta de seguridad utilizando una tarjeta magnética que luego volvió a usar para acceder al ascensor que ya conocía.

—Tienen su propio ascensor y todo —dije—. ¡Qué bien!

Peoples no se inmutó. Giró el cuello para mirarme a los ojos.

—Hago esto porque no tengo elección. He decidido acceder a esta extorsión porque creo en el bien mayor de lo que intento conseguir aquí.

—¿Por eso envió a Milton al despacho de mi abogada anoche? ¿Todo eso formaba parte del bien mayor del que está hablando?

No respondió.

—Mire, puede odiarme y me parece bien. Es su opción. Pero no nos vamos a engañar. No se oculte detrás de esa historia, porque los dos sabemos lo que está pasando aquí. Su hombre cruzó la línea y lo pillaron. Ahora es el momento de pagar el precio. De eso se trata, es así de simple.

—Y mientras tanto se compromete una investigación y se ponen en peligro vidas.

—Eso ya lo veremos, ¿no?

El ascensor se abrió en la novena planta y Peoples salió sin contestar. La tarjeta, siempre a mano, nos permitió abrir otra puerta y acceder a una sala de brigada donde había varios agentes trabajando. Mientras pasábamos, la mayoría dejaron lo que estaban haciendo para mirarme. Supuse que o bien les habían informado de quién era yo y de lo que estaba haciendo o simplemente la presencia de un extraño en aquel santuario era insólita.

Cuando estaba en medio de la sala, localicé a Milton sentado ante un escritorio del fondo. Estaba recostado en su silla, simulando que estaba relajado. Pero distinguí la rabia que se ocultaba tras aquella fachada. Le guiñé un ojo y desvié mi atención.

Peoples me invitó a entrar en una pequeña sala donde había un escritorio y dos sillas. Sobre el escritorio había una caja de cartón. Miré en su interior y reconocí mi propia libreta y mi expediente de Angella Benton. También estaba el expediente del garaje de Lawton Cross y una carpeta negra llena de documentos de cinco centímetros de grosor. Supuse que era la copia del expediente del caso del Departamento de Policía de Los Ángeles. Me puse nervioso de sólo mirarlo. Era el mazo completo de naipes que había estado buscando.

—¿Dónde está el resto? —pregunté.

Peoples rodeó la mesa y abrió el cajón del medio. Sacó un archivo y lo dejó sobre la mesa.

—Ahí dentro encontrará los informes de localización del sujeto en las dos fechas que ha solicitado. No creo que le ayuden, pero es lo que quería. Puede mirarlos, pero no puede llevárselos. No saldrán de este despacho, ¿está claro?

Asentí, decidiendo no tentar más la suerte.

—¿Y Aziz?

—Cuando esté listo, le pondré en una sala con él. Pero no va a hablar con usted. Está perdiendo el tiempo.

—No se preocupe por mi tiempo.

—Cuando haya terminado, antes de que salga de aquí, llamará a su abogada y le pedirá que entregue el original y todas las copias de las grabaciones de vigilancia que tiene de anoche y de la noche anterior.

Negué con la cabeza.

—Lo siento, pero ése no es el trato.

—Sí que lo es.

—No, yo nunca dije que fuera a entregar las grabaciones. Lo que dije era que no iba a hacerlas públicas. Es distinto. No voy a entregar mi única arma. No soy estúpido, John.

—Hicimos un trato —dijo, con las mejillas empezando a enrojecer de rabia.

—Y voy a mantenerlo. Exactamente como lo ofrecí.

Busqué en mi bolsillo y saqué una cinta de casete. Se la tendí.

—Si no lo cree, puede escucharlo usted mismo. Anoche en el restaurante llevaba un micrófono.

Vi en su expresión cómo registraba que incluso lo tenía a él directamente implicado.

—Quédesela, John. Considérelo un gesto de buena voluntad. Es el original. No hay copias.

Lentamente estiró el brazo para alcanzar la cinta. Yo me situé detrás del escritorio.

—¿Por qué no echo un vistazo a lo que hay en el archivo mientras usted hace lo que tenga que hacer para preparar a Aziz?

Peoples se guardó la cinta en el bolsillo y asintió.

—Volveré dentro de diez minutos —dijo—. Si alguien entra y le pregunta qué está haciendo, cierre el archivo y dígale que venga a verme.

—Una última cosa. ¿Y el dinero?

—¿Qué?

—¿Cuánto dinero del golpe del rodaje tenía Aziz debajo del asiento del coche?

Pensé que había visto una leve sonrisa asomando al rostro de Peoples, pero enseguida desapareció.

—Tenía cien pavos. Un billete relacionado con el golpe.

Se quedó el tiempo suficiente para ver la decepción en mi rostro antes de cerrar la puerta.

Después de que Peoples abandonara la sala, yo me senté al escritorio y abrí el archivo. Éste contenía dos páginas con sellos de seguridad y tenía palabras en medio de los párrafos y párrafos enteros tachados con tinta negra. Estaba claro que Peoples no iba a dejarme ver nada que no me hubiera ganado, o por lo que no le hubiera extorsionado, según sus términos.

Las páginas estaban sacadas de lo que suponía que era un archivo mayor. Había un código en letra pequeña en la esquina superior izquierda. Me estiré hasta la caja de cartón y abrí mi archivo. Saqué una de las hojas sueltas de papel de notas y escribí los códigos de cada una de las páginas. Después leí lo que Peoples me estaba permitiendo leer.

La primera página tenía dos párrafos con fechas.

11-5-99. SUJETO confirmado en Hamburgo a las ██████ en compañía de ██████ ██████ ██████ y ██████ ██████. SUJETO visto en restaurante por ██████ aproximadamente entre las 20.00 y las 23.30 horas. No hay más detalles.

1-7-99. Pasaporte del SUJETO revisado en Heathrow a las 14.40 horas. Se determina su llegada en el vuelo Lufthansa 698 de Frankfurt. No hay más detalles.

Los párrafos anteriores y posteriores a estos dos estaban tachados por completo. Lo que estaba viendo era el archivo de un seguimiento de años de Aziz por parte de los federales. Estaba en la lista de vigilados. Eso era todo. Avistamientos por parte de informantes o agentes y controles de pasaporte en aeropuertos.

Las dos fechas de la página se situaban a ambos márgenes del asesinato de Angella Benton y del golpe del rodaje. De ningún modo exoneraban a Aziz de una participación activa ni de una implicación en la planificación de los crímenes. Aun así, si creía el documento que tenía ante mí, Aziz había estado en Europa tanto antes como después de que se produjeran los crímenes que estaba investigando. Pero no era una coartada. Según el artículo del *Times*, Aziz era conocido por viajar con identidad falsa. Cabía la posibilidad de que se hubiera colado en Estados Unidos para cometer los crímenes y después se hubiese escurrido a Europa.

Continué con la siguiente página. Ésta sólo contenía un párrafo sin tachar. Pero la fecha era una coincidencia directa.

19-3-00. Revisión del pasaporte del SUJETO en LAX-CA. Llegada en vuelo Qantas 88 desde Manila a las 18.11 horas. Comprobación y registro de seguridad. Interrogado por ███████ ███████, de la oficina de campo de Los Ángeles. Véase transcripción #00-44969. Puesto en libertad a las 21.15 horas.

Aziz contaba con lo que parecía una coartada perfecta para la noche en que la agente Martha Gessler había desaparecido. Fue interrogado por un agente del FBI en el aeropuerto internacional de Los Ángeles hasta las 21.15, lo cual lo situaba en custodia federal en el mismo momento en que Gessler desapareció en el trayecto del trabajo a casa.

Volví a poner las dos hojas en el archivo y puse éste en el cajón. Me guardé en la carpeta la hoja sin escribir ninguna nota —no había nada que escribir— y saqué el expediente del caso. Estaba a punto de empezar con él cuando se abrió la puerta de la sala y vi a Milton. No dije nada. Esperé a que él hiciera el primer movimiento. Entró y miró por la sala como si fuera del tamaño de una nave industrial. Al final habló sin mirarme.

—Tienes cojones, Bosch. Hacer lo que haces y creer que voy a dejar que te salgas con la tuya.

—Supongo que podría decir lo mismo de ti.

—Yo no me habría tragado esta bola.

—Pues te habrías equivocado.

Se inclinó hacia adelante, puso ambas manos en la mesa y me miró a los ojos.

—Eres historia, Bosch. El mundo te ha pasado por encima, pero aquí estás, agarrándote a un clavo ardiendo, jodiendo a la gente que quiere proteger el futuro.

No me impresionó, y creo que así se lo mostré. Me recosté y lo miré.

—¿Por qué no te calmas, tío? Por lo que yo sé no tienes por qué preocuparte. Tienes un jefe que está más preocupado en taparlo todo que en hacer limpieza. No te pasará nada, Milton. Creo que está cabreado porque te han pillado, no por lo que has hecho.

Me señaló con el dedo.

—No se te ocurra meterte por ese camino. El día que quiera que me des un consejo profesional, entregaré la placa.

—Bien. Entonces ¿qué quieres?

—Quiero avisarte. Ten cuidado, Bosch. Porque no he terminado contigo.

—Estaré preparado.

Se volvió y salió, dejando la puerta abierta. Al cabo de unos segundos volvió Peoples.

—¿Está preparado?

—Sí.

—¿Dónde está el archivo que le di?

—Lo he vuelto a dejar en el cajón.

Se inclinó por encima del escritorio y abrió el cajón para asegurarse. Incluso abrió la carpeta para cerciorarse de que no le había engañado.

—Muy bien, vamos. Traiga su caja.

Lo seguí a través de un par de puertas de seguridad y volví a hallarme en el pasillo de los calabozos, pero antes de acercarnos a las celdas con las ventanas de espejo Peoples abrió una puerta con su tarjeta magnética y me hizo entrar en una sala de interrogatorios. Había una mesa y dos sillas. Mousouwa Aziz ya estaba sentado en una de ellas. Un agente al que no había visto antes estaba apoyado en un rincón, a la izquierda de la puerta. Peoples se colocó en la otra esquina.

—Siéntese —dijo—. Tiene quince minutos.

Dejé la caja en el suelo, aparté de la mesa la silla libre y me senté enfrente de Aziz. Parecía débil y delgado. Una línea de pelo negro le había crecido bajo el rubio teñido. Sus ojos de párpados caídos estaban inyectados en sangre y me pregunté si alguna vez apagaban la luz de su celda. Sin duda las cosas habían cambiado en su mundo. Dos años antes su llegada e identificación en LAX habían supuesto una custodia de unas pocas horas mientras un agente trataba de interrogarlo. Ahora un simple registro en la frontera le estaba costando una interminable reclusión en el sanctasanctórum del FBI.

No esperaba mucho del interrogatorio, pero me sentía obligado a enfrentarme con Aziz cara a cara antes de proceder a descartarlo como sospechoso. Después de ver los informes de inteligencia unos minutos antes, me sentía inclinado a esto último. Lo único que relacionaba al diminuto terrorista en ciernes con Angella Benton era el dinero. En el momento de su detención en la frontera, estaba en posesión de uno de los billetes de cien dólares que habían salido del golpe del rodaje. Sólo uno. Probablemente había infinidad de explicaciones para eso y estaba empezando a pensar que su implicación en el asesinato y el robo no era una de ellas.

Me agaché para coger mi archivo de Angella Benton y lo abrí en mi regazo, donde Aziz no podía verlo. Saqué la foto de Angella que me había dado su familia. La mostraba en un retrato de estudio tomado en el momento de su licenciatura en la Universidad Estatal de Ohio, menos de dos años antes de su muerte. Miré a Aziz.

—Me llamo Harry Bosch. Estoy investigando la muerte de Angella Benton hace cuatro años. ¿Le suena familiar?

Deslicé la foto por la superficie de la mesa y examiné sus ojos en busca de algo que lo delatara. Sus ojos miraron la fotografía, pero no observé ninguna reacción. No dijo nada.

—¿La conocía?

No respondió.

—Trabajaba en una productora de cine que asaltaron. Usted terminó con parte de ese dinero. ¿Cómo?

Nada.

—¿De dónde salió el dinero?

Alzó los ojos de la foto para mirarme. No dijo nada.

—¿Estos agentes le han dicho que no hable conmigo?

Nada.

—¿Lo han hecho? Mire, si no la conoce, entonces dígamelo.

Aziz volvió a posar sus ojos tristes en la mesa. Parecía estar mirando otra vez la foto, pero sabía que no era así. Estaba viendo algo que se hallaba mucho más lejos. Sabía que era inútil, algo que probablemente ya sabía antes de sentarme.

Me levanté y me volví hacia Peoples.

—Puede quedarse con el resto de los quince minutos.

Peoples se separó de la pared y miró a una cámara instalada en el techo. Hizo el pequeño giro con un dedo y la puerta se abrió electrónicamente. Sin pensarlo me acerqué a la puerta y la empujé. Casi inmediatamente oí un grito como el de un alma en pena detrás de mí. Aziz, que ya se había subido a la mesa, me golpeó en la parte superior de la espalda con todo su peso —sesenta kilos a lo sumo— y yo traspuse el umbral y quedé en el pasillo.

Aziz seguía encima de mí y cuando empezaba a caerme sentí que sus brazos y piernas pugnaban por aferrarse. Después saltó y echó a correr por el pasillo. Peoples y el otro agente corrieron rápidamente tras él. Cuando me levanté vi que lo arrinconaban en una esquina. Peoples se quedó atrás mientras el otro agente avanzaba y derribaba al pequeño prisionero sin contemplaciones.

Con Aziz controlado, Peoples se volvió y se me acercó.

—Bosch, ¿está bien?

—Estoy bien.

Me levanté e hice una actuación de plancharme la ropa. Me sentía avergonzado. Aziz me había pillado por sorpresa y sabía que probablemente eso sería la comidilla de la sala de brigada que estaba al otro extremo del pasillo.

—No estaba preparado. Supongo que me he oxidado después de tanto tiempo retirado.

—Sí, nunca puede uno darles la espalda.

—Mi caja. La olvidaba.

Volví a la sala de interrogatorios y cogí la foto que estaba sobre la mesa y la caja. Cuando salí de nuevo al pasillo estaban conduciendo a Aziz, con las manos esposadas a la espalda.

Observé cómo pasaba y después Peoples y yo los seguimos a una distancia prudencial.

—Y entonces —dijo Peoples—, todo esto ha sido para nada.

—Probablemente.

—Y todo podría haberse evitado si...

No terminó, así que lo hice yo por él.

—Si su agente no hubiera cometido esos crímenes en pantalla. Sí.

Peoples se detuvo en el pasillo y yo hice lo mismo. Esperó a que el otro agente y Aziz pasaran por la puerta.

—No estoy cómodo con este acuerdo —dijo—. No tengo garantías. Puede atropellarle un camión al salir de aquí. ¿Significa eso que las cintas acabarán en las noticias?

Lo pensé un instante y asentí.

—Sí. Será mejor que ese camión no me atropelle.

—No quiero vivir y trabajar con esa espada de Damocles.

—No le culpo. ¿Qué va a hacer con Milton?

—Lo que le dije. Está fuera. Sólo que él todavía no lo sabe.

—Bueno, avíseme cuando eso ocurra. Entonces podremos volver a hablar de esa espada de Damocles.

Parecía que iba a decir algo más, pero se lo pensó mejor y empezó a caminar otra vez. Me acompañó al ascensor a través de las puertas de seguridad. Usó la tarjeta magnética para llamarlo y después para pulsar el botón del vestíbulo. Mantuvo la mano en el sensor de la puerta.

—No voy a bajar con usted —dijo—. Creo que ya hemos dicho suficiente.

Asentí y él se apartó, pero se quedó observando, tal vez para asegurarse de que no me escabullía del ascensor y trataba de liberar a los terroristas encarcelados.

Justo cuando la puerta empezaba a cerrarse, golpeé el sensor con el dorso de la mano y ésta volvió a abrirse lentamente.

—Recuerde, agente Peoples, mi abogada ha tomado medidas para asegurarse a sí misma y a la grabación. Si le ocurre algo a ella, es lo mismo que si me ocurriera a mí.

—No se preocupe, señor Bosch. No haré ningún movimiento contra ella ni contra usted.

—No es usted el que me preocupa.

La puerta se cerró cuando ambos nos sosteníamos la mirada.

—Entiendo —le oí decir a través de la puerta.

29

Mi baile con los federales no fue totalmente en vano como había dejado que Peoples creyera. Cierto, mi persecución del pequeño terrorista podía haber sido una pista falsa, pero en todos los casos hay pistas falsas. Forman parte de la misión. Al final del día lo que tenía era el registro completo de la investigación y me contentaba con eso. Estaba jugando con la baraja completa —el expediente del caso—, lo cual me permitía olvidarme de todo lo que había ocurrido en los días que me habían conducido al punto en el que me hallaba, incluida mi estancia en la celda. Porque sabía que si iba a encontrar al asesino de Angella Benton, la respuesta, o al menos la clave para resolver el caso, estaría enterrada en esa carpeta de plástico negro.

Llegué a mi casa y entré como un hombre que piensa que tal vez ha ganado la lotería, pero que necesita comprobar los números en el periódico para estar seguro. Fui directamente a la mesa del comedor con mi caja de cartón y desplegué todo lo que llevaba en ella. Lo principal era el expediente del caso. El Santo Grial. Me senté y empecé a leer desde la primera página. No me levanté a buscar café, agua o cerveza. No puse música. Me concentré completamente en las páginas que iba pasando. Ocasionalmente tomaba notas en mi cuaderno, pero la mayor parte del tiempo me limitaba a leer y a empaparme de los detalles. Me metí en el coche con Lawton Cross y Jack Dorsey y los acompañé a lo largo de la investigación.

Cuatro horas más tarde pasé la última hoja de la carpeta. Había leído y estudiado cuidadosamente cada documento. Nada me parecía la clave, la pista obvia a seguir, pero no estaba desalentado. Seguía creyendo que estaba allí. Siempre lo estaba. Simplemente tendría que tamizar la información desde otro ángulo.

Lo que más me sorprendió de mi zambullida en la parte documental del caso era la diferencia de personalidad entre Cross y Dorsey. Dorsey era más de diez años mayor que Cross y había sido el mentor de la relación. Sin embargo, en la manera de escribir y manejarse con los informes percibía fuertes diferencias en sus personalidades. Cross era más descriptivo e interpretativo en sus informes. Dorsey era lo contrario. Si tres palabras resumían una entrevista o un informe de laboratorio, él usaba tres palabras. Cross tendía a escribir las tres palabras y luego añadir otras diez frases de interpretación de lo que el informe del laboratorio o la actitud del testigo significaban. Yo prefería el método de Cross. Siempre había seguido el principio de ponerlo todo en el expediente del caso, porque a veces los casos se extienden durante meses e incluso años y los matices pueden perderse con el paso del tiempo si no se establecen como parte del registro.

El expediente también me llevó a concluir que tal vez los dos compañeros no habían tenido una relación tan estrecha. Ahora la tenían, estaban inextricablemente unidos en la mitología del departamento como símbolos del colmo de la mala suerte. Pero tal vez si hubieran mantenido una relación más estrecha en aquel bar las cosas habrían ido de otra manera.

Pensar en eso me hizo recordar a Danny Cross cantándole a su marido. Finalmente me levanté para acercarme al reproductor de cedés y poner un recopilatorio de Louis Armstrong. Se había editado junto con el documental sobre el jazz de Ken Burns. La mayoría de los temas eran de la primera época, pero sabía que terminaba con *What a Wonderful World*, su último éxito.

De nuevo en la mesa, miré mi libreta. Había escrito sólo tres cosas durante mi primera lectura.

$ 100K
Sandor Szatmari
El dinero, idiota

Global Underwriters, la compañía que había asegurado el dinero para el rodaje, había ofrecido una recompensa de cien mil dólares por una detención y condena en el caso. No había tenido noticia de la recompensa, y me sorprendió que Lawton Cross no me lo hubiera contado. Supuse que era sólo otro detalle que se le había borrado debido al trauma y al paso del tiempo.

La existencia de una recompensa era de poca consecuencia personal para mí. Supuse que puesto que era un ex policía que en cierto momento había estado implicado en el caso, aunque fuera antes del golpe que propició la recompensa, no podría cobrarla si mis esfuerzos resultaban en una detención y condena. También sabía que era probable que la letra pequeña de la oferta de recompensa especificara que se requería la recuperación completa de los dos millones de dólares para cobrar los cien mil, y que la cantidad se prorrateaba en función de la suma recuperada. Y cuatro años después del delito las posibilidades de que quedara algo de dinero eran pequeñas. Aun así, estaba bien saber de la recompensa. Podía ser una buena herramienta de influencia o coerción. Quizá yo no pudiera cobrarla, pero podía encontrar a alguien útil que podría hacerlo.

Lo siguiente que había en la libreta era el nombre de Sandor Szatmari. Él o ella —no lo sabía— constaba como el investigador del caso para Global Underwriters. Él o ella era alguien con quien necesitaba hablar. Abrí el expediente del caso por la primera página, donde los investigadores suelen guardar una página con los teléfonos más útiles. No aparecía el nombre de Szatmari, pero sí el de Global. Fui a la cocina para coger el teléfono, bajé el volumen del equipo de música e hice la llamada. Me transfirieron dos veces hasta que finalmente hablé con una mujer de «investigaciones».

Tuve problemas con el apellido de Szatmari y ella me corrigió y me pidió que esperara. En menos de un minuto contestó Szatmari. El nombre era masculino. Le expliqué mi situación y le pregunté si podíamos reunirnos. Él me pareció escéptico, pero tal vez fuera porque tenía un acento centroeuropeo que me costaba interpretar. Declinó discutir el caso por teléfono con un desconocido, pero en última instancia accedió a reunirse en persona conmigo en su oficina de Santa Mónica. Le dije que acudiría y colgué.

Miré a la última línea que había escrito en la libreta. Era sólo el recordatorio de un viejo adagio válido para casi cualquier investigación. Sigue el dinero, idiota. El dinero siempre te conduce a la verdad. En este caso el dinero se había ido y la pista —al margen de las señales en el radar en Phoenix y la que implicaba a Mousouwa Aziz y Martha Gessler— había desaparecido. Sabía que eso me dejaba una alternativa. Seguir el dinero hacia atrás y ver qué surgía.

Para ello necesitaba empezar en el banco. Volví a buscar en la página de números de teléfono del expediente del caso y llamé a Gordon Scaggs, el vicepresidente de BankLA que había preparado el préstamo de un día de dos millones de dólares a la productora cinematográfica de Alexander Taylor.

Scaggs era un hombre ocupado, según me dijo. Quería posponer su reunión conmigo hasta la semana siguiente, pero insistí y logré que me hiciera un hueco de quince minutos la tarde siguiente a las tres. Me pidió un número al que llamarme para que su secretaria pudiera confirmarlo por la mañana. Yo me inventé uno y se lo di. No iba a darle la oportunidad de que su secretaria me llamara y me dijera que la reunión se había cancelado.

Colgué y sopesé mis opciones. Era casi de noche y en ese momento estaba libre hasta la mañana siguiente a las diez. Quería echar otro vistazo al expediente del caso, pero sabía que no necesitaba estar sentado en casa para hacerlo. Podía hacerlo con la misma facilidad sentado en un avión.

Llamé a Southwest Airlines y reservé un vuelo de Burbank a Las Vegas que llegaba a las 19.15 y un vuelo de regreso para la mañana siguiente que llegaba a las 8.30 a Burbank.

Eleanor contestó en su móvil al segundo tono y me dio la sensación de que hablaba en susurros.

—Soy Harry, ¿pasa algo?

—No.

—¿Por qué estás susurrando?

Subió el tono de voz.

—Lo siento, no me había dado cuenta. ¿Qué pasa?

—Estaba pensando en pasarme esta noche para recoger mi bolsa y mis tarjetas de crédito. —Al ver que no respondía enseguida, añadí—: ¿Vas a estar ahí?

—Bueno, voy a ir a jugar esta noche. Más tarde.

—Mi avión llega a las siete y cuarto. Podría pasarme a eso de las ocho. Quizá podríamos cenar juntos antes de que vayas a jugar.

Esperé y de nuevo me pareció que tardaba demasiado en responder.

—Sí, me apetece esa cena. ¿Te quedas a dormir?

—Sí, vuelvo mañana temprano. Tengo cosas que hacer aquí por la mañana.

—¿Dónde vas a quedarte?

Era una señal tan clara como el agua.

—No lo sé, todavía no he reservado nada.

—Harry, no creo que sea bueno para ti quedarte aquí.

—Vale.

La línea quedó tan silenciosa como los quinientos kilómetros de desierto que nos separaban.

—Ya sé, puedo ponerte como un jugador en el Bellagio. Lo harán por mí.

—¿Estás segura?

—Sí.

—Gracias, Eleanor. ¿Quieres que vaya a tu casa cuando llegue?

—No, te pasaré a recoger. ¿Vas a facturar equipaje?

—No, tú ya tienes mi bolsa.

—Entonces estaré enfrente de la terminal a las siete y cuarto. Te veo entonces.

Me di cuenta de que estaba susurrando otra vez, pero esta vez no le dije nada.

—Gracias, Eleanor.

—Vale, Harry, tengo que hacer algunos malabarismos para estar libre esta noche, así que he de colgar. Te veré en el aeropuerto. A las siete y cuarto. Chao.

Le dije adiós, pero ella ya había colgado. Sonó como si hubiera otra voz de fondo justo cuando desconectó la llamada.

Mientras pensaba en eso, Louis Armstrong empezó a cantar *What a Wonderful World* y subí el volumen.

30

A las 19.15 Eleanor y yo repetimos la misma escena del aeropuerto, incluido el beso cuando me metí en el coche. Después, me volví con torpeza y levanté la pesada carpeta del expediente del caso por encima del asiento para dejarla atrás, junto con mi maletín.

—Parece el expediente de un caso, Harry.

—Lo es. Pensaba que podría leerlo en el avión.

—¿Y?

—Tenía a un niño gritón en el asiento de atrás. No podía concentrarme. ¿Por cierto, a quién se le ocurre traer a un niño a Las Vegas?

—En realidad no creo que sea un mal sitio para criar a un hijo.

—No estoy hablando de criarlo. Me refiero a ¿por qué traer a un niño tan pequeño de vacaciones a la ciudad del pecado? Llévalo a Disneylandia, ¿no?

—Creo que necesitas un trago.

—Y algo de comer. ¿Dónde quieres cenar?

—Bueno, ¿te acuerdas de cuando íbamos a Valentino en Los Ángeles?

—No me lo digas.

Ella se rió y el simple hecho de poder mirarla de nuevo me estremeció. Me encantaba la forma en que el pelo le realzaba su maravilloso cuello.

—Sí, tienen uno aquí. He hecho una reserva.

—En Las Vegas tienen una copia de todo.

—Salvo de ti. No hay ningún duplicado de Harry Bosch.

La sonrisa permaneció en su rostro cuando lo dijo y eso también me gustó. Pronto caímos en un silencio que probablemente era lo más cómodo que puede serlo entre dos personas que han estado casadas. Eleanor maniobró con pericia a través de un tráfico que podía rivalizar con el que uno se encuentra en las calles y autovías atascadas de Los Ángeles.

Hacía tres años desde mi última visita al Strip, pero Las Vegas era un lugar que me enseñaba que el tiempo era relativo. En tres años todo parecía haber cambiado de nuevo. Vi nuevos hoteles y atracciones, taxis con anuncios electrónicos en el techo, monorraíles que conectaban los casinos.

La versión de Las Vegas de Valentino estaba en el Venetian, una de las joyas más nuevas en la corona de casinos de lujo del Strip. Era un lugar que ni siquiera existía la última vez que había estado en la ciudad. Cuando Eleanor se detuvo en la rotonda donde se hallaban los aparcacoches le pedí que abriera el maletero para guardar allí mi maletín y el expediente del caso.

—No puedo. Está lleno.

—No quiero dejar esto fuera, sobre todo el expediente.

—Bueno, mételo en la bolsa y déjala en el suelo. No pasará nada.

—¿No tienes sitio ahí dentro aunque sólo sea para el expediente?

—No, todo está metido a presión y si lo abro, se caerá algo. No quiero que me pase eso aquí.

—¿Qué llevas?

—Sólo ropa y cosas que quiero llevar al Ejército de Salvación, pero no he tenido tiempo.

Dos aparcacoches nos abrieron las dos puertas simultáneamente y nos dieron la bienvenida al hotel. Yo bajé del Lexus, abrí la puerta de atrás, guardé el expediente en mi bolsa y coloqué ésta debajo del asiento de Eleanor.

—¿Vienes, Harry? —preguntó Eleanor desde detrás de mí.

—Sí, ya voy.

Mientras el aparcacoches se llevaba el Lexus, me fijé en el maletero. La parte posterior no parecía particularmente hundida. Leí la matrícula y me la repetí tres veces en silencio.

Valentino era Valentino. En mi opinión, el restaurante de Los Ángeles había sido clonado a la perfección. Era como intentar determinar la diferencia entre un McDonald's y otro; a un nivel culinario muy diferente, claro.

No forcé la conversación durante la cena. Me sentía cómodo y feliz de estar con ella. Al principio la charla, aunque escasa, estuvo centrada en mí y en mi retiro o ausencia de él. Le hablé del caso en el que estaba trabajando, sin olvidar la relación con su vieja amiga y colega Marty Gessler. En otra vida, Eleanor había sido agente del FBI y todavía conservaba la mente analítica de un investigador. Cuando vivimos juntos en Los Ángeles ella había sido con frecuencia una tabla de salvación para mí y en más de una ocasión me había ayudado con sugerencias o ideas.

Esta vez sólo tenía un consejo que darme y era que me alejara de Peoples y Milton, e incluso de Lindell. No porque los conociera personalmente. Sólo conocía la cultura del FBI y conocía a los de su clase. Por supuesto, su consejo me llegaba demasiado tarde.

—Me esfuerzo todo lo posible por evitarlos —dije—. No me importaría en absoluto no verlos nunca más.

—Pero no es muy probable.

De repente pensé en algo.

—No llevas el móvil encima, ¿no?

—Sí, pero no creo que les guste que uses el móvil en un sitio como éste.

—Ya lo sé. Saldré un momento. Acabo de acordarme de que tengo que hacer una llamada o todo se irá al traste.

Ella sacó el móvil del bolso y me lo dio. Yo salí del restaurante y me quedé de pie en un centro comercial cerrado que había sido construido para que pareciera un canal veneciano en el que no faltaban ni las góndolas. El cielo de cemento estaba pintado de azul con toques de nubes blancas. Era una engañifa, pero al menos tenía aire acondicionado. Llamé al móvil de Janis Langwiser y le dije que no había problema.

—Estaba empezando a preocuparme porque no había tenido noticias tuyas. Te he llamado dos veces a casa.

—No pasa nada. Estoy en Las Vegas y volveré mañana.

—¿Cómo sé que no te están presionando?

—¿Tienes identificador de llamada?

—Ah, sí. Vi que era un número setecientos dos. Vale, Harry. No olvides llamarme mañana. Y no pierdas mucho dinero.

—No lo haré.

Cuando volví a la mesa, Eleanor había desaparecido. Me senté y estaba ansioso por ella, pero volvió del lavabo en unos minutos. Mientras la veía acercarse sentí que estaba diferente, aunque no podía saber en qué. Era algo más que el pelo y un bronceado más intenso. Era como si tuviera más seguridad de la que yo le recordaba. Quizá había encontrado lo que necesitaba en las mesas de póquer de fieltro azul del Strip.

Le devolví el móvil y ella lo dejó caer en el bolso.

—Bueno, ¿qué tal por aquí? —pregunté—. Hemos estado hablando de mi caso. Hablemos de tu caso durante un rato.

—Yo no tengo caso.

—Ya me entiendes.

Eleanor se encogió de hombros.

—Este año las cosas me están yendo bien. Gané un satélite y conseguí un botón. Voy a jugar en las series.

Sabía que se estaba refiriendo a ganar un torneo de clasificación para las series mundiales de póquer. La última vez que habíamos hablado de póquer, me había confesado que su objetivo secreto era ser la primera mujer en ganar las series. El ganador de un torneo de clasificación podía llevarse el premio en metálico o el llamado botón, que suponía el acceso a las series.

—Será la primera vez que llegas a las series, ¿no?

Ella asintió con la cabeza y sonrió. Me di cuenta de que estaba nerviosa y orgullosa.

—Empieza enseguida.

—Buena suerte. Tal vez venga a verte.

—Tráeme suerte.

—De todos modos tiene que ser duro ganarse la vida según salen las cartas.

—Soy buena, Harry. Además, ahora hay gente que me respalda. Reparto el riesgo.

—¿Qué quieres decir?

—Ahora funciona así. Tengo capitalistas. Juego con su dinero. Ellos se llevan el setenta y cinco por ciento de lo que gano. Si pierdo ellos asumen la pérdida, pero no suelo perder, Harry.

Asentí.

—¿Quién es esa gente? Son... ya sabes.

—¿Legales? Sí, Harry, mucho. Son hombres de negocios. De Microsoft. De Seattle. Los conocí cuando estaban aquí jugando. De momento les he hecho ganar dinero. Tal como está la bolsa es mejor que inviertan en mí. Ellos están contentos y yo también.

—Bien.

Pensé en el dinero que me había ofrecido Alexander Taylor. Y después estaba la recompensa por resolver el caso. Si lo resolvía, recuperaba parte del dinero y encontraba a alguien cualificado para cobrar la recompensa, podía ser su capitalista. Era como el cuento de la lechera. Puede que ni siquiera aceptara mi dinero.

—¿En qué estás pensando? —preguntó—. Pareces preocupado.

—En nada. Sólo estaba pensando en el caso por un segundo. En algo que quiero preguntarle mañana al investigador del seguro.

El camarero trajo la cuenta y pagué después de que Eleanor me devolviera mi American Express. Salimos y en el coche yo comprobé que el maletín continuaba en la parte de atrás. Fuimos en el Lexus hasta el Bellagio, una distancia corta, pero que nos llevó lo suyo por el intenso tráfico. Yo me puse cada vez más nervioso a medida que nos acercábamos, porque no sabía lo que iba a ocurrir cuando llegáramos allí. Miré el reloj. Eran casi las diez.

—¿A qué hora juegas?

—Me gusta empezar alrededor de la medianoche.

—¿Por qué te gusta jugar por la noche? ¿Qué tiene de malo el día?

—Los jugadores de verdad vienen por la noche. Los turistas se van a dormir. Hay más dinero encima de la mesa.

Circulamos en silencio un poco más y después ella continuó como si no se hubiera producido ninguna pausa.

—Además, me gusta salir al final de la noche y ver amanecer. Es como la felicidad de haber sobrevivido un día más.

En el Bellagio fuimos al mostrador VIP y cogimos una llave magnética que habían dejado a nombre de Eleanor. Así de sencillo. Ella me acompañó al ascensor como si hubiera estado allí un centenar de veces y subimos a una *suite* de la planta doce. Era la habitación de hotel más bonita que había visto nunca y tenía una sala de estar y un dormitorio con vistas a las fuentes iluminadas que eran el sello identificativo del hotel.

—Es bonito. Veo que conoces a gente importante.

—Me estoy ganando una reputación. Juego aquí tres o cuatro veces por semana y estoy empezando a atraer jugadores importantes que quieren enfrentarse conmigo aquí.

Asentí y me volví hacia ella.

—Supongo que las cosas te están yendo bien.

—No me quejo.

—Supongo que...

No terminé. Ella se me acercó y se plantó delante de mí.

—¿Qué supones?

—No sé lo que iba a preguntarte. Supongo que quería saber lo que falta. ¿Estás con alguien, Eleanor?

Ella se me acercó más. Podía sentir su respiración.

—¿Te refieres a si estoy enamorada de alguien? No, Harry, no lo estoy.

Asentí y ella volvió a hablar antes de que lo hiciera yo.

—¿Todavía crees en eso que me contaste? Eso de la teoría de la bala única.

Asentí sin dudar ni un segundo y la miré a los ojos. Ella se inclinó hacia mí y apoyó la frente en mi barbilla.

—¿Y tú? —pregunté—. ¿Todavía crees lo que dijo el poeta, que las cosas del corazón no tienen fin?

—Sí, lo creeré siempre.

Le levanté la barbilla con la mano y la besé. Enseguida estuvimos abrazados y sentí su mano en mi nuca, atrayéndome hacia ella. Sabía que íbamos a hacer el amor. Y por un momento supe lo que significaba ser el hombre más afortunado en Las Vegas. Separé mis labios de los suyos y me limité a apretarla contra mi pecho.

—Tú eres lo único que quiero en este mundo —susurré.

—Lo sé —me respondió ella en otro susurro.

31

En el vuelo de regreso a Los Ángeles traté de volver a concentrarme en el caso. Pero fue un esfuerzo vano. Había pasado buena parte de la noche observando a Eleanor ganando varios miles de dólares a cinco hombres en una mesa de la sala de póquer del Bellagio. Nunca la había visto jugar antes. Es justo decir que avergonzó a los otros jugadores, limpiando a todos menos a uno, e incluso a éste lo dejó con sólo una pila de fichas cuando ella cobró cinco columnas. Era una jugadora fría y dura, tan impresionante como misteriosa y bella. He pasado mi vida aprendiendo a interpretar a las personas, pero nunca leí nada en el rostro de Eleanor mientras jugaba. En su juego no había nada que la delatara.

Sin embargo, cuando terminó con aquellos hombres también había terminado conmigo. Fuera del casino me explicó que estaba cansada y que tenía que irse. Me dijo que no podía acompañarla. Ni siquiera se ofreció a acercarme al aeropuerto. Fue una despedida breve. Nos separamos con un beso carente de pasión, en el otro extremo de nuestros momentos en la *suite*, sin promesas de volver a vernos, ni siquiera de llamarnos. Sólo nos dijimos adiós y yo observé cómo se alejaba.

Fui al aeropuerto por mi cuenta. Pero una vez en el avión no podía olvidarla. Traté de abrir el expediente del caso, pero eso no me ayudó. No dejaba de pensar en los misterios. No en los buenos momentos, en las sonrisas y los recuerdos ni en cuando habíamos hecho el amor. Pensaba en nuestra abrupta despedida y en la habilidad con la que había eludido la pregunta cuando le había preguntado si estaba con alguien. Había dicho que no estaba enamorada, pero eso no respondía realmente la pregunta. ¿Por qué había querido que me quedara en el hotel? ¿Por qué no había abierto el maletero de su coche? En la primera página del expediente del caso anoté el número de la matrícula que había memorizado. Después de hacerlo sentí que de algún modo la había traicionado y entonces lo taché. Pero al hacerlo ya sabía que no iba a quedar tachado de mi memoria.

32

Las oficinas de investigación de Global Underwriters estaban en un bloque negro de seis pisos en Colorado, a unas seis manzanas del océano. Cuando llegué, la secretaria que custodiaba la entrada del despacho de Sandor Szatmari me miró como si acabara de bajar de la luna en ascensor.

—¿No ha recibido el mensaje?

—¿Qué mensaje?

—En el despacho del señor Scaggs me dieron su número y le dejé un mensaje. El señor Szatmari tiene que cancelar la cita de esta mañana.

—¿Qué ha ocurrido? ¿Ha muerto alguien?

Ella se mostró ligeramente ofendida por mi desparpajo. Su voz adoptó un tono de impaciencia.

—No, al revisar su agenda del día decidió que no tenía tiempo para hacerle un hueco.

—¿Entonces está aquí?

—No puede verle. Lamento que no recibiera el mensaje. Pensé que había algo equivocado en el número, pero yo le dejé el mensaje.

—Por favor, dígale que estoy aquí. Dígale que no recibí el mensaje porque he estado fuera de la ciudad. He venido en avión para esta reunión. Todavía quiero verle. Es importante.

La mujer parecía enfadada. Levantó el auricular para hacer la llamada, pero entonces se lo pensó mejor y colgó. Se levantó y recorrió el pasillo que partía de la sala de espera para poder darle el mensaje en persona. Al cabo de unos minutos volvió y se sentó. Se tomó su tiempo antes de decirme nada.

—He hablado con el señor Szatmari —dijo—. Tratará de recibirle lo antes posible.

—Gracias. Es muy amable y usted también.

Había un sofá y una mesita de café con revistas pasadas de fecha. Me había traído el expediente del caso, sobre todo para impresionar a Szatmari. Me senté en el sofá y ocupé el tiempo de espera pasando hojas y releyendo algunos de los informes. Nada me llamó la atención, pero estaba empezando a conocer a fondo los hechos del caso. Era importante, porque sabía que cuando barajara la nueva información me ayudaría el hecho de no tener que recurrir cada vez el expediente.

Pasó media hora hasta que sonó el teléfono y la secretaria recibió el encargo de hacerme pasar.

Szatmari era un hombre robusto, de unos cincuenta y cinco años. Tenía más aspecto de comercial que de investigador, pero las paredes de su despacho estaban repletas de cartas elogiosas y fotos de saludos que acreditaban su éxito como tal. Me señaló una silla situada enfrente de su mesa repleta y habló mientras anotaba algo.

—Estoy ocupado, señor Bosch. ¿En qué puedo ayudarle?

—Bueno, como le dije ayer por teléfono, estoy trabajando en uno de sus casos. Pensé que tal vez podríamos compartir cierta información, ver si uno de nosotros ha recorrido un camino distinto.

—¿Por qué debería compartir mi información con usted?

Algo fallaba. Estaba mal predispuesto antes de que pusiera los pies en su despacho. Me pregunté si Peoples le había hablado de mí. Tal vez Szatmari había llamado al departamento de policía o al FBI para hacer averiguaciones sobre mí y le habían dicho que no cooperara. Tal vez ése era el motivo de que la reunión se hubiera cancelado.

—No lo entiendo —dije—. ¿Ocurre algo? Se trata de resolver el caso, ése es el motivo por el que creo que deberíamos compartir información.

—¿Y usted? ¿La compartirá conmigo? ¿Qué parte de la recompensa piensa darme?

Por supuesto. La recompensa.

—Señor Szatmari, se equivoca conmigo.

—Claro. Si hay recompensa, allá voy. Veo a los que son como usted constantemente. Vienen aquí a pedir información para ver si se ganan unos buenos pavos.

Su acento se hizo más pronunciado al enfadarse. Yo abrí el expediente del caso y encontré las fotocopias en blanco y negro de las fotos de la escena del crimen. Arranqué la página en la que se veían las manos de Angella Benton y la tiré en la mesa.

—Ésta es la razón de que haga esto. No el dinero. Ella. Yo estuve allí ese día. Era policía. Ahora estoy retirado, pero estuve en este caso hasta que me lo quitaron. Eso probablemente me elimina para recibir la recompensa, ¿de acuerdo?

Szatmari examinó la copia de baja calidad de la foto. Después se fijó en la carpeta que tenía en mi regazo. Al final me miró.

—Ahora lo recuerdo. Su nombre. Fue usted el que le dio a uno de los atracadores.

Asentí con la cabeza.

—Estuve allí ese día, pero como nunca encontramos a los atracadores no sabemos quién dio a quién.

—Vamos, ocho polis de alquiler y un veterano del departamento. Fue usted.

—Eso creo.

—¿Sabe?, traté de hablar con usted entonces, pero me topé con un muro.

—¿Cómo fue eso?

—En el departamento de policía hacen todo lo posible para mantener alejados a otros investigadores. Allí son así.

—Lo sé. Lo recuerdo.

Sonrió y se recostó en la silla.

—Y ahora aquí le tengo, ¿pidiendo cooperar conmigo? ¡Qué ironía!

—Sí.

—¿Eso es el informe de la investigación? Déjeme verlo, por favor.

Le pasé la gruesa carpeta por encima de la mesa. Él la cogió y empezó a pasar hojas hasta llegar al atestado del homicidio. Pasó un dedo por la página hasta que llegó a mi nombre en la casilla del agente investigador. Después cerró el expediente, pero no me lo devolvió.

—¿Por qué ahora? ¿Por qué investiga esto?

—Porque acabo de retirarme y es uno de los casos que no voy a dejar.

Asintió para darme a entender que lo comprendía.

—Verá usted, nuestra investigación era en relación con el dinero, no con la mujer.

—En mi opinión es el mismo caso.

—Nuestra investigación ya no está activa. El dinero ha desaparecido. Se ha repartido o gastado. No hay posibilidad de recuperarlo. Hay otros casos.

—El dinero se puede olvidar —dije—, pero ella no. Yo no puedo, ni tampoco aquellos que la conocieron.

—¿Usted la conocía?

—La conocí ese día.

Asintió de nuevo. Al parecer entendía lo que quería decirle. Ajustó las esquinas de una pila de carpetas de su escritorio.

—¿Llegaron a alguna parte? —pregunté—. ¿Se acercaron a algo?

Se tomó un momento antes de contestar.

—No, en realidad no. Sólo callejones sin salida.

—¿Cuándo se rindió?

—No lo recuerdo. Fue hace mucho tiempo.

—¿Dónde está su archivo?

—No puedo darle mi archivo, va contra la política de la compañía.

—Por el asunto de la recompensa, ¿no? La compañía no

permite que coopere con investigaciones no oficiales si hay por medio una recompensa.

—Podría llevar a conflictos —dijo—. Además, está el riesgo legal. Yo no cuento con las mismas protecciones que la policía. Si mis notas de la investigación se hicieran públicas, quedaría expuesto a posibles pleitos.

Traté de pensar por un momento en cómo jugar mis cartas. Szatmari parecía estar guardándose algo y fuera lo que fuese podría estar en el expediente. Creo que quería dármelo, pero no sabía cómo hacerlo.

—Vuelva a mirar la fotocopia —dije—. Mire las manos. ¿Es usted un hombre religioso, señor Szatmari?

Szatmari miró la foto de Angella Benton.

—A veces soy religioso —dijo—. ¿Y usted?

—No mucho. O sea, ¿qué es la religión? No voy a la iglesia, si se trata de eso. Pero pienso en la religión y creo que tengo algo parecido dentro. Un código es como una religión. Hay que creer en él, hay que ponerlo en práctica. La cuestión es... Mire las manos, señor Szatmari. Recuerdo que cuando la vi en el suelo y vi cómo estaban sus manos... Lo tomé como una especie de señal.

—¿Una señal de qué?

—No lo sé. Una señal de algo. Como la religión. Por eso es uno de esos casos que no te sueltan.

—Entiendo.

—Entonces saque el fichero y déjelo en esta mesa —dije como si le estuviera dando una instrucción a alguien en trance hipnótico—. Después vaya a tomarse un café o a fumar un cigarrillo. Y tómese su tiempo. Yo le esperaré aquí.

Szatmari me miró durante un buen rato y después se agachó para sacar lo que supuse que era un cajón del escritorio. Al final apartó los ojos de mí para elegir el informe correcto. Lo sacó —era grueso— y lo dejó en la superficie de la mesa. Después apartó la silla y se levantó.

—Voy a buscar una taza de café —dijo—. ¿Quiere algo?

—No, pero gracias.

Asintió y salió, cerrando la puerta tras de sí. En cuanto

ésta hizo clic yo me levanté de la silla y me coloqué detrás del escritorio. Me senté y me zambullí en el informe.

En su mayor parte, el archivo de Szatmari estaba lleno de documentos que ya había visto. Había también copias de contratos y directrices para la relación entre Global y su cliente BankLA que eran nuevos, así como resúmenes de entrevistas con varios empleados del banco y de la productora cinematográfica. Szatmari había conducido entrevistas con cada uno de los transportistas de seguridad que habían estado en la escena el día del golpe.

Pero no había entrevista conmigo. Como de costumbre el departamento lo había impedido. Yo ni siquiera llegué a recibir la solicitud de Szatmari de entrevistarme. Aunque tampoco habría aceptado. Entonces tenía una arrogancia que esperaba haber perdido.

Miré por encima las entrevistas y los resúmenes lo más deprisa posible, poniendo particular atención en los informes correspondientes a los tres empleados de banco con los que esperaba poder hablar ese mismo día: Gordon Scaggs, Linus Simonson y Jocelyn Jones. Los sujetos no aportaron mucho a Szatmari. Scaggs era el único que había manejado todo y fue muy específico en los pasos que había que dar y en la planificación del préstamo de un día de dos millones de dólares en efectivo. Las entrevistas con Simonson y Jones los mostraban como abejas obreras que hicieron lo que se les pidió. Lo mismo podrían haberse ocupado de poner etiquetas en latas que de contar veinte mil billetes de cien dólares y anotar ochocientos números de serie mientras lo hacían.

Mi curiosómetro se disparó cuando finalmente llegué a los historiales financieros de Jack Dorsey, Lawton Cross y yo mismo. Szatmari había sacado informes bancarios de cada uno de nosotros. Aparentemente llamó a nuestros bancos y compañías de crédito y redactó breves informes. Mi historial era el más limpio, mientras que los de Cross y Dorsey no pintaban tan bien. Según Szatmari, ambos hombres tenían importantes deudas de tarjetas de crédito, sobre todo Dorsey, que estaba divorciado y tenía que pasar pensión por cuatro hijos, dos de los cuales estaban en la universidad.

La puerta del despacho se abrió y la secretaria se asomó para decir algo a Szatmari cuando me vio sentado en su silla.

—¿Qué está haciendo?

—Espero al señor Szatmari. Ha ido a buscar un café.

Puso las manos en sus anchas caderas: el signo internacional de indignación.

—¿Le dijo que ocupara su silla y empezara a leer ese archivo?

Me correspondía no dejar a Szatmari en una situación potencialmente comprometido.

—Me dijo que lo esperara y estoy esperando.

—Bueno, vuelva ahora mismo al otro lado de la mesa. Voy a informar al señor Szatmari de lo que he visto.

Cerré la carpeta, me levanté y rodeé el escritorio como me habían pedido.

—¿Sabe?, le estaría muy agradecido si no lo hiciera —dije.

—Ya lo creo que voy a decírselo.

Entonces desapareció, dejando la puerta abierta tras de sí. Pasaron unos minutos y Szatmari entró y cerró la puerta violentamente. Enseguida perdió su enfado cuando se volvió a mirarme. Llevaba una taza de café humeante.

—Gracias por actuar así —dijo—. Espero que haya conseguido lo que necesitaba porque ahora para continuar con mi rapto de ira voy a tener que echarle.

—No hay problema —dije, al tiempo que me levantaba—. Pero tengo una pregunta.

—Adelante.

—¿Era sólo rutina estudiar los informes financieros de los polis del caso? Jack Dorsey, Lawton Cross y yo.

Szatmari puso ceño mientras trataba de recordar la razón de las comprobaciones financieras. Entonces se encogió de hombros.

—Lo había olvidado. Supongo que pensé que con el dinero que había en juego tenía que comprobar a todos. Especialmente a usted, Bosch, con la coincidencia de que estuviera allí en el momento oportuno.

Asentí. Me parecía una medida sensata de la investigación.

—¿Está enfadado por eso?

—¿Yo? No. Sólo tenía curiosidad por saber de dónde salió.

—¿Algo más útil?

—Tal vez, nunca se sabe.

—Buena suerte, entonces. Si no le importa, manténgame informado de sus progresos.

—Lo haré, descuide.

No estrechamos las manos. Al salir pasé junto a la indignada secretaria y le dije que pasara un buen día. Ella no respondió.

33

La entrevista con Gordon Scaggs transcurrió de manera rápida y agradable. Se reunió conmigo a la hora convenida en el rascacielos de BankLA del centro de la ciudad. Su despacho del piso veintidós estaba orientado al este y gozaba de una de las mejores vistas de la nube de contaminación de la ciudad. El relato de su implicación en el malhadado préstamo de dos millones de dólares a Eidolon Productions no se desviaba de manera perceptible de la declaración que constaba en el expediente del caso. Negoció una tarifa de cincuenta mil dólares para el banco, incluidos los costes de seguridad. El dinero tenía que entregarse la mañana del día del rodaje y volver al banco antes de las seis de la tarde, la hora de cierre.

—Sabía que había un riesgo —me explicó Scaggs—, pero también veía un beneficio rápido para el banco. Supongo que podría decirse que eso me nubló la visión.

Scaggs delegó las cuestiones del transporte del dinero a Ray Vaughn, jefe de seguridad de la entidad, mientras centraba su atención en las tareas de asegurar la operación de un día por medio de Global Underwriters y después recoger los dos millones en efectivo. Habría sido altamente inusual que una sola sucursal —aun tratándose de la central— dispusiera de tanto dinero en efectivo en un día. De modo que en las jornadas previas al préstamo Scaggs encargó envíos de efectivo desde distintas sucursales de BankLA. El día del préstamo, el dinero fue cargado en un vehículo blindado y conducido desde el centro de Los Ángeles hasta la localización de Hollywood. Ray Vaughn iba en un coche que encabezaba la comitiva. Se mantuvo en contacto permanente con el conductor del vehículo blindado y lo guió hasta Hollywood por un trayecto tortuoso, en un esfuerzo por determinar si los estaban siguiendo.

Cuando llegaron al lugar del rodaje, los recibieron más vigilantes de seguridad armados y Linus Simonson, uno de los ayudantes que habían colaborado con Scaggs en reunir el efectivo y que había elaborado la lista de números de serie que la compañía aseguradora exigía.

Y, por supuesto, el séquito del banco fue recibido también por los atracadores encapuchados y fuertemente armados.

Un dato nuevo que me proporcionó Scaggs durante la parte inicial de la entrevista fue que la política del banco había cambiado desde el golpe. BankLA ya no participaba en lo que llamó préstamos de *boutique* para la industria del cine.

—¿Cómo es el dicho? —preguntó—. Quemarse una vez es educación, quemarse dos veces es simple estupidez. Bueno, aquí no somos estúpidos, señor Bosch. No nos vamos a quemar por esa gente otra vez.

—¿Entonces cree que el origen fue «esa gente»? ¿El golpe se originó allí y no aquí en el banco?

Scaggs puso expresión de indignación de sólo pensarlo.

—Eso diría. Fíjese en la pobre chica que asesinaron. Trabajaba para ellos, no para mí.

—Cierto. Pero su muerte podría haber formado parte del plan. Para arrojar sospechas sobre la productora y no sobre el banco.

—Imposible. La policía estuvo en este sitio con un peine fino. Y lo mismo hizo en la compañía de seguros. No encontraron ni una liendre.

Asentí de nuevo.

—Entonces supongo que no le importará que hable yo también con sus empleados. Me gustaría hablar con Linus Simonson y Jocelyn Jones.

Scaggs se dio cuenta de que lo había acorralado. ¿Cómo no iba a dejarme hablar con los empleados después de su grandilocuente defensa de la honradez e inocencia en nombre del banco?

—La respuesta es sí y no —dijo—. Jocelyn sigue con nosotros. Ahora es subdirectora de una sucursal en West Hollywood. No creo que haya problema en hablar con ella.

—¿Y Linus Simonson?

—Linus no volvió a trabajar con nosotros después de aquel trágico día. Supongo que sabe usted que esos malnacidos lo hirieron. A él y a Ray. Ray no sobrevivió, pero Linus sí. Estuvo hospitalizado y luego de baja, y por último no quiso reintegrarse. Lo único que puedo decirle es que no le culpo.

—¿Se fue?

—Eso es.

No había visto mención de ello en el expediente del caso ni tampoco en los registros de Szatmari. Sabía que la investigación fue más intensa en los días y semanas posteriores al golpe. Probablemente entonces Simonson todavía se estaba recuperando y técnicamente continuaba siendo un empleado.

—¿Sabe adónde fue al dejar el banco?

—No lo recuerdo. Pero para ponérselo fácil, Linus fue y se buscó un abogado que empezó a poner demandas de responsabilidad. Que si el banco lo había colocado en una posición arriesgada y ese tipo de tonterías. Ninguna de las demandas mencionaba que se presentó voluntario para estar allí ese día.

—¿Quería estar allí?

—Claro. Era un hombre joven. Había crecido en la ciudad y probablemente tuvo aspiraciones en Hollywood en un momento u otro. Todo el mundo las tiene. Pensaba que estaría bien ser el encargado del dinero y pasar el día viendo el rodaje. Se presentó voluntario y yo le dije: «Bueno, ve.» De todos modos quería que hubiera allí alguien de mi oficina. Además de Ray Vaughn, me refiero.

—¿Entonces Simonson llegó a demandar al banco o sólo amenazó con su abogado?

—Amenazó, pero lo suficiente para llegar a un acuerdo legal. Le dieron un buen pellizco y se largó. Oí que se compró un club nocturno.

—¿Cuánto le dieron?

—No lo sé. Una vez se lo pregunté a nuestro abogado, Jim Foreman, y no me lo dijo. Me explicó que los términos del acuerdo eran confidenciales. Pero por lo que sé, el club que se compró era bonito. Uno de esos sitios de moda de Hollywood.

Pensé en el retrato que había visto en la biblioteca legal mientras esperaba a Janis Langwiser.

—¿Su abogado es James Foreman?

—No es mi abogado. Es el abogado del banco. Consejero externo. Decidieron no llevarlo desde dentro por el posible conflicto.

Asentí.

—¿Conoce el nombre del club que compró?

—No.

Estaba allí sentado mirando la contaminación que había más allá de la ventana. Estaba mirando pero no veía. Me había vuelto hacia el interior al sentir los primeros tirones del instinto y la excitación, del estado de gracia propio de mi religión.

—¿Señor Bosch? —dijo Scaggs—. Baje de las nubes. Tengo una reunión dentro de cinco minutos.

Salí de mi ensueño y lo miré.

—Disculpe, señor. He terminado. Por el momento. Pero antes de su reunión, ¿podría llamar a Jocelyn Jones y decirle que voy a ir a verla? También necesito saber dónde está la sucursal.

—No hay problema.

34

Tenía un rato libre antes de presentarme en la sucursal de BankLA en West Hollywood donde trabajaba Jocelyn Jones, así que me dirigí hacia el oeste por Hollywood Boulevard. Apenas había pasado por allí desde mi retiro y quería visitar mi antiguo territorio. Según el periódico estaba cambiando y quería verlo por mí mismo.

El asfalto del bulevar relucía al sol, pero las fachadas de las tiendas y los edificios de oficinas cerca de Vine Street dormitaban bajo la pátina de medio siglo de *smog*. No había allí ninguna diferencia. Pero una vez pasado Cahuenga y al meterme en Highland vi que cobraba vida el nuevo Hollywood: nuevos hoteles —y no estoy hablando de los que alquilaban habitaciones por horas—, cines, centros populares y sucursales de los principales restaurantes de categoría. Las calles y aceras estaban repletas; las estrellas incrustadas en las aceras, pulidas. Era más seguro y más limpio, pero menos genuino. Aun así, la palabra que reventó en mi mente fue «esperanza». Se respiraba una sensación de esperanza y buen ánimo. De la calle surgía una vibración definida y creo que me gustó. Sabía que la idea era que la vibración se expandiría desde su núcleo y recorrería el bulevar como una ola, llevando renovación y reinvención a su paso. Hacía unos pocos años habría sido el primero en opinar que el plan carecía de posibilidades. Pero tal vez estaba equivocado.

Todavía me sentía tocado por la suerte de Las Vegas y

decidí dejar que la buena vibración me llevara por Fairfax hasta la Tercera y aparqué en el Farmer's Market para comprar algo de comer.

El lavado de cara del mercado era otra obra de la que había permanecido alejado. Había un nuevo aparcamiento y un edificio municipal abierto construido junto al viejo mercado de madera, caracterizado por su reconfortante combinación de comida buena y barata y su ambiente kitsch. Pese a que creo que me gustaba más cuando simplemente podías aparcar junto al puesto, debía admitir que lo habían hecho bien. Era lo viejo y lo nuevo puestos uno al lado del otro y con éxito. Caminé por la sección nueva, pasé por los almacenes y la librería más grande que jamás había visto, hasta llegar a la parte vieja. Bob's Donuts seguía allí, lo mismo que todos los otros lugares que recordaba. Estaba repleto. La gente era feliz. Era demasiado tarde para un donut, así que cogí un sándwich de beicon, lechuga y tomate y cambio de un dólar en el Kokomo Café y me comí el sándwich en una de las viejas cabinas de teléfonos que habían dejado en su sitio, junto a Dupar's. Llamé a Roy Lindell primero y lo pillé comiendo en su mesa.

—¿Qué tienes?

—Sándwich de pan de centeno con atún y *pickles*.

—¡Qué asco!

—Sí, ¿y tú?

—Beicon, lechuga y tomate. Con el beicon doble ahumado de Kokomo.

—Bueno, me ganas de calle. ¿Qué quieres, Bosch? La última vez que te vi no querías saber nada de mí. De hecho, creía que te habías ido a Las Vegas.

—Fui, pero he vuelto. Y el camino empieza a allanarse. Digamos que he llegado a un entendimiento con tus colegas de la novena planta. ¿Quieres volver a entrar en esto o prefieres seguir llorando?

—¿Tienes algo?

—Tal vez. No mucho más que una corazonada, por el momento.

—¿Qué quieres de mí?

Aparté el envoltorio del sándwich y abrí el expediente del caso para conseguir la información que necesitaba.

—Veamos, ¿qué puedes conseguir de un tío llamado Linus Simonson? Treinta y un años, varón blanco. Tiene un club en la ciudad.

—¿Cómo se llama el club?

—Todavía no lo sé.

—Fantástico. ¿Quieres que recoja de paso tu ropa seca?

—Sólo busca el nombre en el ordenador.

Le di la fecha de nacimiento de Simonson y la dirección que figuraba en el expediente del caso, aunque me daba la sensación de que no sería la misma.

—¿Quién es?

Le hablé del antiguo trabajo de Simonson en BankLA y de que le dispararon durante el golpe.

—El tipo era una víctima. ¿Crees que lo montó todo y les dijo a sus colegas que le dispararan en el culo?

—No lo sé.

—¿Y qué tiene que ver con Marty Gessler?

—No lo sé, tal vez nada. Probablemente nada. Pero quiero investigarlo. Algo no me cuadra.

—Perfecto, tú sigue con tus corazonadas y yo me pego el curro, Bosch. ¿Algo más?

—Mira, si no quieres hacerlo, dímelo. Conseguiré a alguien que...

—Oye, te he dicho que lo haré, y lo haré. ¿Algo más?

Dudé un momento, pero no mucho.

—Sí, otra cosa. ¿Puedes comprobarme una matrícula?

—Dámela.

Le di el número de matrícula del coche que conducía Eleanor. Seguía recordándola y suponía que continuaría haciéndolo hasta que lo comprobara.

—¿De Nevada? —preguntó Lindell con una sospecha obvia en la voz—. ¿Tiene que ver con tu viaje a Las Vegas o con el asunto de aquí?

Debería haberlo sabido. Lindell podía ser muchas cosas,

pero desde luego no era estúpido. Ya había abierto la puerta. Tenía que entrar.

—No lo sé —mentí—. Pero ¿puedes conseguirme el registro?

Si el coche, como sospechaba, estaba registrado a un nombre distinto del de Eleanor, podría inventar una historia de que creía que me habían seguido y Lindell nunca se daría cuenta.

—Muy bien —dijo el agente del FBI—. Tengo que irme. Llámame más tarde.

Colgué y eso fue todo. La culpa me atizaba como las olas golpean los pilones que sostienen el muelle. Tal vez pudiera engañar a Lindell con la petición, pero no a mí mismo. Estaba investigando a mi ex mujer. Me pregunté si sería capaz de hacer algo más rastrero.

Tratando de no hurgar en la herida, cogí el auricular y eché más monedas en el teléfono. Llamé a Janis Langwiser y me di cuenta mientras esperaba a que contestara de que podría estar a punto de responder a la pregunta que acababa de plantearme.

La secretaria de Langwiser dijo que estaba hablando por la otra línea y que ella me llamaría. Le dije que no estaba localizable, pero que volvería a llamarla en quince minutos. Colgué y caminé por el mercado, pasando la mayor parte del tiempo en una pequeña tienda que sólo vendía salsas picantes, de centenares de marcas diferentes. No estaba seguro de cuándo la usaría porque apenas cocinaba en casa, pero me compré una botella de Gator Squeezins porque me gustaba el sitio y necesitaba más cambio para la siguiente llamada.

Mi siguiente parada fue la panadería. No para comprar, sólo para mirar. Cuando era niño y mi madre aún vivía, solía llevarme al Farmer's Market los sábados por la mañana. Lo que más recordaba era mirar por el escaparate de la panadería cuando el pastelero adornaba los pasteles que la gente encargaba para cumpleaños, fiestas y bodas. Hacía grandes dibujos encima de cada pastel, metiendo la nata por una manga, con sus gruesos antebrazos cubiertos de harina y azúcar.

Mi madre normalmente me decía que me esperara delante del escaparate para ver cómo decoraban la cobertura del pastel. A veces pensaba que estaba mirando al pastelero, pero en realidad la miraba a ella en el reflejo del cristal, tratando de entender qué era lo que fallaba.

Cuando se cansaba de tenerme en brazos, mi madre iba a buscar una silla del restaurante de al lado —lo que ahora llaman en los centros comerciales un patio de comida— y me ponía de pie en ella. Solía mirar los pasteles e imaginaba a qué fiesta iría cada uno y cuánta gente iba a asistir a ella. Parecía como si esos pasteles pudieran ir sólo a sitios felices. Pero sabía que cuando el pastelero decoraba un pastel de bodas, mi madre se entristecía.

La panadería y el escaparate seguían allí. Me quedé delante del cristal con mi bolsa de salsa picante, pero no había pastelero. Sabía que era muy tarde. Los pasteles los hacían temprano para que estuvieran listos para recogerlos o entregarlos en fiestas de cumpleaños, bodas, aniversarios y similares. En el estante de al lado del escaparate vi la selección de mangas de acero inoxidable que el pastelero usaba para hacer distintos diseños y flores de nata.

—No hace falta que espere. Ha terminado por hoy.

No necesitaba volverme. En el reflejo de la ventana, vi a una señora mayor que pasaba por detrás de mí. Me hizo pensar en mi madre otra vez.

—Sí —dije—. Creo que tiene razón.

La segunda vez que me metí en la cabina y llamé a Langwiser contestó enseguida.

—¿Todo bien?

—Sí, bien.

—Bueno, me habías asustado.

—¿De qué estás hablando?

—Le dijiste a Roxanne que estabas ilocalizable. Pensé que a lo mejor estabas en una celda o algo así.

—Oh, lo siento. No pensé en eso. Es sólo que todavía no uso el móvil.

—¿Crees que todavía te escuchan?

—No lo sé. Sólo son precauciones.

—¿Entonces esto es sólo para fichar?

—Más a menos, también quería hacerte una pregunta.

—Te escucho.

Tal vez fuera por la forma en que no le había dicho a Lindell toda la verdad o por la forma en que me hacía sentir investigar a Eleanor, pero decidí no engañar a Langwiser. Decidí sencillamente enseñar las cartas que tenía.

—Hace unos años tu bufete llevó un caso. El abogado era James Foreman y el cliente BankLA.

—Sí, el banco es un cliente. ¿Qué caso fue? Yo no estaba aquí hace unos años.

Cerré la puerta de la cabina aunque sabía que pronto haría demasiado calor en el pequeño cubículo.

—No sé cómo lo llamaron, pero la otra parte era Linus Simonson. Trabajaba en el banco como ayudante del vicepresidente. Lo hirieron de bala durante el golpe del rodaje.

—Vale. Recuerdo que hirieron a alguien y que mataron a alguien, pero no recuerdo los nombres.

—Él fue el herido. El muerto fue Ray Vaughn, jefe de seguridad del banco. Simonson sobrevivió. De hecho, sólo le dieron en el trasero. Probablemente una bala rebotada, si recuerdo la forma en que lo trabajó el equipo de tiroteos.

—¿Y entonces demandó al banco?

—No estoy seguro de que llegara tan lejos. La cuestión es que él estuvo de baja durante un tiempo y al final decidió que no quería continuar. Se buscó un abogado y empezó a insistir en que el banco era responsable por colocarlo en una situación de potencial peligro.

—Suena razonable.

—Aunque se presentó voluntario para estar allí. Ayudó a preparar el dinero y después se ofreció voluntario para vigilarlo durante el rodaje.

—Bueno, sigue siendo ganable. Podía argumentar que se presentó voluntario porque recibió presiones o...

—Sí, todo eso ya lo sé. No me preocupaba si tenía posibilidades o no. Aparentemente las tenía porque el banco llegó a un acuerdo y lo manejó James Foreman.

—Muy bien, ¿entonces adónde quieres llegar? ¿Cuál es tu pregunta?

Volví a abrir la puerta de la cabina para recibir un poco de aire fresco.

—Quiero saber por cuánto llegó a un acuerdo. ¿Cuánto se llevó?

—Llamaré a Jim Foreman ahora mismo, ¿quieres esperar en línea?

—Eh, no es tan sencillo. Creo que hay un acuerdo de confidencialidad.

Hubo un silencio en la línea y yo de hecho sonreí mientras esperaba. Me sentía bien de haber abordado el problema.

—Ya veo —dijo al fin Langwiser—. Así que quieres que viole ese acuerdo descubriendo cuánto se llevó.

—Bueno, si quieres mirarlo de esa manera...

—¿De qué otra manera se puede mirar?

—Estoy investigando esto y ha surgido él. Simonson. Y simplemente me ayudaría mucho si supiera qué cantidad le dio el banco. Me ayudaría mucho, Janis.

De nuevo mis palabras fueron recibidas con una buena dosis de silencio.

—No voy a ir a fisgonear en los archivos de mi propio bufete —dijo al fin—. No voy a hacer nada que pueda costarme la carrera. Lo mejor que puedo hacer es ir a ver a Jim y preguntárselo.

—Vale.

No esperaba conseguir tanto.

—La cuña que tengo es que BankLA sigue siendo cliente. Si me estás diciendo que este tipo, Simonson, puede haber formado parte de este golpe que le costó al banco dos millones y su jefe de seguridad, entonces podría estar más dispuesto.

—Eh, eso está bien.

Había pensado en ese ángulo, pero quería que saliera de ella. Empecé a sentir una familiar taquicardia. Pensé que tal vez ella podría conseguir lo que necesitaba de Foreman.

—No te entusiasmes todavía, Harry.

—Vale.

—Veré lo que puedo hacer y después te llamaré. Y no te preocupes, si tengo que dejarte un mensaje en tu número de casa será en clave.

—Vale, Janis, gracias.

Colgué y salí de la cabina. En el camino de regreso a través del mercado en dirección al aparcamiento pasé el escaparate de la pastelería y me sorprendí al ver que el pastelero estaba allí. Me detuve un momento y observé. Debía de haber sido un pedido de última hora, porque parecía que acabaran de sacar el pastel de uno de los armaritos interiores de exposición. Ya llevaba la cobertura. El tipo que estaba al otro lado del cristal sólo estaba poniendo flores y letras.

Esperé hasta que escribió el mensaje. Era en letra rosa sobre un campo de chocolate. Decía: «Feliz cumpleaños, Callie.» Ojalá fuera otro pastel que iba a un lugar feliz.

35

Jocelyn Jones trabajaba en una sucursal del banco en San Vicente Boulevard, en Santa Mónica. En un condado conocido durante décadas como la capital mundial de robos de bancos ella estaba en un lugar lo más seguro posible. Su sucursal se alzaba justo enfrente de la comisaría del sheriff de West Hollywood.

La sucursal era un edificio de dos pisos estilo *art déco* con una fachada en curva y grandes ventanas redondas en la segunda planta. El mostrador del cajero y los escritorios de nuevas cuentas ocupaban la primera planta y las oficinas ejecutivas se hallaban arriba. Encontré a Jones en una oficina con un ojo de buey con vistas, al Pacific Design Center, conocido localmente como la Ballena Azul porque desde algunos ángulos su fachada revestida de azul recordaba la cola de una ballena jorobada saliendo del océano.

Jones sonrió y me invitó a sentarme.

—El señor Scaggs me dijo que vendría y que podía hablar con usted. Me ha explicado que estaba usted trabajando en el caso del atraco.

—Exacto.

—Me alegro de que no se haya olvidado.

—Bueno, yo me alegro de oírle decir eso.

—¿En qué puedo ayudarle?

—No estoy muy seguro. Estoy tratando de volver a trazar una serie de pasos que ya se dieron anteriormente. Así que puede resultar repetitivo, pero me gustaría que me hablara de su participación. Le haré preguntas si se me ocurre alguna.

—Bueno, no hay mucho que pueda decirle. Yo no estuve allí como Linus y el pobre señor Vaughn. Yo estuve básicamente con el dinero antes de que lo transportaran. En ese momento era ayudante del señor Scaggs. Él ha sido mi mentor en la compañía.

Asentí y sonreí como si pensara que todo era muy bonito. Me estaba moviendo con lentitud, con el plan de irla conduciendo progresivamente en la dirección en la que quería ir.

—Así que trabajó con el dinero. Lo contó, lo empaquetó y lo preparó. ¿Dónde hizo eso?

—En la central. Estuvimos permanentemente en una cámara acorazada. El dinero nos llegó de las sucursales y lo hicimos todo allí mismo sin salir en ningún momento. Salvo, claro, al final del día. Tardamos tres días, o tres días y medio, en prepararlo todo. La mayor parte del tiempo lo pasamos esperando que llegaran los billetes de las sucursales.

—Cuando habla en plural se refiere a Linus...

Abrí el expediente del caso en mi regazo como para comprobar un apellido que no recordaba.

—Simonson —dijo ella por mí.

—Exacto, Linus Simonson. ¿Trabajaron juntos en esto?

—Eso es.

—¿El señor Scaggs también era mentor de Linus?

Ella negó con la cabeza y creo que se ruborizó ligeramente, aunque era difícil de decir porque tenía la piel muy oscura.

—No, el programa de mentores es un programa minoritario. Debería decir que era. Lo suspendieron el año pasado. De todos modos, Linus es blanco, de Beverly Hills. Su padre tenía unos cuantos restaurantes y no creo que necesitara ningún mentor.

—De acuerdo, entonces usted y Linus estuvieron allí tres días reuniendo ese dinero. También tenían que anotar los números de serie de los billetes, ¿no?

—Sí, también nos encargamos de eso.

—¿Cómo lo hicieron?

Ella tardó un momento en responder, mientras hacía un esfuerzo por recordar. Se balanceó lentamente en la silla. Observé el helicóptero del sheriff que aterrizaba en el tejado de la comisaría, al otro lado de Santa Monica Boulevard.

—Lo que recuerdo es que se suponía que tenía que ser aleatorio —dijo ella—. Así que sacábamos billetes de los fajos al azar. Creo que teníamos que anotar unos mil números. Eso también nos llevó lo suyo.

Pasé las hojas del expediente del caso hasta que encontré el informe de los números de serie que ella y Simonson habían elaborado. Abrí las anillas de la carpeta y saqué el informe.

—Según esto registraron ochocientos números de serie.

—Ah, de acuerdo. Entonces ochocientos.

—¿Es éste el informe?

Se lo tendí y ella lo estudió, mirando cada página y su firma al final de la última.

—Eso parece, pero han pasado cuatro años.

—Sí, ya lo sé. ¿Ésa fue la última vez que lo vio, cuando lo firmó?

—No, después del robo lo vi. Cuando me interrogaron los detectives. Me preguntaron si ése era el informe.

—¿Y usted dijo que lo era?

—Sí.

—Bien, volviendo a cuando usted y Linus prepararon este informe, ¿cómo fue el proceso?

Ella se encogió de hombros.

—Linus y yo nos turnamos anotando números en su portátil.

—¿No existe algún tipo de escáner o de copiadora que pudiera registrar los números de serie más fácilmente?

—Sí la hay, pero no servía para lo que teníamos que hacer. Teníamos que seleccionar al azar y registrar billetes de cada paquete, pero mantener cada billete en su fajo original. De esa forma si robaban el dinero y lo repartían habría una manera de seguir la pista a cada paquete.

—¿Quién le dijo que lo hicieran así?

—Bueno, supongo que surgió del señor Scaggs o tal vez del señor Vaughn. El señor Vaughn fue quien se ocupó de la seguridad y de que se cumplieran las instrucciones de la compañía aseguradora.

—Muy bien, de modo que está usted en la cámara acorazada con Linus. ¿Exactamente cómo registraban el dinero?

—Oh, Linus pensó que no acabaríamos nunca si anotábamos los números y después teníamos que copiarlos en un ordenador. Así que trajo su portátil y los introdujimos directamente. Uno de nosotros leía el número mientras el otro lo tecleaba.

—¿Quién hacía cada cosa?

—Nos turnábamos. Podría pensar que estar sentados a una mesa con dos millones de dólares en efectivo es algo muy emocionante, pero lo cierto es que era aburrido. Así que nos cambiábamos. A veces yo leía y él escribía y después yo escribía mientras él leía los números.

Pensé en ello, tratando de ver cómo podía haber funcionado. Podría parecer que el hecho de asignar dos empleados a la elaboración de la lista proporcionaba un sistema de doble control, pero no era así. Tanto si Simonson leía los números como si los introducía en el portátil, estaba controlando los datos. Podía haberse inventado los números en cualquiera de las dos posiciones y Jones no lo habría sabido a menos que hubiera mirado al billete o a la pantalla del ordenador.

—Entendido —dije—. Cuando terminaron imprimieron el archivo y firmaron el informe, ¿no?

—Sí, bueno eso creo. Fue hace mucho tiempo.

—¿Es ésa su firma?

Ella pasó a la última página del documento y lo comprobó. Asintió.

—Sí.

Estiré la mano y ella me devolvió el documento.

—¿Quién le llevó el informe al señor Scaggs?

—Probablemente Linus. Él lo imprimió. ¿Por qué son tan importantes todos estos detalles?

Era su primera sospecha de lo que estaba haciendo. No

respondí. Pasé el informe que ella había estado estudiando a la última página y miré yo mismo las firmas. La firma de ella estaba debajo de la de Simonson y encima del garabato de Scaggs. Ése había sido el orden de las firmas. Primero Simonson, después ella y luego el documento fue llevado a Scaggs para la autorización final.

Cuando levanté el informe a la luz del ojo de buey, vi algo en lo que no había reparado antes. Era sólo una fotocopia del original, o quizá incluso una copia de otra copia, pero aun así, había gradaciones en la tinta de la firma de Jocelyn Jones. Era algo que ya había visto en otro caso.

—¿Qué pasa? —preguntó Jones.

La miré mientras volvía a guardar el documento en el expediente del caso.

—¿Disculpe?

—Parecía que había visto algo importante.

—Oh, no. Sólo estoy comprobando todo. Tengo unas pocas preguntas más.

—Bien. Debería ir bajando. Cerramos enseguida.

—Entonces ya termino. ¿El señor Vaughn formaba parte de este proceso en el que se preparó el dinero y se documentaron los números de serie?

Ella sacudió la cabeza.

—En realidad no. Él en cierto modo nos supervisaba. Venía mucho, especialmente cuando llegaba el dinero de las sucursales o de la Reserva Federal. Estaba a cargo de eso, supongo.

—¿Entró cuando estaban dictando los números y escribiéndolos en el ordenador?

—No lo recuerdo. Creo que sí. Como le dije, venía mucho. Creo que le gustaba Linus.

—¿Qué quiere decir con que le gustaba Linus?

—Bueno, ya sabe.

—¿Quiere decir que el señor Vaughn era gay?

Se encogió de hombros.

—Creo que lo era, pero no abiertamente. Supongo que era un secreto.

—¿Y Linus?

—No, él no es gay. Por eso creo que no le gustaba que el señor Vaughn viniera tanto.

—¿Se lo dijo a usted o fue su percepción de ello?

—No, él lo comentó un día. Como si hiciera broma diciendo que iba a poner una demanda por acoso sexual si la cosa se mantenía. Algo así.

Asentí. No sabía si significaba algo para el caso o no.

—No ha contestado a mi pregunta de antes.

—¿Cuál era?

—Que por qué se centra tanto en esto, en los números de serie. Y en Linus y el señor Vaughn.

—En realidad no lo hago. Se lo parece porque es la parte que usted conoce. Pero trato de ser concienzudo en todos los aspectos del caso. ¿Volvió a tener noticias de Linus?

Pareció sorprendida por la pregunta.

—¿Yo? No. Lo visité una vez en el hospital, justo después del tiroteo. Nunca se reincorporó al banco, así que no volví a verle. Trabajábamos juntos, pero no éramos amigos. Supongo que estábamos en lados distintos de la vía. Siempre pensé que por eso nos eligió el señor Scaggs.

—¿A qué se refiere?

—Bueno, no éramos amigos y Linus era, bueno, Linus. Creo que el señor Scaggs eligió a dos personas que eran diferentes y que no eran amigos para que no tuvieran ninguna idea acerca del dinero.

Asentí, pero no dije nada. Ella pareció sumergirse en una idea y después sacudió la cabeza en un gesto de autodesaprobación.

—¿Qué?

—Nada. Es sólo que estaba pensando en ir a verlo a uno de los clubes, pero probablemente ni siquiera me dejarían entrar. Y si dijera que le conocía, podría resultar embarazoso, bueno, si lo llamaran y actuara como si no se acordara de mí.

—¿Clubes? ¿Hay más de uno?

Ella cerró los ojos hasta convertirlos en dos rendijas desconfiadas.

—Me ha dicho que estaba siendo concienzudo, pero ni siquiera sabe quién es ahora, ¿verdad?

Me encogí de hombros.

—¿Quién es ahora?

—Es Linus. Ahora sólo usa el nombre. Es famoso. Él y sus socios son dueños de los mejores clubes de Hollywood. Es donde todos los famosos van a dejarse ver. Hay cola en la puerta y en los guardarropas.

—¿Cuántos clubes?

—Creo que ahora son al menos cuatro o cinco. No llevo la cuenta. Empezaron con uno y han ido sumando.

—¿Cuántos socios son?

—No lo sé. Había un artículo de una revista, espere un momento, creo que lo guardé.

Ella se agachó y abrió el cajón de debajo de su escritorio. Oí que revolvía su contenido y al final sacó un ejemplar del *Los Angeles Magazine*, el mensual. Empezó a pasar páginas. Era una revista en color que enumeraba los restaurantes en la parte de atrás y que normalmente incluía dos o tres artículos largos sobre la vida y la muerte en Los Ángeles. Pero no era sólo información frívola. En dos ocasiones a lo largo de los años, escritores de la revista habían firmado reportajes de mis casos. Siempre pensé que eran los que más se habían acercado al describir cuáles son los efectos de un crimen en una familia o un barrio. Las repercusiones.

—No sé por qué lo guardo —dijo Jones, un poco avergonzada después de que acababa de decir que no le llevaba la cuenta a su antiguo compañero de trabajo—. Supongo que porque lo conocía. Sí, aquí está.

Giró la revista. El artículo titulado «Los reyes de la noche» ocupaba dos páginas e iba acompañado por la foto de cuatro hombres que posaban tras una barra de caoba oscura. Detrás de ellos había estantes con botellas de colores iluminadas desde abajo.

—¿Puedo verlo?

Ella cerró la revista y me la pasó.

—Puede quedársela. Como le he dicho, no creo que vuelva a ver a Linus nunca más. No tiene tiempo para mí. Hizo lo que dijo que iba a hacer y eso es todo.

Levanté los ojos de la revista para mirarla.

—¿A qué se refiere? ¿Qué le dijo que iba a hacer?

—Cuando lo vi en el hospital me dijo que el banco le debía mucho dinero por haber recibido un balazo en el..., bueno, ya sabe. Dijo que iba a cobrárselo, que dejaría el trabajo y abriría un bar. Dijo que no cometería los mismos errores que su padre.

—¿Su padre?

—No sé a qué se refería, no se lo pregunté. Pero por alguna razón abrir un bar era la ambición de Linus. Ser el rey de la noche, supongo. Bueno, lo consiguió.

Su voz tenía un deje de añoranza y envidia. No le sentaba bien y sentí ganas de decirle lo que opinaba de su héroe. Pero no lo hice. Todavía no tenía todo lo que necesitaba.

Creyendo que ya había llevado la entrevista todo lo lejos que podía, me levanté con la revista en la mano.

—Gracias por su tiempo. ¿Está segura de que no le importa que me la lleve?

Ella me dijo que no con el dedo.

—No, adelante. Ya la he mirado bastante. Una de estas noches debería ponerme mis tejanos y una camiseta negra y salir a ver si puedo robarle un minuto a Linus. Podríamos hablar de los buenos viejos tiempos, pero no quiere oír hablar de ellos.

—Nadie quiere, Jocelyn. Porque los viejos tiempos no fueron tan buenos.

Me levanté. Quería ofrecerle unas palabras de ánimo. Quería decirle que no tuviera envidia, que lo que ella tenía y lo que había conseguido eran cosas de las que sentirse orgullosa. Pero el helicóptero del sheriff despegó y pasó por encima de la calle y del banco. El lugar tembló como en un terremoto y se llevó mis palabras. Dejé a Jocelyn Jones sentada allí, pensando en el otro lado de la vía.

36

La revista se había publicado siete meses antes. El artículo sobre Linus Simonson y sus socios no era una historia de portada, pero se anunciaba en ella con una frase que decía: «Los empresarios de los *after hours* de Hollywood.» El artículo, que estaba ligado a la inminente apertura de un sexto club de moda por parte del grupo de cuatro empresarios, se refería a Simonson como «el rey de los aduladores de la noche», que había cimentado todo su imperio a partir de un bar cutre que había comprado con lo obtenido en un acuerdo legal. Había conseguido ese primer club en un callejón cercano a Hollywood y Cahuenga, lo había renovado, había reducido la iluminación a la mitad y había contratado a camareras que se valoraban más por su aspecto y sus tatuajes que por sus habilidades en mezclar bebidas y sumar las cuentas. Ponían la música alta, cobraban veinte dólares por entrar y no dejaban pasar a nadie que llevara corbata o camisa blanca. El club no tenía nombre en la fachada ni constaba en el listín telefónico. Una flecha de neón azul fluorescente sobre la puerta era la única indicación de un establecimiento comercial. Pronto incluso la flecha dejó de ser necesaria y se retiró porque siempre había una fila de incondicionales que se extendía por el callejón desde la puerta.

El periodista afirmaba que Linus —se referían a él por el nombre de pila en la mayor parte del artículo— se asoció posteriormente con tres colegas de sus días en el instituto de Beverly Hills y empezó a abrir nuevos clubes a un ritmo de uno cada seis meses. Los empresarios seguían básicamente el modelo que había funcionado con el primer club. Compraban un establecimiento en decadencia, lo renovaban y volvían a abrir, hacían correr la voz y esperaban a que ésta se extendiera a través de las filas de la gente guapa de Hollywood. Después del bar sin nombre, los salones que el grupo inauguraba tendían a seguir en estilo y nombre un tema literario o musical.

El segundo bar que compró el grupo, cerrado y después reabierto era Nat's Day of the Locusts, un guiño a Nathanael West y su novela clásica sobre Hollywood. No era un nombre nuevo. El lugar había sido conocido simplemente como Nat's durante décadas y la mayoría de los clientes probablemente creían que debía su nombre a Nat King Cole. En cualquier caso el nombre tenía gancho y el grupo lo conservó.

Nat's también era el local donde habían sido tiroteados Dorsey y Cross. El artículo informaba de que el asesinato había contribuido al descenso del precio de venta del local. De hecho, había sido una ganga. Sin embargo, una vez que el bar reabrió —sin cambio de nombre— y se dirigió a los noctámbulos, la historia del local se sumó a su mística. Había sido otro éxito inmediato y enorme de los colegas de instituto que llamaban a su floreciente empresa Four Kings Incorporated.

Durante mucho tiempo en mi vida no creí en las coincidencias. Ahora he aprendido que existen. Pero hay coincidencias y coincidencias. Kiz Rider viniendo a casa y dejando caer el *high jingo* mientras Art Pepper lo estaba tocando, eso era una coincidencia. Pero mientras estaba sentado en el Mercedes y leía el artículo de la revista, no estaba dispuesto a aceptar como una casualidad que Linus Simonson comprara el bar en el que fueron tiroteados dos detectives que investigaron el golpe de los dos millones de dólares que él contó y cuyo envío preparó. No creí ni por un momento que fuera coincidencia. Pensé que era pura arrogancia.

Además del bar sin nombre y de Nat's, el grupo de cuatro también abrió lugares llamados Kings' Crossing, Chet's y Cozy's Last Stand, llamado, según el artículo, en honor a un amigo que había desaparecido. El lugar que había ocasionado el artículo de la revista y que estaba a punto de abrir iba a ser llamado Doghouse Reilly's, por un alias que utilizaba el detective privado Philip Marlowe en una novela de Raymond Chandler.

El artículo no ahondaba en el trasfondo financiero que había detrás de la operación de los cuatro hombres. Estaba más interesado en el oropel que en el apuntalamiento de la supuesta historia de éxito. Se tomaba como un hecho, y así se relataba, que los primeros establecimientos apoyaron la expansión del grupo en un ciclo continuado. Los beneficios del primer bar financiaron el segundo y así sucesivamente.

Pero la historia no era completamente positiva. El autor del artículo terminaba con la sugerencia de que los cuatro reyes podrían convertirse en víctimas de su propio éxito. La teoría defendía que la población de noctámbulos de cuero negro era limitada en Hollywood, y que abrir y operar seis salas no expandía significativamente la base de clientes. Sólo los repartía. El artículo señalaba que había muchos pretendientes al trono, un montón de bares y salas menos *cool* que habían abierto en años recientes.

El artículo concluía señalando que en un viernes reciente, a medianoche, no había cola de noctámbulos esperando para entrar en el club sin nombre. Sugería cínicamente que podría ser hora de ir pensando en volver a poner el neón azul.

Dejé la revista en la carpeta y me quedé reflexionando. Tenía la sensación de que las cosas empezaban a encajar. Me sentía ansioso porque instintivamente sabía que estaba cerca. Aún no contaba con todas las respuestas, pero la experiencia me decía que llegarían. Lo que necesitaba era la dirección. Hacía más de cuatro años que había mirado el cadáver de Angella Benton y por fin tenía un sospechoso sólido.

Abrí la consola central y saqué el móvil. Supuse que no habría peligro en llamar al teléfono de mi propia casa y escuchar los mensajes. Tenía dos. El primero era de Janis Langwiser. Era breve y dulce.

—Soy yo. Llámame, pero usa todas las precauciones.

Sabía que eso significaba un teléfono público. El siguiente mensaje era de Roy Lindell. También seguía el estándar de brevedad.

—Muy bien, capullo. Tengo algo para ti. Llámame.

Miré en torno a mí. Había aparcado enfrente de una oficina de correos en San Vicente Boulevard. Mi tiempo de estacionamiento había transcurrido y no tenía monedas ni para el parquímetro ni para las llamadas que tenía que hacer. Supuse que habría un teléfono en el interior de la oficina de correos y una máquina para obtener cambio para comprar sellos de otras máquinas. Bajé del coche y entré en la oficina.

La oficina principal de correos estaba cerrada, pero en una sala exterior que estaba abierta fuera de horas encontré la máquina y el teléfono público que estaba buscando. Llamé primero a Langwiser porque supuse que ya había avanzado en la investigación más allá de la información que le había pedido a Lindell.

Localicé a Langwiser en el móvil, pero ella seguía en el despacho.

—¿Qué has conseguido de Foreman? —le pregunté, yendo al grano.

—Esto tiene que mantenerse altamente confidencial, Harry. Hablé con Jim y, cuando le expliqué las circunstancias, no le importó hablar de ello. Con la salvedad de que esta información no va a ir a ningún informe y que nunca revelarás tu fuente.

—No hay problema. De todos modos, ya no escribo informes.

—No seas tan rápido y caballeroso. Ya no eres poli ni tampoco abogado. No tienes ninguna protección legal.

—Tengo una licencia de detective privado.

—Eso no te sirve. Si un juez te ordena que reveles tu fuente tendrás que hacerlo o enfrentarte al desacato. Podría suponer ir a prisión. Y a los ex polis no les va muy bien en la cárcel.

—Dímelo a mí.

—Acabo de hacerlo.

—Vale, entendido. Sigue sin haber problema.

La verdad era que no se me ocurría cómo la información podría acabar alguna vez en el tribunal ante un juez. No me preocupaba la posibilidad de la cárcel.

—Vale, mientras estemos a salvo. Jim me dijo que Simonson pactó por cincuenta mil dólares.

—¿Nada más?

—Nada más, y no era demasiado. Su abogado se lleva un treinta y cinco por ciento. También tuvo que pagar las costas.

Había tenido un abogado que se llevaba el treinta y cinco por ciento de cualquier pacto a cambio de no cobrarle horas, lo cual significaba que Simonson probablemente sacó en limpio algo más de treinta de los grandes. No era mucho si se trataba de dejar tu trabajo y empezar un imperio de la noche.

El sentido de la ansiedad que había sentido cosquillear cambió de marcha. Había sospechado que el acuerdo habría sido bajo, pero no tanto. Estaba empezando a convencerme a mí mismo.

—¿Foreman dijo algo más del caso?

—Sólo otra cosa. Dijo que fue Simonson quien insistió en el acuerdo de confidencialidad y además los términos eran inusuales. No sólo requirió que no hubiera un anuncio público, sino también que no hubiera un registro público.

—Bueno, de todos modos no fue a juicio.

—Ya lo sé, pero BankLA es una corporación con participación pública. Así que lo que conllevaba el acuerdo de confidencialidad era que Simonson apareciera con un seudónimo en todos los registros financieros relacionados con el pago. Aparece, otra vez según su petición, como el señor King.

No respondí, mientras sopesaba la nueva información.

—Dime, ¿cómo lo he hecho, Harry?

—Francamente bien, Janis. Lo que me recuerda que has

estado trabajando un montón en esto. ¿Estás segura de que no quieres cobrarme?

—Sí, estoy segura. Sigo en deuda contigo.

—Bueno, ahora estaré yo en deuda. Quiero que hagas una última cosa por mí. Acabo de decidir que mañana le daré lo que tengo a las autoridades. Sería bueno que estuvieras ahí. Sólo para asegurarme de que no cruzo ninguna línea con esta gente.

—Estaré. ¿Dónde?

—¿Quieres comprobar tu agenda antes?

—Ya sé que tengo la mañana libre. ¿Quieres hacerlo aquí o vas a ir a una comisaría?

—No, tengo problemas con las jurisdicciones. Me gustaría hacerlo en tu despacho. ¿Tienes una sala en la que podamos meter a seis o siete personas?

—Reservaré la sala de reuniones. ¿A qué hora?

—¿Qué te parece a las nueve y media?

—Bien. Yo estaré aquí antes por si quieres venir y hablar.

—Eso estaría bien. Te veré a eso de las ocho y media.

—Aquí estaré. ¿Crees que lo tienes?

Sabía a qué se refería. Me preguntaba si tenía la historia, aunque no tuviera pruebas reales que empujaran al Departamento de Policía de Los Ángeles y al FBI a implicarse de nuevo en el caso.

—Todo está cerrando. Tal vez hay una cosa más que puedo hacer antes de dárselo a alguien que pueda conseguir órdenes de registro y echar abajo puertas.

—Entendido. Te veo mañana. Me alegro de que hayas podido resolverlo. De verdad que me alegro.

—Sí, yo también. Gracias, Janis.

Después de colgar me di cuenta de que me había olvidado del parquímetro. Salí a echar monedas, pero ya era demasiado tarde. La policía de tráfico de West Hollywood había sido más rápida que yo. Dejé la multa en el parabrisas y volví a entrar. Encontré a Lindell en su oficina; estaba a punto de irse a casa.

—¿Qué tienes?

—*Herpes simplex*. ¿Qué tienes tú?

—Vamos, tío.

—Eres un capullo, Bosch, pidiéndome que te lave la ropa sucia.

Comprendí por qué estaba cabreado.

—¿La matrícula?

—Sí, la matrícula. Como si no lo supieras. Pertenece a tu ex esposa, tío, y de verdad que no me hace ninguna gracia que me arrastres a tu mierda. O la matas o te olvidas de ella, joder.

Sin duda alguna lo había sacado de sus casillas con la comprobación de matrícula.

—Roy, todo lo que puedo decirte es que no lo sabía. Lo siento. Tienes razón. No debería haberte arrastrado a esto y lamento haberlo hecho.

Hubo un silencio y pensé que lo había aplacado.

—¿Roy?

—¿Qué?

—¿Anotaste la dirección del registro?

—Eres un capullo integral.

Estuvo echando pestes durante otro minuto, pero al final, a regañadientes, me dio la dirección en la que estaba registrado el coche de Eleanor. No había número de apartamento. Al parecer no sólo tenía un coche mejor, sino que ahora vivía en una casa.

—Gracias, Roy. Es la última vez. Te lo prometo. ¿Ha surgido algo en la otra cosa que te pedí?

—Nada bueno, nada útil. El historial del tipo está bastante limpio. Hay algunas cuestiones juveniles, pero han prescrito. No fui muy a fondo con eso.

—Vale.

Me pregunté si sus problemas cuando era menor implicaban a sus antiguos compañeros del instituto de Beverly Hills y actuales socios.

—Lo único es que hay otro Linus Simonson en el ordenador. Por la edad diría que es su padre.

—¿Qué hizo?

—Tiene una acusación del fisco y bancarrota. Es material viejo.

—¿Cuánto?

—Primero vino lo del fisco, como de costumbre. Eso fue en el noventa y cuatro. El viejo se declaró en quiebra dos años después. ¿Quién es este Linus y por qué querías que lo investigara?

No respondí, me quedé absorto mirando una foto de los más buscados en la pared de la oficina de correos. Un violador múltiple. Pero en realidad no lo estaba mirando a él, sino a Linus. Estaba viendo cómo encajaba otra pieza. Linus dijo que no iba a cometer los mismos errores que su padre, que había acabado en la ruina, con un collar del fisco en el cuello. La cuestión que asomaba a través de la nueva información era: ¿cómo un hombre sin trabajo ni respaldo de papá invirtió los treinta mil dólares que se embolsó en la compra y renovación a fondo de un bar? Y después otro, y otro.

Préstamos, tal vez, si disponía de avales. O quizá una retirada de fondos de dos millones de dólares.

—Bosch, ¿estás ahí?

Salí del ensueño.

—Sí, estoy aquí.

—Te he hecho una pregunta. ¿Quién es este tío? ¿Está en la movida de la peli?

—Eso parece, Roy. ¿Qué haces mañana por la mañana?

—Hago lo que hago siempre. ¿Por qué?

—Si quieres una parte de esto, acude al despacho de mi abogada a las nueve. Y no te retrases.

—¿Está este tío relacionado con Marty? Si es él, no quiero una parte. Lo quiero todo.

—Todavía no lo sé. Pero seguro que nos lleva cerca.

Lindell quería plantear más preguntas, pero le corté. Tenía que hacer más llamadas. Le di el nombre y la dirección de Langwiser y finalmente le dije que estaría en el bufete a las nueve. Colgué y llamé a Sandor Szatmari y le dejé un mensaje invitándolo a la misma reunión.

Por último llamé a Kiz Rider a su oficina del Parker Center y le extendí la invitación a ella también. Kiz pasó de cero a cien en la escala de rabia en cinco segundos.

—Harry, te avisé sobre esto. Te vas a encontrar en un montón de problemas. No puedes trabajar un caso y después convocar una reunión en la cumbre cuando crees que es el momento de informarnos de tus investigaciones privadas.

—Kiz, ya lo he hecho. Sólo tienes que decidir si quieres estar allí o no. Habrá una buena parte de esto para alguien del Departamento de Policía de Los Ángeles. Por lo que yo estoy pensando podrías ser tú. Pero si no estás interesada llamaré a robos y homicidios.

—Maldita sea, Harry.

—¿Juegas o no?

Hubo una larga pausa.

—Juego, pero, Harry, no voy a protegerte.

—No lo esperaba.

—¿Quién es tu abogado?

Le di la información y estaba a punto de colgar. Sentí una sensación de terror por el daño a nuestra relación que parecía irreparable.

—Vale, nos vemos —dije finalmente.

—Sí —replicó abruptamente.

Me acordé de algo que necesitaba.

—Oh, y Kiz, mira si puedes encontrar el original del informe de los números de serie. Debería estar en el expediente del caso.

—¿Qué informe?

Se lo expliqué y le dije que lo buscara. Le di las gracias y colgué. Salí a la calle y cogí la multa del parabrisas del coche. Entré en el Mercedes y tiré la multa por encima de mi hombro al asiento de atrás para que me diera buena suerte.

Eran casi las siete en el reloj del salpicadero. Sabía que nada se ponía en marcha en los clubes de Hollywood hasta las diez o más tarde. Pero tenía impulso y no quería perderlo mientras me quedaba en casa esperando. Me senté a pensar, con los dedos tamborileando en el volante. Pronto estaban siguiendo el ritmo del fraseo que me había enseñado Quentin McKinzie, y al caer en la cuenta de eso, supe cómo podía pasar las próximas horas. Abrí el móvil y volví a llamar.

37

Sugar Ray McK me estaba esperando en la silla de la habitación que ocupaba en Splendid Age. La única indicación de que sabía que iba a salir era el sombrero *porkpie* que llevaba. En una ocasión me contó que sólo se lo ponía cuando salía a escuchar música, lo que significaba que ya apenas lo lucía. Bajo el ala, sus ojos estaban más afilados de lo que yo se los había visto en mucho tiempo.

—Esto va a ser divertido, colega —dijo, y me pregunté si no estaría viendo demasiado MTV.

—Espero que tengan un buen grupo para la primera sesión. Ni siquiera lo he mirado.

—No te preocupes. Estará bien. —Estiró la última palabra.

—¿Antes de que nos vayamos puedo pedirte esa lupa fantástica que usas para leer la programación de la tele?

—Claro. ¿Qué necesitas?

Sacó la lupa de un bolsillo que había en el brazo de su silla mientras yo sacaba la última página del informe de los números de serie del bolsillo de la camisa y lo desdoblaba. Sugar Ray me pasó la lupa y yo me acerqué a la mesita de noche y encendí la lámpara. Coloqué la hoja encima de la pantalla y examiné la firma de Jocelyn Jones a través de la lente. Fue la confirmación de lo que había visto antes en la oficina bancaria.

—¿Qué es eso, Harry? —preguntó Sugar Ray.

Le devolví la lupa y empecé a doblar de nuevo el papel.

—Sólo es algo en lo que he estado trabajando. Algo llamado temblor del falsificador.

—Uh, tío, yo tengo temblores en todas partes.

Le sonreí.

—Todos temblamos, de una forma u otra. Venga, vamos a escuchar música.

—Pero apaga esa lámpara, cuesta dinero.

Nos dirigimos hacia la salida. Mientras recorríamos el pasillo pensé en Melissa Royal y me pregunté si estaría visitando a su madre. Lo dudaba. Por un instante me aguijoneó el pánico porque sabía que se aproximaba el día en que tendría que sentarme con Melissa y decirle que yo no era el hombre que estaba buscando.

Un portero del centro me ayudó a subir a Sugar Ray al coche. El Mercedes probablemente era demasiado alto para él. Tendría que pensar en ello si volvía a sacarlo a pasear.

Fuimos al Baked Potato y cenamos mientras veíamos la primera parte del concierto, un cuarteto de músicos de oficio llamado Four Squared. Eran pasables, aunque transmitían una sensación de cansancio. Tenían inclinación por los temas de Billy Strayhorn, pero yo también, de modo que no me molestaba.

A Sugar Ray tampoco le importaba. Su cara se encendió y mantuvo el ritmo con los hombros al tiempo que escuchaba. No habló en ningún momento mientras la banda tocaba y aplaudió con entusiasmo después de cada tema. Lo que veía en sus ojos era reverencia. Reverencia por el sonido y por la forma.

Los músicos no lo reconocieron. Poca gente lo reconocería ahora que era sólo piel y huesos. Pero a Sugar Ray no le importaba. No menoscabó nuestra velada ni un ápice.

Después de la primera parte empezó a flaquear. Eran más de las nueve y hora de que se fuera a dormir. Me había dicho que todavía podía tocar en sueños. Yo pensé que todos deberíamos ser igual de afortunados.

También era hora de que yo mirara a la cara al hombre que se había llevado de este mundo a Angella Benton. No tenía placa ni respaldo oficial, pero sabía algunas cosas y creía que todavía representaba a la víctima. Hablaba por ella. Por la mañana tal vez me lo quitaran todo, seguramente me obligarían a sentarme y verlo desde la banda, pero hasta entonces el caso era mío. Y sabía que no iba a irme a dormir todavía. Iba a ir a confrontar a Linus Simonson y tomarle la medida. Quería que supiera quién le había echado el anzuelo. E iba a darle la oportunidad de responder por Angella Benton.

Cuando volvimos a Splendid Age dejé a Sugar Ray adormilado en el asiento delantero mientras iba a buscar al portero. Meterlo yo solo en el Mercedes había sido un trabajazo.

Lo desperté con suavidad y después lo bajamos a la acera. Lo llevamos adentro y después lo acompañamos por el pasillo hasta su habitación. Sentado en su cama, tratando de sacudirse el sueño, me preguntó dónde habíamos estado.

—He estado aquí contigo, Sugar Ray.

—¿Has estado ensayando?

—Siempre que he podido.

Me di cuenta de que probablemente había olvidado nuestra salida vespertina. Podría pensar que estaba allí para tomar una clase. Me sentí mal por el hecho de que lo hubiera olvidado tan pronto.

—Sugar Ray, he de irme, tengo trabajo.

—Vale, Henry.

—Me llamo Harry.

—Eso he dicho.

—Ah. ¿Quieres que encienda la tele o vas a dormir?

—No, enciéndeme la tele, si no te importa.

Encendí la tele que estaba instalada en la pared. Estaba sintonizada la CNN y Sugar Ray me pidió que la dejara así. Yo me acerqué y le pellizqué el hombro antes de dirigirme a la puerta.

—*Lush Life* —dijo a mi espalda.

Me volví para mirarlo. Estaba sonriendo. *Lush Life* había sido la última canción que habíamos oído. Se acordaba.

—Me encanta esa canción —añadió.

—Sí, a mí también.

Lo dejé con sus recuerdos de una vida fastuosa mientras me adentraba en la noche para pedir cuentas a un rey de una vida robada. Estaba desarmado, pero no tenía miedo. Estaba en estado de gracia. Llevaba conmigo la última plegaria de Angella Benton.

38

Poco después de las diez de la noche estaba acercándome a la puerta de Nat's en Cherokee, media manzana al sur de Hollywood Boulevard. Todavía era temprano, pero no había cola para entrar. No había cuerda de terciopelo, ni portero que seleccionara quién podía pasar y quién no. No había nadie cobrando entrada. Una vez en el local, vi que de hecho casi no había clientes.

Había estado en Nat's en numerosas ocasiones en su anterior encarnación, cuando era un antro poblado por una clientela tan devota al alcohol como a cualquier otro aspecto de la vida. No era un lugar para ligar, a no ser que se contara a las prostitutas que esperaban clientes. Tampoco era un sitio para ver famosos. Era un bar de copas sin más pretensiones, y como tal tenía un carácter honesto. Al entrar esta vez y ver todo el cobre pulido y la lujosa madera me di cuenta de que lo que el local renovado tenía era *glamour*, y eso nunca es lo mismo que el carácter, ni algo tan duradero. No importaba cuánta gente hubiera hecho cola en la noche de inauguración. El bar no iba a perdurar. Eso lo supe a los quince segundos. Era un lugar condenado antes de que sirvieran el primer martini, agitado y no revuelto, en una copa helada colocada sobre una servilleta negra.

Fui derecho a la barra, donde había tres clientes con aspecto de turistas llegados de Florida en busca de una dosis urgente de encanto californiano. La camarera era alta y delgada y llevaba tejanos negros y la camiseta ajustada de rigor que permitía a sus pezones presentarse a los clientes. Una serpiente tatuada en tinta negra se enroscaba en uno de sus bíceps y, con su lengua bífida y roja, le lamía el hueco del codo, donde las cicatrices de las agujas eran evidentes. Llevaba el pelo más corto que yo y se había tatuado un código de barras en la nuca. Me hizo pensar en lo mucho que había disfrutado al descubrir el cuello de Eleanor Wish la noche anterior.

—La consumición mínima es de diez dólares —dijo la camarera—. ¿Qué te pongo?

Recordé que según el artículo de la revista antes era de veinte dólares.

—¿Qué cubren los diez pavos? Este lugar está muerto.

—Quedarte aquí. Eso son diez dólares.

No hice ningún amago de ir a darle el dinero. Me incliné sobre la barra y hablé en voz baja.

—¿Dónde está Linus?

—No está aquí hoy.

—¿Entonces dónde está? Necesito hablar con él.

—Probablemente está en Chet's. Tiene la oficina allí. No suele empezar a moverse por los locales hasta después de la medianoche. ¿Vas a pagar los diez?

—No lo creo. Me voy.

Ella arrugó el entrecejo.

—Eres poli, ¿no?

Sonreí con orgullo.

—Desde hace veintiocho años.

No mencioné que me había retirado. Supuse que se pondría al teléfono y pasaría la voz de que venía un poli. Eso podía jugar a mi favor. Metí la mano en el bolsillo y saqué un billete de diez. Lo dejé sobre la barra.

—Eso no es por la entrada. Es para ti. Córtate el pelo.

Sonrió de manera exagerada, dejando a la vista unos bonitos hoyuelos. Agarró los diez.

—Gracias, papá.

Sonreí al salir.

Tardé quince minutos en llegar a Chet's, en Santa Mónica, cerca de La Brea. Tenía la dirección gracias al *Los Angeles Magazine*, que convenientemente había puesto una lista de todos los establecimientos de los Four Kings en un recuadro situado en la última página del artículo.

Allí tampoco había cola y sólo unos pocos clientes. Estaba empezando a pensar que en cuanto las revistas y las guías turísticas te declaraban *cool* ya estabas muerto y enterrado. Chet's era casi una fotocopia de Nat's, incluida la camarera huraña con los poco sutiles pezones y tatuajes. Lo único que me gustaba del lugar era la música. Cuando entré estaban poniendo *Cool Burnin'* de Chet Baker y pensé que, después de todo, tal vez los Four Kings tenían cierto gusto.

La camarera era un *déjà vu*: alta, delgada y de negro, salvo que su tatuaje del bícep era la cara de Marilyn Monroe en la época del «feliz cumpleaños, señor presidente».

—¿Tú eres el poli? —me preguntó antes de que yo dijera ni una palabra.

—Veo que has estado hablando con tu hermana. Supongo que te ha dicho que no pago entrada.

—Algo de eso dijo.

—¿Dónde está Linus?

—Está en el despacho. Le he avisado de que venías.

—Qué detalle.

Me alejé de la barra, pero señalé su tatuaje.

—¿Es tu mamá?

—Acércate y echa un vistazo.

Me incliné sobre la barra. Ella dobló el codo y flexionó repetidamente los músculos. Las mejillas de Marilyn parecían soplar cuando el bíceps se estiraba y se contraía.

—¿A que parece que te esté haciendo una mamada? —soltó la camarera.

—Es monísimo —dije—. Apuesto a que se lo enseñas a todos los chicos.

—¿No merece diez pavos?

Estuve a punto de decirle que conocía sitios donde te hacían una por diez pavos, pero no me molesté. La dejé allí y encontré un pasillo que había detrás de la barra. Allí estaban las puertas de los lavabos y después otra en la que ponía «Dirección». No llamé a la puerta, me limité a entrar. Daba a una continuación del pasillo y más puertas. La tercera puerta tenía una placa con el nombre de Linus. También la abrí sin llamar.

Linus Simonson estaba sentado detrás de un escritorio repleto. Lo reconocí por la foto de la revista. Tenía una botella de whisky y una copa en la mesa. Había un hombre sentado en un sofá de cuero negro. También lo reconocí gracias a la revista. Era uno de los socios: James Oliphant. Tenía los pies encima de una mesita de café y aspecto de que la visita de un hombre del que le habían dicho que era poli no le preocupaba en absoluto.

—Eh, tío, tú eres el poli —dijo Simonson al tiempo que me invitaba a pasar con la mano—. Cierra la puerta.

Yo entré y me presenté. No dije que fuera poli.

—Bueno, yo soy Linus y éste es Jim. ¿Qué pasa? ¿Qué podemos hacer por ti?

Extendí las manos como si no tuviera nada que ocultar.

—No sé qué puedes hacer por mí. Sólo quería pasar a presentarme. Estoy trabajando en el caso de Angella Benton y por supuesto eso incluye el caso del BankLA, así que... aquí estoy.

—Oh, tío, BankLA. Eso es historia antigua. —Miró a su socio y rió—. Eso fue en otra vida. No me apetece nada recordarlo. Un mal rollo.

—Sí, bueno, no fue tan malo para ti como para Angella Benton.

Simonson se puso serio de repente y se inclinó por encima de su escritorio.

—No lo entiendo, tío. ¿Qué estás haciendo aquí? Tú no eres poli. Los polis vienen por parejas. Si eres poli, esto no es legal. ¿Qué quieres? Enséñame una placa.

—Yo no le he dicho a nadie que tuviera placa. Era poli, pero ahora no. De hecho, pensaba que tal vez me reconocerías de esa otra vida de la que estabas hablando.

Simonson miró a Oliphant e hizo una mueca.

—¿Reconocerte de qué?

—Estaba allí el día que te pegaron un balazo en el culo. Pero claro, tú estabas gritando y haciendo tantos aspavientos que probablemente no tuviste tiempo de mirarme.

Esta vez los ojos de Simonson se abrieron al reconocerme. Puede que no fuera reconocimiento físico, pero sí reconocimiento de quién era yo y de lo que había hecho.

—Mierda, tú eres el poli que estaba allí. Tú eres el que disparó... —Se detuvo para no decir un nombre. Miró a Oliphant—. Él es el que le dio a uno de los atracadores.

Miré a Oliphant y vi en sus pupilas el reconocimiento —reconocimiento físico— y tal vez algo como odio o ira.

—No se sabe con seguridad porque no detuvimos al atracador, pero sí, creo que fui yo el que le di —lo dije con una sonrisa de orgullo que mantuve en el rostro mientras me volvía hacia Simonson.

—¿Para quién trabajas? —preguntó Simonson.

—¿Yo? Trabajo para alguien que no lo va a dejar, alguien que no piensa rendirse. Ni por un momento. Va a descubrir quién mató a Angella Benton y va a seguir hasta que muera o lo sepa.

Simonson volvió a poner una mueca arrogante.

—Buena suerte a los dos, señor Bosch. Creo que ahora tiene que irse. Estamos muy ocupados.

Hice una señal de asentimiento con la cabeza y después fulminé a Oliphant con la mejor mirada asesina de mi repertorio.

—Ya nos veremos.

Salí por la puerta y recorrí el pasillo de vuelta a la barra. Chet Baker estaba interpretando *My Funny Valentine*. Mientras me dirigía a la puerta principal me fijé en que la camarera doblaba el bíceps para dos hombres que estaban sentados en la barra. Ambos reían. Los reconocí como los dos reyes que faltaban de la foto de la revista.

Pararon de reírse cuando me vieron y sentí sus miradas clavadas en mí mientras salía por la puerta.

39

De camino a casa me detuve en el Ralph's de Sunset que abría las veinticuatro horas y compré un paquete de café. No esperaba dormir mucho entre la noche y la reunión multi-departamental de la mañana siguiente.

En el ascenso por la colina hacia mi casa hay muchas curvas que permiten ver por el retrovisor si te están siguiendo. Pero hay una curva a mitad del ascenso que permite mirar por la ventana de tu derecha a la carretera por la que acabas de pasar. Siempre había tenido la costumbre de reducir la velocidad en ese punto y buscar un perseguidor.

Esa noche reduje más de lo habitual y me fijé especialmente. No esperaba que mi visita a Chet's fuera tomada como algo distinto a una amenaza, y no me equivocaba. Al mirar más allá del precipicio vi un coche que se acercaba con las luces apagadas. Pisé el acelerador y poco a poco fui aumentando de nuevo la velocidad. Después de la siguiente curva pisé más a fondo y aumenté la distancia entre nosotros. Me metí hasta el fondo de la cochera contigua a mi casa y salí rápidamente con la bolsa de la tienda. Me situé en la esquina más oscura de la cochera y esperé. Oí al coche que me seguía antes de verlo. Entonces observé cómo seguía adelante. Era un Jaguar largo. Alguien estaba encendiendo un cigarrillo en el asiento trasero y el brillo del mechero me permitió ver que el coche estaba lleno. Los cuatro reyes venían a por mí.

Después de que el Jaguar pasó de largo vi que los arbustos del otro lado de la calle se iluminaban de rojo y supe que se habían detenido justo después de mi casa. Me acerqué a la puerta que conducía a la cocina y me metí dentro, asegurándome de cerrar la puerta después.

Era el momento en que la gente que no tenía placa llamaba a la policía para pedir ayuda. Es cuando susurran desesperadamente: «¡Dense prisa, por favor! ¡Están aquí!» Pero con placa o sin ella sabía que ésa no era una opción para mí. Era mi turno y en ese momento no me importaba qué autoridad tenía o dejaba de tener.

No había llevado pistola desde la noche en que dejé mi placa y mi arma reglamentaria en un cajón de la comisaría de Hollywood para salir por la puerta. Pero tenía un arma. Me había comprado una Glock P7 para protección personal. Estaba envuelta en un trapo aceitado y metida en una caja del estante del vestidor. Dejé la bolsa del café en la encimera y recorrí el pasillo y el dormitorio sin encender ninguna luz.

En cuanto abrí la puerta del armario fui empujado violentamente por un hombre que me había estado esperando allí. Golpeé la pared opuesta y caí al suelo. Inmediatamente el hombre se colocó a horcajadas encima de mí y hundió el cañón de una pistola bajo mi mandíbula. Me las arreglé para mirar hacia arriba y en la pálida luz que entraba por la persiana que conducía a la terraza vi quién era.

—Milton, ¿qué...?

—Cállate, capullo. ¿Te sorprende verme? ¿Pensabas que iba a dejar que me tiraran por la alcantarilla sin hacer nada?

—No sé de qué estás hablando. Oye, hay gente...

—He dicho que cierres la puta boca. Quiero los discos, ¿entendido? Quiero el chip de datos original.

—¡Escúchame! Hay gente que está a punto de entrar a por mí. Quieren...

Me clavó el cañón tan a fondo debajo de mi mentón que dejé de hablar. El dolor lanzó astillas de cristal rojo en mi campo de visión. Milton mantuvo la pistola apretada y se agachó hacia mí, echándome el aliento en la cara mientras hablaba.

—Tengo tu pistola aquí, Bosch. Y voy a sumarte a la estadística de suicidios si no...

Desde el pasillo llegó un estruendo repentino y supe que era la puerta de la calle que se salía de sus goznes. Después oí pasos. Milton saltó de encima de mí y atravesó el dormitorio para salir al pasillo. Casi inmediatamente, retumbó el estallido de una escopeta y Milton cayó contra la pared con los ojos abiertos por el terror de saber que estaba muriendo. Se deslizó por la pared, levantando con los talones la alfombra del pasillo y dejando al descubierto la trampilla que conducía a debajo de la casa.

Sabía que lo habían confundido conmigo, pero eso me daba a lo sumo unos segundos. Rodé sobre mí mismo y rápidamente llegué a la persiana. Al abrirla oí la voz de pánico de alguien desde el pasillo.

—No es él.

La puerta chirrió cuando la abrí, sus goznes protestaron por la falta de uso. Rápidamente crucé la terraza y salté por encima de la barandilla como un vaquero que monta un caballo robado. Me descolgué por la barandilla hasta que quedé colgando seis metros por encima de un empinado terreno. A la pálida luz de la luna busqué uno de los pilares de hierro que sostienen la terraza en la ladera de la colina. Conocía a la perfección el diseño de la casa porque había supervisado su reconstrucción después del terremoto del noventa y cuatro.

Tuve que desplazarme dos metros por el filo de la terraza antes de poder asirme a uno de los pilares de soporte. Lo abracé con manos y piernas y me deslicé hasta el suelo. Mientras bajaba oí pasos en la terraza encima de mí.

—¡Ha saltado! ¡Ha saltado!

—¿Dónde? No veo...

—¡Ha saltado ahí! Bajad vosotros dos. Nosotros vamos a la calle.

Yo estaba en el suelo, al abrigo de la terraza. Sabía que si salía e intentaba bajar la pendiente hasta una de las calles o casas del cañón quedaría expuesto a mis perseguidores armados. Preferí volverme y subir por la colina, adentrándome en el refugio que la estructura dejaba debajo de la casa.

Sabía que había una trinchera cavada en el suelo allí debajo, donde la alcantarilla principal tuvo que ser sustituida después del terremoto. Encima de mí también estaba la trampilla que se abría en el pasillo. La había diseñado durante la reconstrucción de la casa como una vía de escape, y no como una ruta de entrada. Estaba cerrada desde dentro y en ese momento no me servía.

Subí por la colina, encontré la trinchera y rodé a su interior. Tanteé el suelo en busca de un arma, pero sólo había trozos rotos de la antigua alcantarilla. Encontré una astilla triangular que podría servir como arma. Tendría que servir.

Dos hombres descendieron como sombras por los pilares de soporte. La luz de la luna se reflejaba en el acero de sus pistolas. Los reflejos también me mostraron que uno llevaba gafas y me acordé de él por el artículo y la foto de la revista. Se llamaba Bernard Banks, conocido como B. B. King entre los noctámbulos. Lo había visto al irme de Chet's.

Las dos sombras intercambiaron susurros y después se separaron: uno bajó por la colina y el otro, Banks, se mantuvo en su posición. Supuse que sería algún tipo de estrategia táctica para que uno me condujera hacia la pistola del otro.

Desde mi posición Banks era un objetivo fácil iluminado por las luces del cañón. Estaba a cinco metros de mí, pero mi única arma era el trozo de cañería de hierro. Con eso bastaba. Había sobrevivido a más misiones en los túneles de Vietnam de las que podía recordar. En una ocasión había pasado toda la noche en la hierba con el enemigo moviéndose a mi alrededor. Y había trabajado durante más de veinticinco años en las calles de esta ciudad con una placa. Ese chico no era rival para mí. Sabía que ninguno de ellos lo sería.

Cuando Banks se volvió para mirar por la ladera del cañón, me levanté y lancé la astilla de cañería en los arbustos que había a su derecha. Mi improvisada arma hizo un sonido como el de un animal que se movía por la hierba alta. Cuando Banks se volvió y alzó el arma, yo salí de la trinchera y empecé a bajar por la pendiente hacia él, siempre manteniendo uno de los pilares de hierro entre nosotros como protección visual y sonora.

Llegué al pilar y él seguía mirando a los arbustos, en la dirección del sonido. Estaba empezando a comprender la trampa y volviéndose por fin cuando mi puño izquierdo le impactó entre ceja y ceja mientras mi mano derecha se cerraba en torno a la pistola y ponía un dedo en el gatillo. De hecho había pretendido darle en la boca, pero de todos modos el puñetazo le partió las gafas por la mitad en el puente y lo hizo tambalearse. Yo pivoté y le hice girar en un arco de ciento ochenta grados para coger impulso e incrustarle la cabeza en el pilar de soporte. Su cráneo sonó como una sandía al romperse y el pilar de hierro zumbó como un diapasón. Cayó al suelo como una bolsa de ropa mojada.

Me guardé la pistola en la cinturilla de mis pantalones y le di la vuelta. La sangre de su rostro se veía negra a la luz de la luna. Rápidamente le apoyé la espalda en el pilar, levanté sus rodillas y le doblé los brazos encima de ellas. Le hundí la cara en los brazos.

Enseguida oí que su compañero lo llamaba desde más abajo.

—B. B., ¿lo tienes? ¡Eh, Bib!

Me aparté de Banks y retrocedí tres metros hasta los arbustos. Saqué la pistola de mis pantalones. A la luz de la luna no adiviné la marca. Era una pistola de acero negro sin seguro, probablemente una Glock. Entonces me di cuenta de que seguramente era mi propia arma. Debía de ser la que Milton me había colocado debajo del cuello. Banks la había recuperado del cadáver.

Oí que el otro se aproximaba por los arbustos. Venía de mi izquierda y pasaría a un metro y medio de mí cuando se aproximara a Banks. Esperé hasta que lo oí y supe que estaba cerca.

—Banks, ¿qué estás haciendo? Gallina, levántate y...

Se calló al sentir el cañón de la pistola en el cuello.

—Deja la pistola o eres hombre muerto.

Oí que el arma caía al suelo. Con mi mano libre lo agarré por la parte posterior del cuello de la camisa y lo giré para llevarlo debajo de la terraza, donde no podían vernos desde arriba. Ambos estábamos de cara a las luces del cañón y de la autovía que discurría por debajo. Era el cuarto rey, el que en la foto de la revista tenía el trapo al hombro. No recordaba su nombre con el nerviosismo. Había estado sentado en la barra de Chet's con Banks.

—¿Cómo te llamas, capullo?

—Jimmy Fazio. Oye, yo...

—Cállate.

Se calló. Me acerqué y le susurré al oído.

—Mira las luces. Vas a morir aquí, Jimmy Fazio. Las luces serán la última cosa que veas.

—Por favor...

—¿Por favor? ¿Eso fue lo que dijo Angella Benton? ¿Te suplicó a ti?

—No, por favor, no. Yo ni siquiera estaba allí.

—Convénceme.

No dijo nada.

—O morirás.

—Yo no fui. Créeme, por favor. Fueron Linus y Vaughn. Fue idea suya y lo hicieron sin discutirlo con los demás. No pudimos pararlo porque no lo sabíamos.

—¿Sí? ¿Qué más? Estás vivo sólo porque estás hablando.

—Por eso disparamos a Vaughn. Linus dijo que teníamos que hacerlo porque iba a quedarse el dinero y cargarle la muerta a él.

—¿Y por qué dispararon a Linus? ¿Era parte del plan?

Negó con la cabeza.

—Eso no tenía que suceder, pero se nos ocurrió una forma de que funcionara como tapadera para la compra de los clubes.

—Sí, funcionó bien. ¿Y Marty Gessler y Jack Dorsey?

—¿Quiénes?

Apreté con más fuerza la boca del arma en su cuello.

—No me vengas con hostias. Quiero toda la historia.

—Yo no...

—¡Faz! Cobarde cabrón.

La voz sonó por encima de nosotros, yo levanté la cabeza y vi el torso de un hombre asomando por encima del borde de la terraza. Tenía los brazos extendidos y sostenía una pistola con las dos manos. Solté a mi cautivo y me escondí a la izquierda cuando sonaron los disparos. Era Oliphant. Gritaba mientras disparaba. Simplemente gritaba como un loco. Toda la zona de refugio que estaba bajo la casa se encendió con los fogonazos de los disparos. Las balas rebotaron en los pilares de hierro. Yo aparecí por el lado de uno de los pilares y le disparé tres veces en rápida sucesión. Su grito cesó y supe que le había alcanzado. Observé mientras él soltaba la pistola, perdía el equilibrio y finalmente se desplomaba seis metros para caer como un fardo en los arbustos.

Busqué a Fazio y lo encontré en el suelo, cerca de Banks. Le habían dado en la parte superior del pecho, pero seguía con vida. Estaba demasiado oscuro para verle los ojos, no obstante, sabía que los tendría abiertos por el pánico, buscando mi ayuda. Le cogí la mandíbula y se la giré para que me mirara.

—¿Puedes hablar?

—Ah..., duele.

—Sí, sí que duele. Háblame de la agente del FBI. ¿Dónde está? ¿Qué le pasó?

—Ah...

—¿Quién mató al poli? ¿También fue Linus?

—Linus...

—¿Eso es un sí? ¿Fue Linus?

No respondió. Lo estaba perdiendo. Le palmeé suavemente las mejillas y luego lo agité por el cuello de la camisa.

—Vamos, tío, no te vayas. ¿Era eso un sí? Fazio, ¿Linus Simonson mató al poli?

Nada. Se había ido. Entonces oí una voz detrás de mí.

—Creo que eso sería un sí.

Me volví. Era Simonson. Había encontrado la trampilla y había salido de la casa por detrás de mí, armado con una escopeta de cañones recortados. Yo me levanté lentamente, dejando mi pistola en el suelo junto al cadáver de Fazio y levantando las manos. Me aparté de Simonson, bajando por la colina.

—Tener polis en nómina siempre es un incordio —dijo—. Tenía que acabar con eso cuanto antes.

Retrocedí otro paso, pero por cada paso que daba, Simonson hacía lo mismo. La escopeta estaba a sólo un metro de distancia. Sabía que no escaparía vivo si intentaba arrebatársela. Lo único que me quedaba era ganar tiempo. Alguien del vecindario tenía que haber oído los disparos y hecho una llamada.

Simonson me apuntó al corazón.

—Me va a encantar hacer esto por Cozy.

—¿Cozy? —pregunté, aunque ya lo había entendido—¿Quién coño es Cozy?

—Tú le pegaste un balazo aquel día. Y no sobrevivió.

—¿Qué le ocurrió?

—¿Tú qué crees que le ocurrió? Murió en la parte de atrás de la furgoneta.

—¿Lo enterrasteis? ¿Dónde?

—Yo no. Ese día estaba ocupado, ¿recuerdas? Ellos lo enterraron. A Cozy le gustaban los barcos. Digamos que fue un sepelio en el mar.

Di otro paso atrás, Simonson me siguió. Estaba saliendo de debajo de la terraza. Si los polis aparecían podrían alcanzarle desde arriba.

—¿Y la agente del FBI? ¿Qué le pasó a Marty Gessler?

—Verás, ésa es la cuestión. Cuando Dorsey me habló de ella y de cuál era el plan, entonces supe que tenía que morir. O sea que él...

De repente la escopeta apuntó al cielo cuando a Simonson le falló el pie en el que había apoyado su peso. Cayó de espaldas y yo me abalancé sobre él como un animal salvaje. Rodamos y luchamos por el control de la escopeta. Él era más joven y más fuerte y rápidamente logró colocarse encima de mí. Pero era un luchador inexperto. Se había concentrado en la lucha más que en simplemente reducir a su oponente.

Yo tenía la mano izquierda en torno al cañón recortado mientras que la otra estaba en el gatillo. Me las arreglé para poner el pulgar en el gatillo detrás de su dedo. Cerré los ojos y me vino una imagen. Las manos de Angella Benton. La imagen de mi recuerdo y de mis sueños. Concentré toda mi fuerza en mi brazo izquierdo. El ángulo de la escopeta cambió. Cerré los ojos y apreté el gatillo con el pulgar. El sonido más ensordecedor que haya oído en mi vida retumbó en mi cabeza con la descarga. Me ardió la cara como si me hubiera quemado. Abrí los ojos y al mirar a Simonson vi que ya no tenía cara.

Rodó de debajo de mí y un sonido inhumano surgió de la pulpa de lo que había sido su rostro. Sus piernas patearon como si estuviera pedaleando en una bicicleta invisible. Rodó adelante y atrás y sus manos se cerraron en puños tan apretados como piedras y luego se detuvo y quedó inmóvil.

Lentamente, me incorporé y registré lo que había sucedido. Me palpé la cara y la descubrí intacta. Me quemaba por los gases de la descarga, pero por lo demás estaba bien. Me zumbaban los oídos y por una vez no escuchaba el omnipresente sonido de la autovía.

Vi un brillo en los arbustos y alcancé el objeto. Era una botella de agua. Estaba llena, cerrada. Me di cuenta de que Simonson había resbalado en la botella de agua que se me había caído unos días antes. Y me había salvado la vida. Abrí el tapón y me tiré agua por la cara, lavando la sangre y aliviando la quemazón.

—¡No se mueva!

Levanté la mirada y vi a un hombre asomado a la barandilla apuntándome con otra pistola. La luna se reflejó en la placa de su uniforme. Los polis habían llegado por fin. Dejé caer la botella y extendí las manos.

—No se preocupe —dije—. No me voy a mover.

Me eché hacia atrás, con los brazos todavía extendidos. Mi cabeza descansaba en el suelo y metía grandes cantidades de aire en mis pulmones. El zumbido de mis oídos permanecía allí, pero ya podía oír el latido de mi corazón que iba recuperando su cadencia habitual, la cadencia de la vida. Miré a la noche oscura y sagrada, al lugar donde aquellos que no se habían salvado en la tierra esperaban al resto de nosotros allí arriba. Todavía no, pensé. Todavía no.

40

Mientras el policía seguía apuntándome desde la terraza, su compañero bajó desde la trampilla y se me acercó por la ladera. Sostenía una linterna en una mano y una pistola en la otra y mostraba la expresión desconcertada de un hombre que no sabía en qué se había metido.

—Dese la vuelta y coloque las manos a la espalda —me ordenó secamente, con la voz alta y tensa por la adrenalina.

Yo hice lo que me ordenó y él bajó la linterna al suelo y me esposó las muñecas, afortunadamente no lo hizo al estilo del FBI.

Traté de hablarle con calma.

—Sólo para que lo sepa, yo...

—No quiero saber nada de usted.

—... soy un veterano del Departamento de Policía de Los Ángeles. Comisaría de Hollywood. Me retiré el año pasado después de más de veinticinco años.

—Enhorabuena. ¿Por qué no se lo guarda para los detectives?

Mi casa estaba en la circunscripción de la División de North Hollywood. Sabía que no había motivo para que me conociera o le importara.

—Eh —dijo el de encima—. ¿Cómo se llama? Ilumínalo con la linterna.

El agente que me había esposado me puso la luz en la cara desde un palmo de distancia. Me estaba cegando.

—¿Cómo te llamas?

—Harry Bosch. Trabajaba en homicidios.

—Harr...

—Lo conozco, Swanny. No hay problema. Quítale la luz de la cara.

Swanny apartó la luz.

—Sí, vale. Pero no le quito las esposas. Los detectives podrán... ¡Ah, Dios!

Había enfocado con la linterna en el cadáver sin rostro de los arbustos de mi izquierda. Linus Simonson, o lo que quedaba de él.

—No vomites, Swanny —llegó la voz desde arriba—. Es una escena del crimen.

—Vete a la mierda, Hurwitz, no voy a vomitar.

Oí que se movía. Traté de levantar la cabeza para observarle, pero los arbustos eran demasiado altos. Sólo podía escuchar. Sonaba como si se moviera de cadáver en cadáver. Tenía razón.

—Eh, hay uno vivo aquí. Llama a una ambulancia.

Supuse que sería Banks. Me alegré de oírlo. Tenía la sensación de que iba a necesitar un superviviente que respaldara mi relato. Si Banks se enfrentaba a cargar con todo probablemente aceptaría un acuerdo y contaría la verdad.

Me incorporé y me quedé sentado. El poli estaba arrodillado junto a Banks debajo de la terraza. Me miró.

—No he dicho que se mueva.

—No podía respirar con la cara en el suelo.

—No vuelva a moverse.

—Eh, Swanny —le llamó Hurwitz desde arriba—. El fiambre de la casa tiene placa. FBI.

—¡Joder!

—Sí, esto se va a poner feo.

Y tenían razón. En el plazo de una hora el lugar era un enjambre. Estaban allí la policía de Los Ángeles, los bomberos, el FBI, los medios de comunicación. Conté seis helicópteros dando vueltas en círculo durante la mayor parte de la noche. La algarabía era tal que me sorprendí a mí mismo pensando que prefería el zumbido del disparo de escopeta en mis oídos.

Los bomberos recurrieron a un helicóptero para levantar a Banks del cañón en una camilla y llevárselo. Cuando lo hubieron evacuado yo llamé al personal sanitario y me pusieron un gel de aloe en la cara para aliviar las quemaduras de gas. Me dieron una aspirina y me dijeron que las heridas eran leves y que no me quedaría cicatriz. Me sentí como si un cirujano plástico ciego me hubiera hecho un *peeling* con láser.

Estuve sin esposas el tiempo suficiente para subir la pendiente y pasar por la trampilla. En mi casa volvieron a esposarme y me hicieron sentar en un sofá de la sala. Veía las piernas de Milton extendidas desde el pasillo mientras un equipo de la escena del crimen se cernía sobre él.

En cuanto empezaron a aparecer los detectives la cosa se puso seria. La mayoría de ellos seguían el mismo patrón: entraban, examinaban sombríamente el cadáver de Milton, después salían a la terraza donde miraban a los otros tres cadáveres. A continuación volvían a entrar, me miraban sin decir una palabra y se metían en la cocina, donde alguien se había ocupado de abrir mi paquete de café y había puesto la cafetera a hacer horas extras.

La situación continuó así durante al menos dos horas. Al principio no conocía a nadie porque eran detectives de North Hollywood, pero después el mando tomó la decisión de pasar el peso de la investigación —la parte que el Departamento de Policía de Los Ángeles tenía en ella— a la División de Robos y Homicidios. Cuando empezaron a aparecer los chicos de robos y homicidios comencé a sentirme cómodo. Conocía a muchos de ellos e incluso había trabajado codo con codo con algunos. Pero hasta que apareció Kiz Rider a nadie se le ocurrió quitarme las esposas. Kiz exigió enfadada que lo hicieran y finalmente tuvo que ocuparse ella misma.

—¿Estás bien, Harry?

—Ahora creo que sí.

—Tienes la cara hinchada y roja. ¿Quieres que llame a los médicos?

—Ya me han mirado. Quemaduras leves por estar demasiado cerca del otro lado de una escopeta.

—¿Cómo quieres llevar esto? Ya sabes cómo va. ¿Quieres un abogado o quieres hablar?

—Hablaré contigo, Kiz. Te lo contaré todo. De lo contrario, pediré un abogado.

—Yo ya no estoy en robos y homicidios, Harry. Ya lo sabes.

—Deberías estar. Y ya lo sabes.

—Pero no lo estoy.

—Bueno, ése es el trato, Kiz. Tómalo o déjalo. Tengo una buena abogada.

Ella se lo pensó unos momentos.

—Está bien, espera un momento aquí. Volveré enseguida.

Kizmin Rider salió a la calle para consultar con los capitostes acerca de mi oferta. Mientras esperaba vi que el agente especial Peoples entraba y se agachaba junto al cadáver de Milton. Entonces se fijó en mí y me sostuvo la mirada. Si estaba intentando transmitirme un mensaje, yo no estaba seguro de cuál era exactamente. Pero sabía que yo tenía algo suyo para equilibrarlo. Su futuro.

Rider volvió al interior y se me acercó.

—Éste es el trato. Se está convirtiendo en un problema gordo. Tenemos al FBI encima. El tipo del pasillo al parecer era de una brigada antiterrorista y eso lo complica todo. No van a dejar que tú y yo salgamos de aquí tan campantes.

—Vale, esto es lo que haré: hablaré contigo y con un agente. Quiero que sea Roy Lindell. Despertadlo y traedlo aquí y lo explicaré a todos. Tenéis que ser tú y Roy o de lo contrario llamo a mi abogada y que cada uno haga lo que pueda.

Ella asintió con la cabeza y volvió a irse por donde había entrado. Me fijé en que Peoples ya no estaba en el pasillo, pero no lo había visto salir.

Esta vez Rider estuvo fuera media hora, y cuando volvió lo hizo acompañada de un jefe. Antes de que me lo dijera supe que el trato estaba hecho. El caso era suyo, al menos la parte del departamento.

—Muy bien, vamos a ir a la comisaría de North Hollywood. Utilizaremos una sala y nos lo grabarán. Lindell está en camino. De esta manera todo el mundo está contento y todo el mundo tiene su parte.

La fórmula era siempre la misma. Había que aguantar el fastidio de la política departamental e interagencias para poder cumplir con el trabajo. Me sentí afortunado de no formar ya parte de eso.

—Puedes levantarte, Harry —dijo Rider—. Yo conduciré.

Me levanté.

—Quiero salir antes a la terraza. Quiero mirar algo.

Ella me dejó salir. Caminé por la terraza y miré por la barandilla. Abajo, habían instalado proyectores para iluminar la colina. La pendiente era como un hormiguero con técnicos de la escena del crimen trabajando. Los equipos del forense se habían apiñado sobre los cadáveres. En el cielo los helicópteros se movían en una coreografía a varios niveles. Sabía que las relaciones que previamente había tenido con mis vecinos habían terminado.

—¿Sabes qué, Kiz?

—¿Qué, Harry?

—Creo que es hora de vender esta casa.

—Sí, buena suerte con eso, Harry.

Me cogió del brazo y me apartó de la barandilla.

41

La comisaría de North Hollywood era la más nueva de la ciudad. Se había construido después del terremoto y de los disturbios del caso Rodney King. En el exterior, era una fortaleza concebida para resistir los levantamientos, tanto tectónicos como sociales. En el interior, dominaba la electrónica más moderna y el confort. Yo estaba en el asiento central de una mesa, en una amplia sala de interrogatorios. No veía los micrófonos ni la cámara, pero sabía que estaban. También sabía que tenía que andarme con pies de plomo. Había hecho un mal trato. Si algo había aprendido en un cuarto de siglo en la policía era que no había que hablar con agentes sin la presencia de un abogado. En cambio, allí estaba yo dispuesto a hacerlo. Estaba a punto de sincerarme con dos personas predispuestas a creerme y ayudarme, pero eso no importaría. Lo que importaría sería la cinta. Tenía que proceder con cuidado y asegurarme de no decir nada que pudiera volverse contra mí cuando la cinta fuera visionada por aquellos que no eran amigos míos.

Kizmin Rider empezó diciendo los nombres de las tres personas presentes, mencionando la fecha, la hora y el lugar en el que nos hallábamos y a continuación leyéndome mis derechos constitucionales de tener un abogado y de mantener la boca cerrada si lo deseaba. Después me pidió que reconociera tanto oralmente como por escrito que entendía esos derechos y que renunciaba a ellos voluntariamente. Lo hice. Le había enseñado bien.

A continuación, Kiz fue directa al grano.

—Vamos a ver, en su casa hay cuatro personas muertas, incluido un agente federal, por no mencionar a un quinto hombre en coma. ¿Quiere hablarnos de ello?

—Yo maté a dos de ellos, en defensa propia. Y también herí al hombre que está en coma.

—De acuerdo, díganos qué ocurrió.

Empecé mi relato en la velada del Baked Potato. Mencioné a Sugar Ray, al cuarteto, al portero, a las camareras y a sus tatuajes. Incluso describí a la cajera a la que le había comprado café en Ralph's. Fui detallista al máximo porque sabía que los detalles les convencerían cuando los comprobaran. Sabía por experiencia que toda conversación era un testimonio oral, un testimonio del que no podía demostrarse ni su veracidad ni su falsedad. Así que si te disponías a contar una historia acerca de lo que la gente decía y cómo lo decía —especialmente gente que ya no estaba viva— era mejor salpimentarla con hechos que podían ser comprobados y verificados. Los detalles. La seguridad y la salvación estaban en los detalles.

Así que relaté para la cinta todo lo que pude recordar, incluido el tatuaje de Marilyn Monroe. Eso le hizo reír a Roy Lindell, pero Rider no le encontró la gracia.

Repasé la noche, describiendo todo tal y como había sucedido. No ofrecí ninguna explicación del porqué de mis acciones, puesto que sabía que eso surgiría en el cuestionario posterior. Quería ofrecerles un relato momento a momento y detalle a detalle de cuanto había ocurrido. No mentí en lo que les dije, pero no les dije todo. Todavía no estaba seguro de cómo enfocar la cuestión de Milton. Esperaría una señal de Lindell al respecto. Estaba convencido de que le habían dado órdenes mucho antes de entrar en la comisaría.

Oculté los detalles de Milton por Lindell. Tampoco expliqué lo que había visto cuando cerré los ojos antes de apretar el gatillo de la escopeta. Me guardé para mí la imagen de las manos de Angella Benton.

—Y eso es todo —dije al terminar—. Entonces aparecieron los agentes y aquí estamos.

Rider había estado tomando notas ocasionalmente en una libreta. Dejó ésta y me miró. Parecía conmocionada por la historia. Seguramente pensaba que era muy afortunado de haber sobrevivido.

—Gracias, Harry. Ciertamente te ha ido de poco.

—Me ha ido de poco cinco veces.

—Um, creo que vamos a tomarnos unos minutos de descanso. El agente Lindell y yo vamos a salir y hablar de esto y después probablemente volveremos con algunas preguntas.

Sonreí.

—No me cabe duda.

—¿Podemos traerte algo?

—Un café estaría bien. He estado despierto toda la noche y en casa no me han dado ninguno de mi propia cafetera.

—Te subimos un café.

Ella y Lindell se levantaron y dejaron la sala. Al cabo de unos minutos un detective de North Hollywood al que no conocía entró con una taza de café. Me pidió que esperara allí y se fue.

Cuando Rider y Lindell volvieron me fijé en que había más notas en la libreta de mi ex compañera. Ella siguió llevando la voz cantante.

—Hemos de aclarar un par de cosas antes —dijo.

—Adelante.

—Ha dicho que el agente Milton ya estaba en su casa cuando usted llegó.

—Así es.

Miré a Lindell y después de nuevo a Rider.

—Ha dicho que estaba en el proceso de informarle de que creía que le habían seguido a casa cuando los intrusos derribaron la puerta.

—Correcto.

—Él salió al pasillo a investigar y fue inmediatamente alcanzado por un cartucho de escopeta, presumiblemente disparada por Linus Simonson.

—Correcto de nuevo.

—¿Qué estaba haciendo el agente Milton en su casa si usted no estaba allí?

Antes de que pudiera responder, Lindell escupió una pregunta.

—Tenía permiso para estar allí, ¿verdad?

—Eh, ¿por qué no respondo a las preguntas de una en una?

Miré otra vez a Lindell y sus ojos bajaron a la mesa. No podía mirarme. A juzgar por su pregunta, que en realidad era una afirmación disfrazada de pregunta, Lindell estaba revelándome lo que quería que dijera. En ese punto interpreté que estaba ofreciéndome un trato. Con casi total seguridad tenía problemas con el FBI por ayudarme en mi investigación. Y ahora tenía sus órdenes: mantener limpia la imagen del FBI, o habría consecuencias para él y probablemente para mí. Así que lo que Lindell me estaba diciendo era que si contaba la historia de manera que le ayudara a cumplir ese objetivo —sin comprometerme legalmente yo mismo— tanto mejor para los dos.

Lo cierto era que no me importaba ahorrarle a Milton la controversia y la vergüenza póstumas. Por lo que a mí concernía ya se había llevado lo que se merecía y un poco más. Ir a por él en la sala de interrogatorios sería vengativo y no necesitaba ser vengativo con un difunto. Tenía otras cosas que hacer y quería preservar mi capacidad de hacerlas.

No olvidaba al agente especial Peoples y su brigada TV, pero había un trecho entre ellos y las acciones de Milton. Tenía a Milton en cinta, no a Peoples. Utilizar a uno para tratar de llegar al otro era un camino tortuoso. Decidí en ese momento que el difunto descansara en paz y regalarme otro día de vida.

—¿Qué estaba haciendo el agente Milton en su casa si usted no estaba? —repitió Rider.

La miré.

—Me estaba esperando.

—¿Para hacer qué?

—Le pedí que nos reuniéramos allí, pero me retrasé porque paré a comprar café por el camino.

—¿Por qué iba a reunirse con usted tan tarde?

—Porque tenía información que iba a aclararle algunas cosas.

—¿Cuál era esa información?

—Era información acerca de cómo un terrorista implicado en un caso en el que él estaba trabajando terminó con un billete de cien dólares que supuestamente salió de un robo que yo estaba investigando. Me pidieron que abandonara el caso. Le dije que había comprendido la situación y que había descubierto que los dos casos no estaban relacionados. Lo invité a venir al despacho de mi abogada por la mañana, donde ustedes dos iban a venir y donde iba a explicarlo todo. Pero él no quería esperar, así que le dije que nos reuniéramos en casa.

—¿Y qué? ¿Le dio una llave?

—No, no lo hice. Pero debí de dejar la puerta mal cerrada porque estaba dentro cuando llegué a casa. Supongo que podría decirse que tenía permiso porque lo invité a la casa, pero no le dije exactamente que entrara.

—El agente Milton tenía diversos dispositivos de escucha en miniatura en el bolsillo de su abrigo. ¿Sabe algo de eso o por qué los tenía?

Suponía que los había sacado de mi casa, pero no lo dije.

—Ni idea —dije—. Supongo que habría tenido que preguntárselo a él.

—¿Y el coche? Lo encontraron aparcado a un manzana de su casa. De hecho, estaba más lejos que el que usaron los cuatro asaltantes. ¿Tiene alguna idea de por qué Milton aparcó tan lejos de su casa si estaba invitado?

—No, ni idea. Como he dicho, supongo que él es el único que lo sabía.

—Exactamente.

Vi que Rider se caldeaba. Su mirada se hizo más penetrante y trató de interpretar las que yo intercambiaba con Lindell. Sabía que había algo en juego, pero era lo bastante lista para no mencionarlo ante la cámara. Le había enseñado bien.

—De acuerdo, señor Bosch. Nos ha contado hasta el último detalle de lo que ha pasado esta noche, pero no cómo encaja en nada. Antes de que todo se desatara, usted convocó una reunión para esta mañana para explicárnoslo a todos. Así que adelante. Díganos lo que tenía.

—¿Quiere decir desde el principio?

—Desde el principio.

Asentí.

—Muy bien, supongo que todo empezó cuando Ray Vaughn y Linus Simonson decidieron robar la entrega de dinero al rodaje. Había alguna conexión entre ellos. Una de sus antiguas colegas en el banco comentó que creía que Vaughn era gay y que Simonson le dijo que había intentado aproximarse a él. En cualquier caso, tanto si Simonson atrajo a Vaughn como si fue al revés, ambos decidieron llevarse el dinero. Ambos lo planearon y Simonson reclutó a sus cuatro amigos, para el trabajo sucio. Así empezó.

—¿Qué ocurrió con Angella Benton? —preguntó Kizmin Rider.

—Estoy llegando a eso. Sin contárselo a los demás, Vaughn y Linus decidieron que necesitaban algo para que los polis pensaran que el golpe se gestó en el interior de la productora de cine, y no en el banco. La eligieron a ella. Ella había ido al banco en una ocasión con documentos relativos al préstamo. De manera que sabían que podía llegarse a la conclusión de que Angella Benton estaba al corriente del envío de dinero. Ellos la eligieron y probablemente la observaron durante un par de días y descubrieron cuándo era más vulnerable y cuándo actuar. La asesinaron y uno de ellos puso semen sobre el cadáver para que al principio pareciera un caso de índole sexual, de modo que no se relacionara inmediatamente con la productora de cine o con el plan de rodar escenas con dinero real. Eso vendría después. Después del golpe.

—Así que ella era sólo un elemento de distracción, es lo

que está diciendo —recapituló Rider con desánimo—. La mataron simplemente porque encajaba en un plan.

Asentí sombríamente.

—Qué mundo maravilloso, ¿no?

—Muy bien, sigamos. ¿Lo hicieron los dos?

—No lo sé, quizá. Simonson tenía una coartada para esa noche, pero la investigó Jack Dorsey, y llegaremos a él en un minuto. Yo apuesto a que lo hicieron juntos. Harían falta dos personas para reducirla sin lucha.

—El semen —dijo Rider—. Veremos si coincide con alguno de ellos. Como a Vaughn lo mataron en el asalto e hirieron a Simonson nunca se pensó en contrastar su ADN con el semen recogido en la escena del crimen.

Negué con la cabeza.

—Me da la sensación de que no coincidirá con ninguno de los dos.

—¿Entonces de quién era?

—Quizá no lo sepamos nunca. A partir de la forma de las manchas decidimos que llevaron el semen a la escena del crimen y que lo derramaron sobre el cadáver. A saber de dónde lo sacaron. Quizá de uno de ellos, pero ¿por qué iban a dejar una pista que los relacionara con el crimen?

—¿Entonces, qué? ¿Fueron a un desconocido y le pidieron que se corriera en una taza para ellos? —preguntó Lindell con incredulidad.

—No sería tan difícil de conseguir —dijo Rider—. Si te metes en un callejón de Hollywood encontrarás un condón lleno. Y si Vaughn era gay, entonces podía ser de alguno de sus compañeros y el compañero ni siquiera se habría enterado.

Asentí. Había estado pensando en lo mismo.

—Exactamente. Y probablemente por eso lo mataron. Simonson lo traicionó. Les dijo a sus chicos que se aseguraran de matarlo durante el asalto. Eso suponía más dinero para ellos y un vínculo con el caso Benton eliminado.

—Joder, son unos cabrones desalmados —dijo Lindell.

Sabía que estaba pensando en Marty Gessler y en su desconocido destino.

—Simonson aseguró la operación y el futuro del dinero cambiando el informe de números de serie de los billetes que él elaboró junto con otra empleada de BankLA. Podríamos decir que desmarcó los billetes.

—¿Cómo? —preguntó Rider.

—Al principio pensé que probablemente puso números de serie falsos en el registro que él y otra empleada del banco elaboraron en la cámara acorazada. Pero supongo que eso habría sido demasiado arriesgado, porque ella no estaba implicada y podría haber decidido verificar los números. Así que supongo que lo que hizo Simonson fue crear un segundo informe, falso, en su ordenador. Un informe con números de serie inventados. Después lo imprimió, falsificó la firma de su compañera de trabajo y se lo dio al vicepresidente del banco para que lo firmara. Desde allí el informe fue a la compañía de seguros y luego a la poli después del golpe y en última instancia al FBI.

—Me pediste que llevara el original a la reunión que íbamos a tener esta mañana —dijo Rider—. ¿Por qué?

—¿Sabes lo que es el temblor del falsificador? Es algo que puede apreciarse en una firma que ha sido falsificada. Él trazó la firma de su compañera de trabajo del original del informe de los números de serie. En la fotocopia vi marcas de vacilación. La firma de ella debería haber sido suave, un garabato ininterrumpido. Sin embargo, parece que quien firmó esa página nunca levantó el boli, pero se detuvo y volvió a empezar después de casi cada letra. Es la prueba y creo que el original lo mostrará sin lugar a dudas.

—¿Cómo se pasó eso por alto?

Me encogí de hombros.

—Tal vez no se pasó por alto.

—Dorsey y Cross.

—Creo que fue Dorsey. Cross no lo sé. Cross me ayudó en esto. De hecho fue él quien me llamó y me puso en marcha.

Lindell se inclinó hacia delante. Estábamos llegando a la parte de Marty Gessler y no quería perder detalle.

—Así que Simonson entregó un informe con números inventados y después sus colegas robaron la entrega y mataron a Vaughn intencionadamente.

—Eso es.

—¿Y Simonson? A él también le dieron. ¿También querían eliminarlo?

—No, se suponía que eso no tenía que ocurrir. Al menos según Fazio. Al menos eso era lo me estaba diciendo antes de que le mataran anoche. Parece que el hecho de que hirieran a Simonson fue mala suerte, una bala rebotada. Si Banks se despierta del coma con el cerebro intacto tal vez pueda confirmarlo. Tengo la sensación de que querrá hablar. Querrá esparcir la culpa.

—No se preocupe, si sale del coma, allí estaremos. Pero las primeras noticias del hospital son que eso es mucho suponer.

—La cuestión es que esa bala rebotada de hecho les ayudó. Le dio a Simonson una ocasión para salir del banco sin levantar sospechas. Después ocultó la adquisición y renovación de los bares tras un acuerdo con el banco. Lo cierto es que del acuerdo no sacó ni para una nevera de cervezas nueva.

—¿Cómo lo sabe?

—Lo sé.

—Muy bien, volvamos un momento al golpe —dijo Lindell—. Así que al margen del tiro en el culo de Simonson el golpe funcionó según lo planeado. Todos los polis...

—No exactamente —dijo Rider—. Harry estaba allí. Le dio a uno de los asaltantes.

Asentí.

—Y aparentemente murió en la furgoneta durante la fuga. Simonson me dijo que los otros se lo llevaron en un barco y lo enterraron en el mar. Se llamaba Cozy. A uno de los bares lo llamaron así por él.

—Vale —dijo Lindell—, pero cuando el polvo de todo eso se asienta, lo único que tienen los polis es a Angella Benton muerta y una lista de números de serie falsa que nadie sabe que es falsa. Al cabo de nueve meses, y por casualidad, uno de esos números salta cuando Marty Gessler lo mete en su ordenador.

Asentí. Lindell sabía adónde iba a ir a parar.

—Espera un momento —dijo Rider—. Me he perdido.

Lindell y yo tardamos cinco minutos en ponerle al día del programa de Marty Gessler que permitió investigar la pista de los números de serie y el significado de su descubrimiento.

—Entendido —dijo Rider—. Ella fue la primera en sacar la conclusión de que algo fallaba. Encontró un número que no cuadraba, porque el billete de cien dólares ya estaba bajo custodia y por tanto no podían haberlo robado durante el golpe.

—Exactamente —dije—. Uno de los números que Simonson se inventó correspondía a un billete del que se tenía noticia. Lo mismo ocurrió después cuando detuvieron a Mousouwa Aziz en la frontera. Uno de los billetes de cien que llevaba coincidía con la lista falsa de Simonson. Eso llevó a que Milton y los pesos pesados de la seguridad nacional cayeran sobre él, y era todo mentira. La verdad era que los dos casos no estaban relacionados.

Lo que significaba que había pasado la noche en una celda federal por nada y que Milton había muerto cuando perseguía una pista que no llevaba a ninguna parte. Traté de no pensar en eso y continué con el relato.

—Cuando Marty Gessler descubrió el problema llamó a Jack Dorsey porque su nombre estaba en la lista que se pasó a otras agencias de seguridad. Ahí empezó.

—Estás diciendo que Dorsey sumó dos y dos y descubrió a Simonson —dijo Lindell—. Tal vez sabía lo de la falsificación o tal vez sabía algo más. El caso es que sabía lo suficiente para descubrirlo. Acudió a Simonson y le pidió una parte del pastel.

Me di cuenta de que los tres estábamos asintiendo. La historia funcionaba.

—Dorsey tenía problemas económicos —añadí—. El investigador del seguro hizo exámenes de rutina de todos los polis implicados. Dorsey estaba hasta el cuello de deudas, tenía dos hijos en la universidad y otros dos que tendrían que ir.

—Todo el mundo tiene problemas económicos —dijo Rider enfadada—. Eso no es excusa.

Eso nos dejó a todos en silencio durante unos segundos y luego retomé el relato.

—En ese momento sólo había un problema.

—La agente Gessler —dijo Rider—. Sabía demasiado. Tenía que desaparecer.

Rider no sabía nada de la relación de Lindell con Gessler, y Lindell hizo poco para revelarlo. Se limitó a quedarse sentado con la mirada baja. Yo proseguí.

—Mi intuición es que Simonson y sus chicos utilizaron a Dorsey mientras se ocupaban del problema de Gessler. Dorsey sabía lo que hicieron, pero no podía hacer ni decir nada porque estaba demasiado implicado. Entonces Simonson se ocupó de él en Nat's. Cross y la camarera eran parte del decorado.

Rider entrecerró los ojos y negó con la cabeza.

—¿Qué? —preguntó Lindell.

—No me cuadra —dijo ella—. Aquí hay una desconexión. Gessler desapareció sin dejar el menor rastro. Tres años después, ¿quién sabe dónde está el cadáver?

Yo estaba poniéndome en la piel de Lindell, pero traté de no mostrarlo.

—Pero con Dorsey es un tiroteo del Oeste. Dorsey, Cross, la camarera. Son dos estilos completamente diferentes. Uno suave como la seda y el otro un baño de sangre.

—Bueno —dije—, con Dorsey querían que pareciera un atraco que fue mal. Si simplemente desaparecía, entonces lo obvio habría sido revisar sus viejos casos. A Simonson no le interesaba eso. De modo que orquestó el gran desparrame para que los investigadores pensaran en un atraco.

—Sigo sin tragármelo. Creo que lo hicieron personas diferentes. Mira, yo no recuerdo todos los detalles, pero ¿no desapareció Marty Gessler cuando conducía por el paso de Sepúlveda?

—Alguien chocó con su coche por detrás y ella aparcó a un lado.

—De acuerdo, entonces tenemos allí a una agente armada y preparada. ¿Vas a decirme que Simonson y esos chicos consiguieron que aparcara y acabaron ella? Vamos tíos. Ni hablar. No sin luchar. No sin que alguien viera algo. Creo que se detuvo porque se sentía segura. Se detuvo por un poli.

Ella me señaló e hizo una señal de asentimiento con la cabeza cuando dijo la última frase. Lindell descargó un puñetazo en la mesa. Rider le había convencido. Yo había defendido mi teoría, pero de repente veía sus fisuras. Empecé a pensar que Rider podría tener razón.

Me fijé en que Rider miraba a Lindell. Al fin estaba captando la vibración.

—Tú la conocías bien, ¿verdad? —preguntó.

Lindell se limitó a asentir. Entonces levantó la mirada para mirarme con furia.

—Y tú lo jodiste, Bosch —dijo.

—¿Yo lo jodí? ¿De qué estás hablando?

—Con tu numerito de esta noche. Entrando como un puto Steve McQueen. ¿Qué creías? ¿Que se iban a asustar tanto que iban a ir a entregarse al Parker Center?

—Roy —dijo Rider—. Creo que...

—Querías provocarlos, ¿no? Querías que fueran por ti.

—Eso es una locura —dije con calma—. ¿Cuatro contra uno? La única razón de que esté vivo y hablando con vosotros es que vi que me seguían y porque Milton los entretuvo lo suficiente para que pudiera escapar de la casa.

—Sí, exacto. Viste que te seguían. Y lo viste porque lo estabas esperando, y lo estabas esperando porque era lo que querías. La has cagado, Bosch. Si ese chico del hospital no se despierta con un cerebro que le funcione, nunca sabremos lo que le pasó a Marty ni dónde...

Se detuvo antes de que su voz se perdiera. Dejó de hablar, pero no dejó de mirarme.

—Chicos —dijo Rider—, hagamos una pausa. Dejemos de cuestionar motivos y de acusarnos. Aquí todos queremos lo mismo.

Lindell sacudió la cabeza despacio y enfáticamente.

—No, Harry Bosch, no —dijo con calma, sin apartar su mirada de la mía—. Siempre se trata de lo que quiere él. Siempre ha sido un detective privado, hasta cuando llevaba placa.

Miré de Lindell a Rider. Ella no dijo nada, pero sus ojos eludieron los míos, y ese movimiento era la clave. Vi su confirmación.

42

Ya amanecía cuando llegué a mi casa. El lugar seguía siendo un enjambre de actividad policial y periodística. No me permitieron entrar. La casa y el cañón conformaban una gran escena del crimen y como tal habían ordenado custodiarla. Me dijeron que volviera a intentarlo al día siguiente, o al otro. Ni siquiera iban a dejarme pasar a buscar mi ropa ni ninguna otra pertenencia. Era estrictamente persona non grata y me pidieron que me mantuviera alejado. La única concesión que obtuve fue acceder a mi coche. Dos policías de uniforme —Hurwitz y Swanny, que habían conseguido quedarse con las preciadas horas extras— me abrieron paso a través de los policías y los vehículos de la prensa y yo salí marcha atrás de la cochera y me alejé en el Mercedes.

El subidón de adrenalina que había acompañado a mi experiencia cercana a la muerte de la noche ya había desaparecido hacía mucho. Estaba exhausto y no tenía ningún sitio adonde ir. Conduje sin rumbo fijo por Mulholland hasta que llegué a Laurel Canyon Boulevard y giré a la derecha para adentrarme en el valle de San Fernando.

Empezaba a tener una idea de adónde dirigirme, pero era demasiado temprano. Cuando llegué a Ventura volví a doblar a la derecha y aparqué en el estacionamiento de Dupar's. Decidí que necesitaba algo de alto octanaje. Café y crepes cumplirían con ese requisito. Antes de salir del coche, saqué el móvil y lo encendí. Llamé a los números de Janis Langwiser y Sandor Szatmari, pero no obtuve respuesta. Les dejé mensajes de que la reunión de la mañana se había cancelado por circunstancias que escapaban a mi control.

La pantalla del teléfono mostraba que tenía mensajes. Llamé para recogerlos y escuché cuatro mensajes dejados durante la noche por Keisha Russell, la periodista del *Times*. Empezaba muy tranquila y se interesaba por mi estado. Quería hablar conmigo en cuanto me fuera posible para asegurarse de que estaba bien. Al tercer mensaje, su voz había adquirido una urgencia muy aguda, y en el cuarto me exigía que cumpliera con mi promesa de hablar con ella si ocurría algo en lo que estaba trabajando.

«Ahora es obvio que algo ha ocurrido, Harry. Hay cuatro cadáveres en Woodrow Wilson. Llámame como me prometiste.»

—Sí, cielo —dije mientras borraba el mensaje.

El último mensaje era de Alexander Taylor, el rey de las taquillas. Había un tono autoritario en su voz. Quería saber que la historia era suya.

—Señor Bosch, le he visto en todos los telediarios. Supongo que este feo asunto de anoche en la colina está relacionado con el robo en el rodaje de mi película. Había cuatro atracadores y en las noticias han dicho que hay cuatro cadáveres en su propiedad. Quiero que sepa que la oferta sigue en pie. Pero la doblo. Cien mil por una opción por la historia. Estoy dispuesto a negociar en cuanto me devuelva la llamada. Le daré el número privado de mi asistente. Llámeme. Le estaré esperando.

Dijo el número, pero no me molesté en anotarlo. Pensé en el dinero durante cinco segundos antes de borrar el mensaje y cerrar el teléfono.

Mientras entraba en el restaurante pensé en lo que constituían circunstancias que escapaban a mi control y en lo que Lindell había dicho al final del interrogatorio de North Hollywood. Pensé en luchar contra monstruos y en lo que se había dicho de mí en el pasado y también en lo que yo le había dicho a Peoples en el restaurante sólo unas noches antes. Me pregunté si un sutil resbalón en el abismo era distinto de la zambullida de Milton.

Sabía que tendría que pensar en ello y en los motivos que se ocultaban tras mis acciones de las últimas diez horas. Pero enseguida decidí que eso tendría que esperar. Todavía quedaba un misterio por resolver y en cuanto recuperara fuerzas iba a ir tras él.

Me senté en la barra y pedí el especial número dos sin mirar el menú. Una camarera de caderas anchas me sirvió café y estaba a punto de llevar el pedido a la ventana de la cocina cuando alguien se sentó en el taburete de al lado y dijo:

—Yo también tomaré café.

Reconocí la voz y vi a Keisha Russell sonriéndome mientras dejaba el bolso en el suelo entre nosotros. Me había seguido desde la colina.

—Debería haberlo imaginado.

—Harry, si no quieres que te sigan lo único que has de hacer es devolver las llamadas.

—Hace sólo cinco minutos que he recibido tus cuatro mensajes, Keisha.

—Bueno, ahora ya no hace falta que me llames.

—No voy a hablar contigo todavía.

—Harry, tu casa parece un campo de batalla. Hay cadáveres por todas partes, ¿estás bien?

—Estoy aquí sentado, ¿no? Estoy bien, pero todavía no puedo hablar contigo. No sé cómo va a funcionar esto y no voy a decir nada que aparezca en el periódico y pueda contradecir la versión oficial. Eso sería un suicidio.

—¿Insinúas que no quieres decirme la verdad por si acaso lo que ellos hacen público no lo es?

—Keisha, me conoces. Hablaré contigo cuando pueda. ¿Por qué ahora no me dejas que me tome el café y que desayune en paz?

—Contesta sólo una pregunta. Ni siquiera es una pregunta. Sólo confírmame que lo que ha ocurrido allí arriba está relacionado con la llamada que me hiciste. Con Martha Gessler.

Sacudí la cabeza con frustración. Sabía que no iba a poder sacármela de encima sin darle algo.

—De hecho, no puedo confirmarlo y es la verdad. Pero, mira, si te doy algo que te ayudará, ¿me dejarás en paz hasta que llegue el momento en que pueda hablarte?

Antes de que ella respondiera, la camarera deslizó una bandeja delante de mí. Miré una pequeña pila de crepes con mantequilla con un huevo frito y dos lonchas de beicon que formaban una equis en la parte superior. Después dejó una jarrita de jarabe de arce. La cogí y empecé a regar todo con el jarabe.

—¡Dios mío! —exclamó Russell—. Si te comes eso no estoy segura de que podamos volver a hablar. Te vas a matar, Harry.

Miré a la camarera que estaba de pie delante de mí preparando la cuenta, le dediqué una sonrisa de «qué le vamos a hacer» y me encogí de hombros.

—¿Va a pagar el café de la señorita? —preguntó.

—Por supuesto.

Dejó la nota en el mostrador y se alejó. Miré a Russell.

—¿Por qué no lo dices más alto la próxima vez?

—Lo siento, Harry, pero no quiero que te pongas gordo y viejo y desagradable. Eres mi colega. No quiero que te mueras.

Veía a través de todo eso. Ocultaba sus motivos con la misma sutileza con que las camareras que había visto la noche anterior ocultaban sus pezones.

—Si te doy algo, ¿me dejarás en paz?

Ella tomó un sorbo de café y sonrió.

—Trato hecho.

—Saca los artículos del caso de Angella Benton.

Ella entrecerró los ojos. No lo recordaba.

—Al principio no hicisteis mucho caso, pero después explotó cuando se relacionó con el golpe en el rodaje de Selma. Eidolon Productions, ¿te suena?

Casi se cayó del taburete.

—¿Estás de broma? —dijo en voz demasiado alta—. ¿Los cuatro del suelo son esos tipos?

—No exactamente. Tres son de esos tipos. Más el que se llevaron al hospital.

—Entonces ¿quién es el cuarto?

—Te estoy dando lo que te estoy dando, Keisha. Ahora voy a comer.

Me volví hacia mi bandeja y empecé a cortar mi comida.

—Esto es genial —dijo ella—. Esto va a ser gordo.

Como si cuatro cadáveres en el paso de Cahuenga no fuera importante de por sí. Di el primer mordisco y el jarabe me golpeó como una bala de azúcar.

—Fantástico —dije.

Ella se agachó a por su bolso y empezó a levantarse.

—Tengo que irme, Harry. Gracias por el café.

—Una última cosa.

Di otro mordisco y me volví hacia ella y empecé a hablar con la boca llena.

—Mira el *Los Angeles Magazine* de hace siete semanas. Publicaron un artículo sobre esos cuatro tipos que son dueños de los bares más *in* de Hollywood. Los llamaban los noctámbulos. Échale un vistazo.

Sus ojos se abrieron como platos.

—Estás de broma.

—No, compruébalo.

Ella se inclinó y me besó en la mejilla. Nunca lo había hecho antes, cuando yo llevaba placa.

—Gracias, Harry. Te llamaré.

—No me cabe duda.

Observé cómo atravesaba rápidamente el restaurante hasta la salida. Volví a concentrarme en mi bandeja. El huevo estaba medio crudo y al cortarlo lo había destrozado, pero en ese momento sabía mejor que nada que hubiera comido antes.

Por fin a solas, consideré la pregunta que Kiz Rider había planteado durante el interrogatorio acerca de que el modus operandi de la desaparición de Marty Gessler era muy distinto al de la masacre de Nat's. Ya estaba seguro de que Kiz tenía razón. Los crímenes habían sido planeados, si no perpetrados, por personas diferentes.

—Dorsey —dije en voz alta.

Quizá demasiado alta. Un hombre situado a tres taburetes se volvió y se puso a observarme hasta que yo le sostuve la mirada y le obligué a que se fijara de nuevo en su taza de café.

La mayoría de mis registros y notas estaban en la casa y no tenía acceso a ellos. Tenía el expediente del caso de asesinato en el Mercedes, pero no contenía nada acerca de Gessler. Repasé en mi memoria los detalles de la desaparición de la agente del FBI. El coche dejado en el aeropuerto. El uso de su tarjeta de crédito cerca del desierto para comprar más gasolina que la que podía cargar el coche de la agente del FBI. Traté de encajar esos hechos bajo el nuevo titular de Dorsey. Era difícil hacerlo funcionar. Dorsey había estado trabajando en crímenes desde un lado de la ley durante casi treinta años. Era demasiado listo y había visto demasiado para dejar una pista así.

Pero cuando terminé mi bandeja pensé en algo. Algo que funcionaba. Miré a mi entorno para asegurarme de que ni el hombre situado a tres taburetes de distancia ni nadie más me estaba mirando. Vertí un poco más de jarabe en mi bandeja y después hundí el tenedor y me lo comí. Estaba a punto de hundirlo otra vez cuando las anchas caderas de la camarera aparecieron delante de mí.

—¿Ha terminado?

—Ah, sí, claro. Gracias.

—¿Más café?

—¿Puede darme uno para llevar?

—Por supuesto.

Ella se llevó mi bandeja y mi jarabe. Pensé en mis siguientes movimientos hasta que ella volvió con el café y corrigió mi cuenta. Dejé dos dólares sobre la barra y me llevé la factura a la caja, donde me fijé en que vendían frascos de jarabe del restaurante. La cajera reparó en mi mirada.

—¿Quiere llevarse una botella de jarabe?

Estuve tentado, pero decidí conformarme con el café.

—No, creo que ya he tenido bastante dulzura por hoy. Gracias.

—Necesita dulzura. El mundo es muy amargo.

Coincidí con ella, y me fui con mi taza de café. De nuevo en el coche, abrí el teléfono y llamé al móvil de Roy Lindell.

—¿Sí?

—Soy Bosch. ¿Todavía hablas conmigo?

—¿Qué quieres? ¿Que me disculpe? Jódete porque no voy a hacerlo.

—No, puedo vivir sin que te disculpes conmigo, Roy. Así que jódete tú también. Quiero saber si todavía quieres encontrarla.

No había necesidad de usar un nombre.

—¿Tú que crees, Bosch?

—Bien.

Pensé un momento en cuál sería la mejor forma de proceder.

—Bosch, ¿sigues ahí?

—Sí, escucha. Ahora voy a ver a alguien. ¿Puedes reunirte conmigo dentro de dos horas?

—Dos horas. ¿Dónde?

—¿Sabes dónde está el cañón de Bronson?

—Encima de Hollywood, ¿no?

—Sí, en Griffith Park. Reúnete conmigo en la entrada del cañón. Dentro de dos horas. Si no estás, no te esperaré.

—¿Qué pasa ahí? ¿Qué es lo que tienes?

—Ahora mismo sólo una corazonada. ¿Vas a venir conmigo?

Hubo una pausa.

—Allí estaré, Bosch. ¿Qué tengo que llevar?

Buena pregunta. Traté de pensar en qué necesitaríamos.

—Trae linternas y una cizalla. Supongo que también hará falta una pala, Roy.

Eso le hizo detenerse antes de que contestara.

—¿Qué traerás tú?

—Creo que por ahora sólo mi corazonada.

—¿Dónde iremos allí arriba?

—Te lo contaré cuando te vea. Te lo enseñaré.

Cerré el teléfono.

43

La puerta del garaje de la casa de Lawton Cross estaba cerrada. La furgoneta continuaba aparcada en el sendero de entrada, pero todavía no había más vehículos allí. Kiz Rider aún no había llegado. Nadie lo había hecho. Aparqué detrás de la furgoneta, bajé y llamé a la puerta principal. Danny Cross no tardó en abrir.

—Harry —dijo—. Estábamos viéndolo en la tele. ¿Estás bien?

—Nunca he estado mejor.

—¿Son ellos? ¿Los que le hicieron esto a Law?

Tenía una mirada suplicante. Asentí.

—Sí. El que estuvo en el bar ese día, el que disparó a Law, le arranqué la cara con su propia escopeta. ¿Te hace eso feliz, Danny?

Ella apretó los labios en un intento de contener las lágrimas.

—La venganza es dulce, ¿no? Como el jarabe de arce.

Estiré el brazo y le puse una mano en el hombro, pero no para calmarla. Suavemente la aparté a un lado del umbral y entré. En lugar de dirigirme a la izquierda hacia la habitación de Lawton Cross me fui a la derecha. Me metí en la cocina y encontré la puerta del garaje. Fui a los archivadores que había enfrente del Malibu y saqué el expediente del caso Antonio Markwell, el secuestro y asesinato que había valido un nombre a Cross y Dorsey en el departamento.

Volví a la casa y entré en la habitación de Cross. No sabía dónde se había metido Danny, pero su marido me estaba esperando.

—Harry, estás en todas las cadenas —dijo.

Miré la pantalla de la televisión y vi una panorámica de mi casa desde el helicóptero. Se veían todos los coches oficiales y las furgonetas de los medios de comunicación en la calle de enfrente. También vi las lonas negras que cubrían los cadáveres de la parte de atrás. Apagué la tele. Me volví hacia Cross y le tiré el expediente de Markwell en el regazo. Él no podía moverse. Lo único que podía hacer era bajar la mirada y leer la lengüeta.

—¿Cómo se siente? ¿Te la pone dura ver lo que has hecho? En tu caso será una erección imaginaria.

—Harry, yo...

—¿Dónde está ella, Law?

—¿Dónde está quién? Harry, no sé qué...

—Claro que sí. Sabes exactamente de qué estoy hablando. Tú estás aquí sentado como una marioneta, pero todo el tiempo has estado moviendo los hilos. Mis hilos.

—Harry, por favor.

—No me vengas con Harry por favor. Querías vengarte de ellos y yo era tu oportunidad. Bueno, ya la tienes, socio. Me ocupé de todos ellos, como tú pensaste. Como tú esperabas. Me has manejado bien.

Cross no dijo nada. Tenía la mirada baja, rehuyendo la mía.

—Ahora yo quiero algo de ti. Quiero saber dónde escondisteis tú y Jack a Marty Gessler. Quiero llevarla a casa.

Él permaneció en silencio, con sus ojos lejos de los míos. Me agaché para cogerle el expediente del regazo. Lo abrí en la cómoda y empecé a pasar los documentos.

—¿Sabes?, no me di cuenta hasta que alguien a quien le enseñé este trabajo lo vio —dije mientras miraba en el archivo—. Ella fue la que dijo que tenía que ser un poli. Era la única forma de que raptaran a Gessler con tanta facilidad. Y tenía razón. Esos cuatro capullos no tenían lo que hay que tener. —Hice un gesto hacia la televisión apagada—. Mira lo que ha pasado cuando han venido a por mí.

Encontré lo que estaba buscando en el expediente. Un mapa de Griffith Park. Empecé a desdoblarlo. Sus pliegues crujieron y se rasgaron. Había estado plegado durante unos cinco años. Una cruz señalaba el punto del cañón de Bronson donde se había descubierto el cadáver de Antonio Markwell.

—En cuanto tomé esa dirección, empecé a verlo. La gasolina siempre había sido un problema. Alguien usó su tarjeta de crédito y compraron más gasolina de la que cabe en su coche. Eso fue un fallo, Law. Un fallo grande. No comprar la gasolina, eso formaba parte de la distracción. El fallo fue comprar tanta. El FBI pensó que tal vez era un camión, que tal vez estaban buscando a un camionero. Pero ahora pienso en un Crown Vic. El modelo que fabrican para los departamentos de policía. Los coches con depósitos de capacidad extra para que nunca te quedes sin gasolina en una persecución.

Había desplegado con delicadeza el mapa que mostraba las muchas carreteras sinuosas y senderos del enorme parque de montaña. Mostraba la carretera que subía al cañón de Bronson y después la pista forestal que se extendía aún más arriba por el terreno rocoso. Mostraba también la zona de cuevas y túneles que quedaban de cuando el cañón había sido una cantera cuyas rocas se aplastaron y se usaron para construir el lecho del ferrocarril hacia el oeste. Extendí el mapa en el regazo de Cross y por encima de sus brazos muertos.

—Tal y como yo me lo figuro, vosotros la seguisteis desde Westwood. Después, en el paso, la obligasteis a parar en un lugar poco transitado. Usasteis la luz azul de vuestro Crown Vic y ella pensó: «No hay problema, son polis.» Pero entonces la metisteis en el maletero de ese coche grande con el depósito grande. Uno de vosotros se fue en el coche de Gessler hasta el aeropuerto y el otro lo siguió y lo recogió. Probablemente disteis marcha atrás con su coche contra otro coche o contra un pilar. Buena idea sembrar una pista falsa. Después condujisteis hacia el desierto y usasteis la tarjeta de crédito. Otra pista falsa. Y después disteis la vuelta y la llevasteis al verdadero sitio donde ibais a esconderla. ¿Quién lo hizo, Law? ¿Quién le quitó todo lo que tenía?

No esperaba respuesta y no la obtuve. Señalé el mapa.

—Te lo diré yo. Fuisteis a un lugar familiar, a un lugar donde nadie buscaría a Marty Gessler porque todos la buscarían en el desierto. La queríais escondida, pero queríais tener acceso a ella, ¿no? Queríais saber exactamente dónde estaba. Era vuestro as en la manga. La usaríais para controlarlos a ellos. Marty y su ordenador. La conexión estaba en ese ordenador. Si la descubrían a ella y al ordenador alguien llamaría a la puerta de Linus Simonson.

Hice una pausa para darle la oportunidad de protestar, de decirme que me fuera al infierno o llamarme mentiroso, pero no hizo nada de eso. No dijo ni una palabra.

—Aparentemente funcionó —dije—. Y entonces ese día en Nat's se suponía que ibais a cerrar el trato, ¿no? Daros la mano y compartir el botín. Sólo que Linus Simonson tenía otra idea. Resultó que no quería compartir nada y asumió sus riesgos con el ordenador de Gessler. Eso os pilló por sorpresa. Vosotros dos estabais allí esperando, probablemente contando ya vuestro dinero. Y él entró y abrió fuego... Creo que tendrías que haberlo esperado, Law. —Me incliné y toqué el mapa con un dedo—. El cañón de Bronson, con todos esos túneles y cuevas, donde encontrasteis al chico.

Mis ojos se levantaron del mapa.

—Yo creo que está allí. Las carreteras que llevaban allí arriba estaban cerradas. Pero vosotros dos teníais una llave, ¿no? Del caso del chico. Guardabais esa llave y os vino de primera. ¿Dónde está?

Cross finalmente alzó la cabeza y me habló.

—Mira lo que me hicieron —dijo—. Se merecían lo que les ha pasado.

Yo asentí.

—Y tú te merecías lo que tienes. ¿Dónde está?

Movió los ojos y miró a la televisión apagada. No dijo nada. La rabia floreció en mi interior. Pensé en Milton apretando los tubos de oxígeno. Pensé en convertirme en un monstruo, en convertirme en aquello que perseguía. Di un paso hacia su silla y lo miré con los ojos oscurecidos por la ira. Lentamente levanté las manos hacia su cara.

—Díselo.

Me volví y vi a Danny Cross en el umbral. No sabía cuánto tiempo llevaba allí ni lo que había escuchado. No sabía si para ella se trataba de información nueva o no. Lo único que supe era que me hizo apartarme del borde del abismo. Me volví y miré de nuevo a Lawton Cross. Estaba mirando a su mujer y su cara congelada de algún modo todavía adoptó una expresión de tristeza y sufrimiento.

—Díselo, Lawton —dijo Danny Cross—. O no me quedaré a tu lado.

Una expresión de miedo asomó en su rostro. Y un instante después vi la súplica en sus ojos.

—¿Prometes quedarte conmigo?

—Lo prometo.

Cross miró al mapa que estaba extendido sobre la silla.

—No lo necesitas —dijo—. Sube allí, métete en la cueva grande y después coge el túnel de la derecha. Llega a una abertura. Alguien nos dijo que la llaman el Hoyo del Diablo. Es igual, allí es donde encontramos al chico. Ahora está ella.

No pudo seguir sosteniendo mi mirada y volvió a fijarla en el mapa.

—¿Dónde la he de buscar, Lawton?

—Donde estaba el chico. La familia marcó el lugar. Lo sabrás cuando estés allí.

Entendido. Lentamente cogí el mapa y volví a doblarlo. Observé a Cross mientras lo hacía. Parecía más calmado, pero su rostro había perdido toda expresión. Había visto la expresión mil veces antes en los ojos y los rostros de aquellos que han confesado. Era la expresión de quien finalmente se ha sacado un peso de encima.

No había nada más que decir. Volví a guardar el mapa en la carpeta y salí con ella. Danny Cross permanecía justo al otro lado de la puerta, mirando a su marido. Me detuve al pasar junto a ella.

—Es un agujero negro —dije—. Te chupará y te arrastrará con él. Sálvate, Danny.

—¿Cómo?

—Ya sabes cómo.

La dejé allí y salí. Me metí en el coche y empecé a conducir hacia el sur en dirección a Hollywood y al secreto oculto en las colinas durante tanto tiempo.

44

Todavía no había empezado a llover, pero tronaba cuando llegué a Hollywood. Desde la autovía tomé por Franklin hacia Bronson y subí a las colinas. El cañón de Bronson probablemente salía en más películas de las que yo había visto en toda mi vida. Su terreno escarpado y sus salientes rocosos dentados formaban el escenario de innumerables *westerns* y de no pocas exploraciones espaciales de bajo presupuesto. Yo había estado allí de niño y también investigando casos. Sabía que si no se iba con cuidado uno podía perderse en los senderos o en las cuevas y canteras. Las imágenes de las rocas empiezan a amontonarse y al cabo de un rato todas te parecen iguales. Puedes desorientarte. Era esa similitud lo que entrañaba el peligro.

Subí por la carretera del parque hasta que ésta terminaba en la pista forestal. La entrada a ese camino de polvo y gravilla aplastada estaba bloqueada por una verja de acero con un candado. La llave estaba en manos del departamento de bomberos, pero gracias a Lawton Cross sabía que no tenía que recurrir a ellos.

Llegué antes que Lindell y estuve tentado de no esperarlo. Sería una larga caminata a pie hasta las cuevas, pero mi rabia se había forjado en resolución e ímpetu. Sentarse ante la puerta cerrada no era la mejor manera de atizar esos fuegos y mantenerlos encendidos. Quería subir a las colinas y terminar de una vez. Saqué el móvil y llamé a Roy Lindell para ver dónde estaba.

—Justo detrás de ti.

Miré en el espejo. Estaba dando la última curva en un Crown Vic federal. Me hizo pensar en cómo reaccionaría cuando descubriera que la última pista que me había llevado hasta allí había estado siempre tan cerca.

—Ya era hora —dije.

Colgué y salí del Mercedes. Cuando Lindell aparcó, me asomé por su ventanilla.

—¿Has traído la cizalla?

Lindell miró la verja desde el parabrisas.

—¿Para qué? No voy a cortar eso. Se me va a caer el pelo si me cargo la cadena.

—Roy, creía que eras un agente federal duro. Dame la cizalla, lo haré yo.

—Y puedes llevarte toda la bronca. Tú diles que tenías una corazonada.

Lo miré, con la esperanza de comunicarle que estaba trabajando sobre algo más que una corazonada. Él abrió el maletero y yo saqué la herramienta que probablemente él se había llevado del almacén de material federal. Lindell se quedó en el coche mientras yo me acercaba, cortaba la cadena y abría la verja.

Pasé junto a su ventanilla en mi camino de regreso al maletero.

—Roy —dije al pasar—, creo que me hago una idea de por qué no te han elegido para la brigada.

Dejé la cizalla en el maletero, lo cerré y le dije que me siguiera colina arriba.

Ascendimos por la ruta serpenteante. La gravilla crujía bajo las ruedas como el sonido de la lluvia que aún no había comenzado a caer. El camino daba un giro final de ciento ochenta grados y terminaba enfrente de la entrada principal del túnel, una abertura de cinco metros de alto cortada en un muro de granito del tamaño de un edificio de oficinas. Aparqué junto a Lindell y me reuní con él en el maletero. Había traído dos palas y dos linternas. Cuando estaba buscando la mía me puso la mano en el brazo.

—Vale, Bosch, ¿qué estamos haciendo?

—Ella está ahí. Vamos a entrar y a encontrarla.

—¿Confirmado?

Lo miré y asentí. A lo largo de mi carrera tuve que notificar a mucha gente —demasiada para llevar la cuenta— que no volvería a ver con vida a un ser querido. Sabía que hacía mucho que Lindell había perdido la esperanza de volver a ver con vida a Marty Gessler, pero la confirmación final nunca es fácil de aceptar. Ni tampoco es fácil de transmitir.

—Sí, confirmado. Lawton Cross me lo dijo.

Lindell asintió y se volvió hacia el maletero. Miró hacia la cima de la montaña de granito. Me ocupé en coger las herramientas del maletero y comprobar si mi móvil tenía señal. Por encima del hombro le oí decir:

—Va a llover.

—Sí —dije—. Vamos.

Le pasé una linterna y una pala y nos aproximamos a la boca del túnel.

—Va a pagar por esto —dijo Lindell.

Asentí. No me molesté en decirle que Lawton Cross había estado pagando cada día de su vida.

El túnel era enorme. Shaquille O'Neal podría atravesarlo con Wilt Chamberlain a hombros. No era nada parecido a los laberintos rancios y claustrofóbicos por los que me había arrastrado treinta y cinco años antes. En el interior el aire era fresco. Olía a limpio. Avanzamos tres metros antes de encender las linternas y al cabo de otros quince metros el camino se curvaba y perdimos de vista la entrada. Me acordé de las indicaciones de Cross y seguí hacia la derecha, procediendo con lentitud.

Llegamos a una cueva central y nos detuvimos. Había tres túneles secundarios. Enfoqué mi linterna al tercero y supe que era el camino. Apagué la linterna y le dije a Lindell que hiciera lo mismo.

—¿Por qué? ¿Qué pasa?

—Nada. Sólo apágala un segundo.

Lo hizo y yo aguardé a que mi vista se acostumbrara a la

oscuridad. Recuperé la visión y distinguí la silueta de las paredes de roca y las superficies afiladas. Vi la luz que nos había seguido al interior.

—¿Qué es? —preguntó Lindell.

—Luz perdida. Quería ver la luz perdida.

—¿Qué?

—Siempre puedes encontrarla. Incluso en la oscuridad, incluso bajo tierra.

Volví a encender la linterna, con cuidado de no cegar a Lindell, y me dirigí hacia el tercer túnel.

Esta vez necesitamos agacharnos y avanzar en fila india, mientras el túnel se hacía más pequeño y estrecho. El canal se curvaba a la derecha y no tardamos en ver la luz de una abertura. Avanzamos y salimos a una hondonada abierta, un estadio de granito cincelado durante décadas antes: el Hoyo del Diablo.

Con el paso del tiempo el suelo de la hondonada se había llenado con una capa de restos de granito y polvo, una capa justo lo bastante gruesa para que los arbustos echaran raíces y para enterrar un cadáver. Allí era donde Dorsey y Cross habían encontrado el cuerpo sin vida de Antonio Markwell y a donde habían vuelto con Marty Gessler. Me descubrí a mí mismo preguntándome cuánto tiempo había estado viva esa noche, tres años atrás. ¿La habían empujado a punta de pistola a través del túnel o la habían arrastrado ya muerta, al lugar de su último reposo?

Ninguna respuesta aliviaba. Miré atrás mientras salía del túnel a la hondonada. El rostro de Lindell tenía una palidez fantasmal y supuse que había estado sumido en las mismas cábalas.

—¿Dónde? —preguntó.

Le di la espalda y examiné el suelo de la hondonada. Entonces la vi: una crucecita blanca que se alzaba en la línea de matojos marrón y amarilla, junto a la pared de granito.

—Allí.

Lindell tomó la iniciativa y nos acercamos a la cruz. La arrancó sin pensárselo dos veces y la arrojó a un lado. Ya estaba poniendo su pala en el suelo cuando yo llegué. Observé la cruz. Estaba hecha con un trozo de cerca viejo. En el centro estaba la foto de un niño. Una foto escolar enmarcada con palitos de chupa-chups. Antonio Markwell hacía mucho que había abandonado este mundo, pero su familia había marcado el lugar como terreno sagrado. Dorsey y Cross lo habían usado después porque sabían que el suelo de allí nunca sería removido por quienes se colaran en la cueva.

Me agaché y levanté la crucecita. La apoyé en la pared de granito y me puse a cavar con mi pala prestada.

En realidad no cavamos, sólo arañamos la superficie. Ambos temíamos hundir demasiado el filo de la pala.

En menos de cinco minutos la encontramos. Un último arañazo de la pala de Lindell reveló una gruesa lona de plástico. Dejamos las palas a un lado y los dos nos acuclillamos a mirar. El plástico era opaco, como una cortina de ducha, pero a través de él se distinguía la silueta reconocible de una mano. Una mano pequeña y atrofiada. La mano de una mujer.

—Vamos, Roy, ya la hemos encontrado. Tal vez deberíamos salir de aquí y hacer las llamadas.

—No, quiero hacerlo. Yo...

No terminó. Puso la mano en mi pecho y me apartó con suavidad. Se agachó y empezó a cavar con las manos, moviendo los brazos con rapidez, como si estuviera en una carrera contra el reloj, como si estuviera tratando de salvarla antes de que se ahogara.

—Lo siento, Roy —dije a su espalda, aunque no creo que me oyera.

Al cabo de un momento había dejado al descubierto la mayoría del plástico. Desde la cara a las caderas. El plástico aparentemente había retardado la descomposición, pero no la había detenido. El aire adquirió un olor a mustio. Al volver a acercarme y mirar por encima del hombro de Lindell vi que la agente Martha Gessler había sido envuelta y enterrada completamente vestida, con los brazos cruzados en el pecho. Sólo la mitad de su rostro era parcialmente visible a través del plástico. El resto quedaba oculto en la oscuridad.

Había sangre en los pliegues del plástico. Supuse que la habían matado de un tiro en la cabeza.

—Su ordenador está aquí —dijo Lindell.

Me acerqué a mirar. Distinguí el perfil de un ordenador portátil, envuelto en su propio plástico y colocado encima del pecho de la agente.

—Ahí está la conexión con Simonson —dije, aunque eso ya era obvio—. Era su arma. Querían el cadáver y el portátil en un lugar al que tuvieran acceso. Pensaban que eso contendría a Simonson y a los demás, pero se equivocaron.

Vi que los hombros de Lindell empezaban a sacudirse, pero ya no estaba cavando.

—Dame un minuto, Harry —dijo, tensando la voz.

—Claro, Roy. Voy a volver a los coches para hacer las llamadas. He dejado allí el móvil.

Tanto si sabía que mentía como si no, no puso pegas. Cogí una de las linternas y emprendí el regreso. En mi camino a través del túnel más pequeño oí que aquel hombrón lloraba detrás de mí. El túnel captaba el sonido y lo amplificaba. Era como si lo tuviera a mi lado. Era como si estuviera en el interior de mi cerebro. Avancé más deprisa hasta la galería principal y estaba casi corriendo al alcanzar la entrada. Cuando finalmente salí a la luz, estaba lloviendo.

45

La tarde siguiente cogí otro avión de Southwest desde Burbank a Las Vegas. Todavía no me dejaban entrar en mi casa, y de todos modos no estaba seguro de querer volver allí. Seguía siendo una pieza clave de la investigación, pero nadie me había prohibido específicamente salir de la ciudad. Ese tipo de cosas sólo las dicen en las películas.

Como de costumbre, el vuelo iba lleno de gente que se dirigía a las catedrales de la codicia, llevando consigo sus reservas de dinero en efectivo y esperanza. Me hizo pensar en Simonson y en Dorsey y Cross, y también en Angella Benton y en qué parte habían desempeñado la codicia y la suerte en sus vidas. Sobre todo pensé en Marty Gessler y en su mala fortuna: abandonada a la descomposición en semejante lugar durante tres años. Simplemente había hecho una llamada telefónica a un poli, y eso había acarreado su propia destrucción. Buenas intenciones. Confianza. ¡Qué forma de morir! ¡Qué maravilloso mundo!

Esta vez alquilé un coche en McCarran y me abrí camino a través del tráfico. La dirección que correspondía al número de matrícula que yo le había pedido a Lindell que investigara se hallaba en la parte noroeste de la ciudad, cerca de su límite. Al menos por el momento. Pertenecía a una casa grande y nueva, de estilo provenzal. O eso me pareció. No entiendo mucho de arquitectura.

El garaje de dos plazas estaba cerrado, pero a un lado del sendero circular había un coche que era el mismo en el que me había llevado Eleanor. Era un Toyota, de unos cinco años y con muchos kilómetros. Lo sabía. De coches, sí que entiendo.

Aparqué el coche alquilado en el borde de la rotonda y bajé lentamente. No lo sé, tal vez pensara que si me tomaba mi tiempo alguien abriría la puerta y me invitaría a pasar, y de este modo todas mis dudas se despejarían.

Pero eso no ocurrió. Llegué a la puerta y tuve que llamar al timbre, y sabía que probablemente tendría que abrirme camino. Metafóricamente hablando. Oí que sonaba un zumbido en el interior y esperé. Antes de que tuviera que llamar otra vez una mujer latina, que aparentaba sesenta y tantos años, me abrió la puerta. Era de baja estatura y tenía un rostro amable, aunque cansado. Puso cara de dolor al ver las quemaduras de escopeta de mi cara. No llevaba uniforme de ninguna clase, pero supuse que era la criada. Eleanor con criada. Me costó imaginarme eso.

—¿Está Eleanor Wish?

—¿Quién desea verla?

Su inglés era bueno, apenas tenía un leve acento hispano.

—Dígale que es su marido.

Vi que la alarma se disparaba en su mirada y me di cuenta de que había sido estúpido.

—Ex marido —dije con rapidez—. Sólo dígale que soy Harry.

—Espere un momento, por favor.

Asentí y ella cerró la puerta. Oí que pasaba la llave. Mientras esperaba sentí que el calor me atravesaba la ropa y me penetraba en el cuero cabelludo. A mi alrededor el sol se estaba reflejando con brillantez. Transcurrieron casi cinco minutos antes de que se abriera la puerta y apareciera Eleanor.

—Harry, ¿estás bien?

—Estoy bien.

—Lo he visto todo en la tele, en la CNN.

Asentí.

—Pobre Marty Gessler.

—Sí.

Y luego hubo un largo silencio hasta que por fin habló.

—¿Qué estás haciendo aquí, Harry?

—No lo sé. Sólo quería verte.

—¿Cómo has encontrado esta casa?

Me encogí de hombros.

—Soy detective. O al menos lo era.

—Deberías haber llamado antes.

—Ya lo sé. Debería haber hecho un montón de cosas, pero no las hice, Eleanor. Lo siento, ¿vale? Lo siento por todo. ¿Vas a dejarme pasar o prefieres que me derrita al sol?

—Antes de que pases tengo que decirte que ésta no es la forma en que quería hacer esto.

Sentí un fuerte tirón en mi corazón cuando ella retrocedió y abrió la puerta. Levantó la mano en un gesto de bienvenida y pasé a un recibidor con puertas de arco que conducían a tres direcciones diferentes.

—¿No es así como querías hacer qué? —pregunté.

—Vamos al salón —dijo.

Pasamos bajo el arco central y entramos en una amplia sala que estaba limpia y bellamente amueblada. En una esquina había un piano que captó mi atención. Eleanor no tocaba, a no ser que hubiera empezado después de dejarme.

—¿Quieres tomar algo, Harry?

—Un poco de agua no estaría mal. Hace calor ahí.

—Es lo normal. Quédate aquí, vuelvo enseguida.

Asentí y ella se alejó. Miré por la sala. No reconocí ninguno de los muebles del apartamento en el que la había visitado en una ocasión. Todo era diferente, todo era nuevo. La pared del fondo de la sala comprendía unas puertas correderas que daban a una piscina acristalada. Me fijé en que alrededor de ésta había un plástico blanco de seguridad, de esos que la gente con niños coloca como medida de precaución.

De repente algo empezó a hacer clic acerca de todos los misterios de Eleanor. Las respuestas torpes, el maletero del coche que no se podía abrir. La gente con hijos lleva cochecitos plegables en el maletero.

—¿Harry?

Me volví. Eleanor estaba allí. Y a su lado, de la mano de ella, había una niña con el cabello y los ojos oscuros. Miré de Eleanor a la niña y luego al revés, y una vez más. La niña tenía los rasgos de Eleanor. El mismo cabello ondulado, los mismos labios gruesos y nariz inclinada. Había algo en el porte que también coincidía. La forma en que me miraba.

Sin embargo, los ojos no eran los de Eleanor. Eran los ojos que veía cuando me miraba al espejo. Eran míos.

En mi interior se desbordó un torrente de sentimientos, no todos buenos. No podía apartar los ojos de la niña.

—¿Eleanor...?

—Ésta es Maddie.

—¿Maddie?

—De Madeline.

—Madeline. ¿Qué edad tiene?

—Cumplirá cuatro.

Mi mente retrocedió de un salto. Recordé la última vez que habíamos estado juntos antes de que Eleanor se marchara definitivamente. En la casa de la colina. Podía haber sucedido entonces. Eleanor pareció leer mis pensamientos.

—Fue como se suponía que tenía que ser. Como si algo tuviera que asegurar que nunca íbamos a...

No terminó.

—¿Por qué no me lo dijiste?

—Quería que llegara el momento oportuno.

—¿Cuándo iba a ser eso?

—Ahora, supongo. Eres detective. Supongo que quería que lo descubrieras.

—Eso no es justo.

—¿Qué habría sido justo?

Dos cohetes gemelos estaban despegando dentro de mí. Uno dejaba un rastro rojo, el otro verde. Iban en direcciones distintas. La de la ira y la de la ternura. Uno llevaba al oscuro abismo del corazón, un Hoyo del Diablo cargado de recriminaciones y venganza. El otro cohete conducía lejos de todo eso. A Paradise Road. A días brillantes y benditos y noches oscuras y sagradas. Llevaba al lugar de donde partía la luz perdida. Mi luz perdida.

Sabía que podía elegir un camino, pero no los dos. Miré desde la niña a Eleanor. Las lágrimas le corrían por las mejillas, pero aun así sonreía. Entonces supe qué camino elegir y que las cosas del corazón no tienen fin. Di un paso adelante y me agaché delante de la niña. Sabía por haber tratado con niños testigos que es mejor aproximarse a ellos desde su altura.

—Hola, Maddie —le dije a mi hija.

Ella volvió la cara y la puso en la pierna de su madre.

—Tengo vergüenza —dijo.

—No pasa nada, Maddie. Yo también soy bastante vergonzoso. ¿Te puedo coger la mano?

La niña soltó la mano de su madre y me extendió la suya. Yo la tomé y ella pasó sus deditos en torno a mi dedo índice. Me dejé caer hasta que mis rodillas tocaron el suelo y me quedé sentado sobre los talones. Ella apartó la mirada de mí. No parecía asustada, sólo precavida. Levanté la otra mano y ella me dio su mano izquierda, envolviendo del mismo modo mi dedo índice con los suyos.

Me incliné hacia adelante y le levanté los puñitos para sostenerlos ante mis ojos cerrados. En ese momento supe que todos los misterios se habían resuelto. Que estaba en casa. Que estaba salvado.

Agradecimientos

El autor desea dar las gracias por su trabajo en mejorar y corregir esta novela a las siguientes personas: Michael Pietsch, Pamela Marshall, Philip Spitzer, Joel Gotler, Terrill Lee Lankford, James Swain, Jane Davis, Jerry Hooten, Carolyn Chriss, Linda Connelly y Mary Lavelle.